T0246824

El espejo de las almas

El espejo de las almas

MARIO ESCOBAR

Papel certificado por el Forest Stewardship Council®

Primera edición: agosto de 2020
Primera reimpresión: enero de 2022

Printed in Spain — Impreso en España

ISBN: 978-84-666-6757-9
Depósito legal: B-6.298-2020

Compuesto en Llibresimes, S. L.

Impreso en Rodesa
Villatuerta (Navarra)

BS 6 7 5 7 A

A Elisabeth, mi esposa, que me llevó a Lovaina
y me hizo entrar en su impresionante beaterio

A mi madre y mis hermanas, Amparo, Loli,
Reyes y Gema, que me introdujeron en el maravilloso
mundo de las mujeres y sus misterios

Contando, más que escribiendo, porque no tengo con qué escribir y, de todos modos, escribir está prohibido.

MARGARET ATWOOD,
El cuento de la criada

Es orden natural entre los humanos que las mujeres estén sometidas al hombre, porque es de justicia que la razón más débil se someta a la más fuerte.

SAN AGUSTÍN

Introducción

Era el verano de 2019. Mi familia y yo viajábamos por Bélgica y los Países Bajos para la documentación de una novela histórica cuando nuestros pasos nos llevaron a Lovaina, famosa ciudad universitaria y una de las más bellas poblaciones belgas. Tras contemplar el espectacular ayuntamiento, caminamos por calles estrechas hasta el beaterio. Ya habíamos visitado el de las Brujas, pero mi esposa me había comentado que el de Lovaina era aún más atractivo. Bordeamos una tapia alta de ladrillos rojos desgastados por el tiempo y nos detuvimos enfrente de un gran arco austero, rematado en piedra y deslucido. Atravesamos la puerta y nos encontramos, literalmente, en otro mundo. A la izquierda había una bonita iglesia flanqueada por árboles; más abajo, unas calles empedradas con casas pequeñas de ladrillo rojo, plazas de ensueño y canales bucólicos en los que nadaban patos y cisnes. Después de unos minutos caminando supe que entre esas fachadas centenarias había una historia que contar.

Los beguinajes eran en su mayoría pequeños pueblos casi independientes dentro de grandes ciudades como Ámsterdam o Brujas. Estas comunidades fueron fundadas a partir del siglo XIII por mujeres que se negaban a cumplir los roles establecidos por la sociedad. Muchas eran viudas; otras, solteras o hijas repudiadas por su familia. Las beguinas no eran monjas, no estaban sometidas a ninguna autoridad eclesiástica y tenían total independencia económica. Dentro del beaterio no podían entrar hombres; ellas ejercían todo tipo de profesiones y ayudaban a las mujeres que habían sido violadas o se habían quedado embarazadas fuera del matrimonio. Las beguinas podían marcharse cuando quisieran de sus comunidades, eran completamente libres. Tampoco se discriminaba a las hermanas por su condición social o procedencia. Otro de sus grandes logros fue fomentar la educación a las mujeres. De hecho, varias de ellas fueron famosas escritoras y poetisas.

Enseguida tuvieron detractores y partidarios. Las autoridades municipales, la nobleza y la jerarquía eclesiástica comenzaron a perseguirlas por no aceptar las normas de un mundo de hombres.

Una de las mujeres que sacrificaron su vida por defender su causa fue Margarita Porete, que terminó en la hoguera en París. En el Concilio de Vienne, en 1312, se discutió la disolución de estas comunidades, pero la mayoría sobrevivió hasta el siglo XX.

El espejo de las almas se centra en la historia de las beguinas a principios del siglo XIV, su lucha por la igualdad y contra la pobreza. En un momento turbulento de la Iglesia, las beguinas parecen ser, junto a los monjes franciscanos, un elemento más de perturbación. Ambas comunidades temen que les suceda lo mismo que a sus hermanos templarios, que fueron disueltos y encarcelados poco tiempo antes. Dentro del beaterio de Lovaina se producen extrañas muertes y una de las beguinas más famosas, Martha de Amberes, debe averiguar lo que sucede antes de que el inquisidor Guillermo de París lo descubra.

Hace más de setecientos años las mujeres parecía que iban a lograr por fin sus derechos, pero muchos hombres no estaban dispuestos a consentirlo. Esta es su historia.

Prólogo

Abadía de Forest, sur de Bruselas, año del Señor de 1371

Nací en el tiempo en que las ciudades comenzaban a devorar el mundo de nuevo. Durante siglos, según decían los viejos monjes, Dios había destruido la arrogancia de los hombres, derrumbando, como a la mítica Torre de Babel, las urbes más importantes. Una tras otra, piedra a piedra, su belleza y poder dejaron paso al fuego y la ceniza. Por eso, cuando con mi hermano Jaime cruzamos la muralla y entramos en la ciudad de las telas, como la llamaban por su próspero negocio, tuve la sensación de adentrarme en las mismas entrañas del infierno.

En las sinuosas calles se mezclaban nobles y villanos, burgueses y mendigos con el más absoluto descaro. El palacio suntuoso descansaba, pared con pared, con la choza más infame y hedionda. Por los surcos centrales de las calles embarradas corría la inmundicia, mientras los niños jugaban al lado y los animales defecaban sin que nadie se molestase en recoger las heces. El borde de mi abrigo de lana estaba totalmente embarrado y me cubría el rostro con un pañuelo para no vomitar. Mi hermano parecía disfrutar con mi desdicha, como solo el amor filial es capaz de hacer. Nos paramos enfrente del muro de ladrillo. Un gran portalón de madera recién pulida, sin adornos ni indicaciones, y una pequeña puerta en una de sus hojas, con una ventanita de menos de un palmo, eran toda su ornamentación. Jaime la golpeó con fuerza, pero su guante de cuero amortiguó el sonido, que quedó opacado segundos después, cuando las campanas de una iglesia cercana comenzaron a tañer con tal fuerza que sus vibraciones me aceleraron el corazón.

Estábamos seguros de que allí se encontraba el beaterio. Mis padres se habían opuesto a que me uniera a las beguinas. Para muchas personas, las beguinas eran unas santas por dedicar su vida a los pobres, pero para la mayoría eran simples mujeres rebeldes que no aceptaban el orden establecido y vivían en una sociedad exclusivamente femenina. Tampoco se sometían a la autoridad de la Iglesia ni de ninguna orden monacal.

Una mujer rubia con una cofia blanca se asomó por la ventanita y después nos abrió con cierta premura. Su rostro era angelical y sus cabellos trigueros se escapaban del sombrerito como ribetes de oro. Su tez era pálida como la luna y sus labios, rojos, carnosos y en forma de corazón.

Mi hermano hizo amago de entrar; entonces, la mujer le detuvo con la mano y con una voz suave, casi cantarina, le pidió que no atravesara el umbral. Le miré inquieta, sabía que las beguinas vivían apartadas de los hombres, pero él era mi hermano mayor. Simple, burlón y sarcástico, aunque inofensivo y respetuoso con las damas. Me giré hacia él y le abracé. Jaime sintió mis lágrimas sobre su pecho, me acarició el cabello pelirrojo y comenzó a caminar de nuevo por la calle estrecha de regreso al centro de la ciudad. La mujer me sonrió, sus dientes blancos y perfectos me recordaron al Cantar de los Cantares que mi madre me leía a escondidas las tardes largas de invierno. Me ayudó con mi ligero equipaje; habíamos viajado en la carroza de unos comerciantes de Bruselas que se dirigían a Colonia.

Las campanas continuaban sonando cuando nos adentramos en el beaterio. El suelo estaba empedrado y limpio; a los lados, a pesar de la época del año que anunciaba el otoño, estaba aún cubierto de flores y árboles frutales. Las manzanas todavía relucían en muchas de las ramas y los pájaros revoloteaban por todas partes, asustados por el incesante sonido que escapaba de la torre. La mujer, que caminaba un par de pasos por delante, se detuvo frente a la puerta. Unos árboles formaban el camino hasta la puerta lateral. Me hizo un gesto y la seguí, obediente. Entramos en la capilla, el sol apenas iluminaba sus coloridas vidrieras; unas nubes grises llevaban varios días anunciando la proximidad del invierno y, a aquella hora de la mañana, una bruma espesa ascendía por los canales de la ciudad y envolvía todo en una especie de ambiente fantasmagórico.

La beguina abrió la puerta de detrás del altar mayor, después de santiguarse; yo la seguía casi sin aliento, mirándolo todo y aturullada por aquel ruido infernal. Comenzó a subir las escaleras que conducían a la torre; caminaba tan aprisa que en un instante la perdí de vista, pero continué afanosa por la escalera de caracol hasta que me encontré con una puerta de madera oscura, la empujé con la mano y, al salir al frío campanario, noté cómo el aire del norte me erizaba la piel.

Lo primero que vi fueron las soletas marrones colgando en medio de la torre. Después oí el grito de la beguina amortiguado por el estruendo de las campanas y, al levantar la vista, para mi horror, contemplé el rostro amoratado de una mujer morena, con la cofia a un lado y una gruesa soga alrededor del cuello descoyuntado. La beata se abrazó a los pies de la ahorcada e intentó levantarla, pero las campanas la levantaban y bajaban en su cansino y estruendoso tañer. Me subió una profunda arcada que me quemó la garganta.

Aquel era apenas el principio de mis días en el beaterio de Lovaina, un lugar creado para la paz y el sosiego, donde las mujeres éramos dueñas de nuestro destino y las oscuras sombras del diablo parecían extenderse a medida que se aproximaba el invierno.

PRIMERA PARTE

HUMILDAD

Vosotros que leeréis este libro
Si lo queréis entender bien
Pensad en lo que diréis
Pues es duro de comprender.
Os hará falta Humildad
Que de Ciencia es tesorera
Y de las otras Virtudes la madre.

MARGARITA PORETE,
El espejo de las almas simples

1

Constance

Lovaina, 12 de noviembre del año del Señor de 1310

El siglo había comenzado lleno de amenazas y malos presagios, como mi llegada al beaterio de Lovaina. Los inviernos eran durísimos y las cosechas se helaban en los campos; los frutos no lograban madurar y el trigo se pudría encharcado por las intensas lluvias que no paraban durante todo el año. Los infieles intentaban avanzar por el este y destruir la cristiandad. La edad oscura en la que el mundo se había sumido desde la caída de Roma parecía volverse aún más tenebrosa. Dos papas gobernaban la Iglesia dividida. Uno en Roma y el otro, en Aviñón. Los hombres de Dios vivían impíamente y muchos auguraban la llegada del anticristo.

En aquella época ignoraba aún los males del mundo, ya que la juventud me hacía ver las cosas con los ojos inocentes de la infancia.

Geraldine, la mejor amiga que tenía en el castillo de mi padre, me había comentado su deseo de ingresar en las beguinas de Lovaina. Era una chica rebelde, que siempre jugaba con los mozos de cuadra o intentaba colarse en los entrenamientos de los chicos con la espada. Una mañana de primavera desapareció. Supe que había huido del castillo, desobedeciendo a sus padres, y había llegado hasta aquí.

Yo me había pasado muchas noches llorando en mi lecho: mi padre me obligaba a casarme con el hijo de nuestro noble vecino. Mi madre, Margarite, intentaba consolarme, me daba sus sabios consejos y me contaba cómo ella misma había aprendido a amar a mi padre, al que había conocido el mismo día de su casamiento. Pero yo no era ella, su tiempo no era el mío. Me habían criado en un castillo hermoso, desde niña había vivido entre la palabra y el canto. Mis hermanas menores y primas, mis amigas y confidentes, organizaban torneos de poesía, bailes y componíamos sencillas canciones de amor. Suspirábamos ante el último trovador que visitaba nuestro castillo solitario y nos entreteníamos escogiendo las telas para nuestros nuevos ropajes. En aquel entonces, la vida era un juego y nosotras, unas niñas ingenuas.

Mi madre me había enseñado a leer y escribir. A pesar

de que los libros escaseaban aún más hace unos años, la tinta era un privilegio que muy pocos podían permitirse y los pergaminos eran escasísimos, conocíamos a un monje benedictino que vendía los que lograba sustraer de su monasterio. De la misma forma, mi madre había conseguido reunir media docena de libros escritos en latín, todo un lujo a principios del siglo, cuando aún eran un artículo exclusivo al alcance de muy pocos. Entre los tomos que componían nuestra exigua biblioteca, se encontraban la *Legenda aurea,* del dominico Santiago de la Vorágine, arzobispo de Génova, un compendio que contenía la vida de varios santos; el *Liber abaci,* sobre aritmética, escrito por Leonardo de Pisa; *Fabulae, Narrationes* o *Parabolae,* de Odo de Cheriton, fábulas con los gatos como protagonistas, y *Picatrix,* un libro sobre magia y astrología que mi madre guardaba con especial ternura. El último ejemplar era una recopilación de rezos que un fraile le había vendido unos años antes.

En el castillo las únicas que sabíamos leer éramos las mujeres, los hombres lo consideraban un entretenimiento femenino o una tarea de frailes. Todos ellos presumían de ignorar hasta las letras más básicas.

Mientras me escondía bajo las sábanas frías y ásperas de mi habitación en la casa de la Gran Dama, hubiera dado cualquier cosa por tener uno de esos libros entre mis manos. El descubrimiento de la muerte de Sara, la beguina que habíamos encontrado colgada de las campanas, me había producido una gran impresión. La Gran Dama, Lucrecia, me había acogido en su casa hasta que me recuperara del susto.

Oí pasos en las escaleras de madera, se detuvieron frente a la puerta y después esta se abrió con cuidado.

—Querida Constance, la cena está servida. Será mejor que coma algo, necesita reponer fuerzas.

Aquella voz dulce era de Magda, una de las sirvientas de la Gran Dama, aunque a las beguinas preferían llamarlas hermanas. La mayoría provenían de familias humildes y las habían acogido, en ocasiones rescatadas de burdeles u hospicios.

Me atreví a asomarme entre las sábanas y el frío de la noche me hizo temblar. Llevaba puesta mi ropa de cama.

—Ahora bajo —le contesté, mientras me ponía encima mi traje de lino azul oscuro.

La luz de dos velas gruesas sobre la mesa de madera, sin candelabros ni otro tipo de ornamentación, la presidían y resaltaban sus grietas y listones sin barnizar. Tres platos desportillados y el mismo número de vasos de barro, una jarra de cerveza y tres cucharas eran todo lo que había en la mesa. La Gran Dama ya estaba sentada. Era más alta que ninguna mujer que hubiera conocido jamás. Sus ojos grises destacaban en su cara pálida, ribeteada de pecas rojizas. Su pelo casi color fuego y rizado estaba recogido, no llevaba la cofia con la que le había visto la primera vez, lo que resaltaba más su belleza y finura.

—Querida niña, sentaos a la mesa. Lamento que hayáis llegado en esta hora tan tenebrosa. Parece que, como el invierno que se aproxima con los vientos del norte, la oscuridad quisiera cernirse sobre el mundo. Malos presagios, cosechas pobres y heladas, no son buenas señales en estos tiempos que corren.

Me senté sin decir palabra. Aquella mujer me intimidaba, no por su trato hacia mí, ya que siempre se mostraba cordial y cariñosa como una madre, sino por el respeto que infundían sus palabras y su porte elegante.

Tras una breve bendición, comimos en silencio. Ignoraba en aquel momento, querido lector, cuáles eran las costumbres de las beguinas. No sabía si respetaban las horas canónicas que había impuesto san Benito en su regla y que eran comunes a casi todos los monjes y religiosas.

Las beguinas no vivían en un edificio o convento, cada una compartía una casa con dos o tres hermanas, por lo que el beaterio era como un pequeño pueblo de bellas casitas de ladrillo, de ventanas blancas, puertas rojas y tejados de pizarra negra. El tamaño de las viviendas no tenía nada que ver con la importancia de las moradoras, sino con el número de beguinas que lo habitaban. El único edificio que destacaba, además de la iglesia, era el de los talleres, donde todas las hermanas y sus protegidas tejían.

—Geraldine nos había hablado mucho de vos, de

vuestra prudencia, habilidades y el amor por los libros. Aquí poseemos una pequeña biblioteca, no tan impresionante como la de Saint Gall o Monte Casino, pero intentamos ampliarla con nuevos ejemplares, incluso tenemos dos escribas que trabajan en el *scriptorium* al lado de la biblioteca y una iluminadora. Os aseguro que sus trabajos no tienen nada que envidiar al monasterio de Silos o el de Fulda —me explicó la Gran Dama.

Sonreí sin saber qué responder. La conversación era muy agradable, sin embargo en mi mente se reproducía una y otra vez la imagen del campanario y la mujer colgada por el cuello.

—Tenéis que apartar de vuestra cabeza esos pensamientos oscuros —comentó como si pudiera leerme el pensamiento.

—Lo siento, Gran Dama, ha sido terrible —dije con un nudo en la garganta y a punto de echarme a llorar.

—Nuestra hermana fundadora, Marie de Oignies, con su espíritu de fortaleza os hubiera aconsejado que dejarais vuestros temores en manos de Nuestro Señor. Hemos construido este lugar para apartarnos de la violencia, la injusticia y la ignorancia que gobiernan en el mundo. Nunca una de nuestras hermanas se ha quitado la vida hasta que la hermana...

—Sara, se llamaba así, ¿verdad?

—Sí, la hermana Sara era la encargada de tocar las campanas y cuidar la capilla.

—Lo que quiere decir es que ella se colgó en las cuerdas de las campanas —dije intentando medir mis palabras.

Una sombra de tristeza cubrió el rostro siempre sonriente de la Gran Dama.

—No creemos que la hermana Sara se quitara la vida por sí misma.

Aquellas palabras me horrorizaron, sus comentarios parecían indicar que alguien había quitado la vida a la beguina.

—Pero, Gran Dama, aquí únicamente viven las hermanas y las mujeres que están a su cargo —comentó Magda, que hasta ese momento había permanecido en silencio.

—Puede que el diablo, que siempre anda al acecho de las almas puras, haya enviado a uno de sus ángeles para martirizarnos.

Demonios sueltos por el beaterio, pensé. La sola visión de espíritus malignos campando a sus anchas por aquel bello lugar me hizo temblar en un escalofrío.

—¿Demonios de carne y hueso? —preguntó Magda, sin disimular su inquietud.

La Gran Dama no contestó, pero con su gesto no dejó lugar a dudas. Cenamos en silencio mientras la niebla comenzaba a extenderse desde los canales por las estrechas callejuelas del beaterio. A medida que la noche fría y el silencio comenzaban a apoderarse de Lovaina, deseé con todas mis fuerzas regresar a la seguridad de los muros del castillo de mis padres. Creía que Dios me había castigado por mi osadía. No era sabio rebelarse contra los designios del mundo, las mujeres siempre seríamos esclavas de nuestras obligaciones y la única esperanza que nos quedaba era ayudar a que cada generación alumbrara nuevas vidas que continuaran la sendas de nuestros padres. El mundo debía continuar su curso y las mujeres no podíamos rebelarnos contra nuestra condición y destino, así lo quería Dios y así debía ser hasta la venida de Nuestro Señor Jesucristo.

2

Las campanas suenan de nuevo

Lovaina, 13 de noviembre del año del Señor de 1310

A la mañana siguiente, Magdalena me despertó, me vestí temblando de frío y, tras un frugal desayuno de gachas y leche, salimos hacia la capilla. Las beguinas se reunían para la oración de maitines. No tardamos mucho en llegar a la iglesia. Algo más de cien mujeres ya esperaban en los bancos, nos pusimos en el primero y la Gran Dama entró en la capilla por la sacristía. Las beguinas no tenían un uniforme conventual, todas llevaban abrigos grises o marrones, cofia y, debajo de la capa, un traje sencillo de lana. Miré a los lados, pero sus cofias casi tapaban sus perfiles, únicamente se veía un gran ejército de mujeres iguales. Examiné mis ropas, mucho más caras y delicadas, y la cofia que me cubría en parte el pelo no me tapaba el rostro de frente, aunque de lado la tela blanca lo tapaba por completo. Las hermanas podían verme la cara redonda, la nariz respingona y los ojos negros. Agaché la cabeza e intenté concentrarme en las letanías que las beguinas pronunciaban desde hacía unos minutos.

La Gran Dama levantó los brazos; estaba rodeada del Consejo, compuesto por algunas de las beguinas de mayor prestigio: la bibliotecaria se llamaba Judith; la boticaria era Ruth, una de las mujeres más cultas que he conocido; también estaba Luisa, que apenas podía ver y era la más veterana.

—Queridas hermanas.

Un murmullo recorrió la capilla, hasta que se hizo el silencio y por unos instantes oímos el viento gélido del norte golpear los cristales. Fuera, la niebla era espesa y cerrada, como la noche en que Dios mató a los primogénitos de Egipto, pero salvó a su pueblo.

—Todas conocéis lo que le ha acontecido a la hermana Sara. La hermana apareció colgada de las campanas...

Un nuevo rumor se extendió por la capilla, aunque esta vez tardó más en disiparse.

—Sara era una de las más antiguas hermanas de este beaterio. Fue fundadora con la hermana Luisa y conmigo. Juntas levantamos estas paredes, construimos las calles y desecamos esta zona pantanosa. Queríamos alzar un mundo nuevo en el que la avaricia, la envidia, la violencia y la soberbia no fueran las pasiones que nos gobernaran. Nos unimos para ayudar a las mujeres que eran arrojadas a las calles por tener un hijo ilegítimo, muchas de ellas mancilladas por familiares o amigos; para sacar de los burdeles a las pobres campesinas que, endeudadas, eran vendidas como esclavas, y para educar a las niñas y los niños pobres. Sara nunca se habría quitado la vida, todas sabemos que eso es un pecado mortal. Ella amaba vivir, adoraba este lugar y quería a Dios. Esta misma mañana he mandado una misiva a Martha de Amberes. La mayoría de vosotras la conocéis, fue una de las fundadoras del beaterio de su ciudad y unas de las mujeres más sabias de nuestro tiempo. Martha tenía previsto acudir a la disputa que nuestros hermanos franciscanos tendrán en la catedral con la delegación del papa, pero nos ha confirmado que adelantará su viaje unos días. Ahora mismo se encuentra en Amberes, a apenas un día a pie.

Una de las beguinas levantó la mano y todas se giraron para mirarla.

—Gran Dama, ¿eso quiere decir que nuestra hermana Sara fue asesinada? ¿Que una de nosotras es una asesina? —preguntó la hermana Lucil, una de las mujeres más misteriosas de la comunidad.

Los gritos de desaprobación y sorpresa no se hicieron esperar. Me giré para observar a la mujer. Tenía la cara comida por la viruela, una enfermedad que pocos lograban superar; sus ojos eran de un azul intenso y los labios, rojos como la sangre.

—No lo sabemos, hermanas. Esperemos que todo haya sido una simple desgracia. No somos juezas unas de las otras, somos amigas. Ahora será mejor que recemos para que Nuestro Señor Jesucristo nos ayude en este día. En una hora abriremos las puertas y llegarán los niños a la escuela; las aprendizas, a los telares; los pobres, para tomar su ración diaria, y los comerciantes, para llevarse nuestras telas.

Las mujeres comenzaron a rezar y después de entonar unos salmos, salieron ordenadamente en filas, pero Magda y yo permanecimos en el sitio.

—Hermana Magda, ¿podéis vos enseñar el beaterio a nuestra querida Constance?

—Será un placer, Gran Dama —le contestó sin hacer ninguna reverencia.

Todas se trataban de forma directa y campechana. No había amas ni siervas, esclavas o nobles. Una vez que se atravesaban las puertas de esa pequeña ciudad de Dios, los signos de nobleza o las diferencias desaparecían. Algunas de las más importantes beguinas habían sido prostitutas o se les había considerado adúlteras.

Magda me tomó de la mano. La tenía áspera de tanto lavar la ropa y ayudar en las tareas más duras, pero sus ojos reflejaban una gran inocencia.

—Creo que lo pasaremos bien —dijo con una sonrisa mientras salíamos a las sombrías calles del beaterio.

La niebla comenzaba a disiparse a causa de la lluvia.

Bajamos por la calle principal, cruzamos el canal por un pequeño puente, llegamos a una plaza de forma triangular y nos introdujimos por una puerta entornada. Un amplio pasillo comunicaba con varias entradas, nos dirigimos a la central, que era la mayor, con dos grandes hojas, y entramos sin llamar. Una inmensa sala corrida con largas mesas y bancos indicaban que era uno de los comedores.

—¡Es impresionante! —exclamé. Podían comer más de doscientas personas sentadas a la vez.

—Muchas personas nos han ayudado con sus donativos. El beguinaje fue fundado hace más de cien años, se cree que en 1205, aunque no se comenzaron a construir estos edificios hasta mucho después. Los primeros edificios eran de madera, pero un gran incendio devastó algunos de ellos. La Gran Dama y los miembros del Consejo refundaron la comunidad y construyeron la mayor parte de lo que ves. Hace treinta años, cuando yo llegué aquí, nuestra pequeña Jerusalén celestial estaba a media legua de distancia de la ciudad, ahora se ven los primeros edificios desde la entrada norte.

Caminamos por el gran salón; varias hermanas transportaban enormes calderos con sopa; otras, grandes hogazas de pan y las últimas, jarras de cerveza.

—Todos los días vienen más de trescientos menesterosos, la mayoría de ellos campesinos y siervos que han escapado del campo por las malas cosechas de los últimos años o el ataque de grupos de ladrones. Los caminos cada vez son más inseguros. Sus hijos estudian en la escuela —comentó mientras entrábamos en otra sala, esta mucho más pequeña, con unos diminutos bancos de color rojo y una mesa en la que se sentaba la maestra.

—¿Podéis educar a niños? —le pregunté extrañada. Estaba prohibido por ley que las mujeres enseñaran a los varones.

—Hasta que cumplen los diez años, después tienen que abandonar la escuela. Solemos enviar a los que sirven para las letras a un convento de franciscanos cercano.

—¿Aquí todo el mundo sabe leer y escribir?

La mujer afirmó con la cabeza; en ese momento la profesora llegó con medio centenar de niños y niñas. Llevaban ropajes muy gastados, abrigos demasiado finos para aquella época del año; algunos parecían algo sucios, por el barro que invadía las calles de la ciudad.

—Esta es la hermana Agnés —me presentó a la jovencísima maestra.

—Hermana —saludé mientras le besaba en las mejillas, como era costumbre entre las beguinas. Ósculos santos los llamaban.

—¿Llegasteis ayer? Creo que visteis a la pobre Sara, que Dios tenga en su gloria —dijo, y su rostro dulce, de facciones amables, se entristeció.

—Sí —contesté, turbada; casi me había olvidado por un momento de aquella terrible experiencia.

Había tenido pesadillas por la noche y al despertarme

había sopesado regresar a casa. Echaba de menos a mi madre y mis hermanos, a mi padre y a todas las damas del castillo. Nunca había vivido fuera de sus muros, aquel era el mundo que conocía.

La joven me abrazó y no pude evitar echarme a llorar.

—No os asustéis, este beguinaje es un lugar bendecido por Dios, pero eso no significa que el diablo no ande acechando como león rugiente, buscando a quién devorar.

Sus palabras me inquietaron más que tranquilizarme. Los alumnos comenzaron a hablar y jugar entre ellos, Agnés se dio la vuelta y les pidió con dulzura que se sentaran. Todos obedecieron sin rechistar, la maestra tenía un pequeño libro en su mano.

—Hoy veremos algunas de las parábolas de Nuestro Señor. Julián, ¿qué es una parábola? —preguntó a uno de los alumnos sentados en la primera bancada.

El chico sonrió, le faltaba la mitad de los dientes, y el resto eran negros como el tizón.

—Son las narraciones dichas por Nuestro Señor para mostrarnos una verdad moral o religiosa.

Me quedé sorprendida al escuchar su respuesta. Algunos sacerdotes que conocía no habrían sabido explicarlo mejor.

Abandonamos la habitación y salimos de nuevo a la plaza. Llovía con intensidad, pero Magda parecía disfrutar bajo el aguacero de gotas frías y gruesas. Comenzó a correr por una de las calles hasta casi los límites del pequeño pueblo. Llegamos a un edificio, allí una de las mujeres del Consejo dirigía a una docena de hermanas en el arte del cultivo de las plantas medicinales.

—Hermana Ruth, deje que le presente a Constance; quiere conocernos antes de unirse a nosotras.

La hermana Ruth era enjuta, de carrillos caídos y ojos verdes vivarachos. Muchas la llamaban la Alemana, ya que procedía de Sajonia.

—Querida Constance, ¿habéis decidido en qué arte ayudaréis en el beaterio? ¿Se os da bien la costura, la cocina, la huerta, los libros, los rezos?

Me encogí de hombros, a las mujeres como yo únicamente se les enseñaba un oficio y no sabíamos que podíamos ejercer otro. Nuestro sitio en el mundo consistía en casarse y criar a los hijos que Dios tuviera a bien entregarnos.

—Ya veo, permitidme que os enseñe un poco mi pequeño reino —dijo con una sonrisa que acentuó más sus arrugas—. Este es el invernadero en el que cultivamos nuestras hierbas. Yo soy la maestra boticaria; como ya sabréis, el término es griego, aunque después se tradujo al latín y al francés, pero nuestra palabra para definirlo es *Apotheker*. Nuestro oficio es muy antiguo, mucho más que los mil trescientos años de cristianismo. En el año 2600 antes de Nuestro Señor Jesucristo, en la antigua Babilonia, los boticarios ya escribían sus recetas en tablillas de arcilla. Se han encontrado papiros en el antiguo Egipto, de hacia el año 1500 antes de Jesucristo, con más de ochocientas recetas antiguas. Mucho de ese saber se perdió tras la caída del Imperio Romano de Occidente, pero se recuperó en parte gracias a los árabes.

—¿Los infieles? —le pregunté extrañada.

La mujer me miró con cierta perplejidad.

—En Bagdad hace más de quinientos años que hay boticas por todas partes; los árabes llevaron ese saber a Córdoba y Sevilla, en Hispania. Y en Roma, algunos conventos de monjas dispensan medicinas a los enfermos y a los médicos.

La escuchaba fascinada y, mientras, sus ayudantes podaban, cortaban y pesaban toda clase de hierbas y flores.

—Mira estas hierbas: la gatera, la manzanilla, el hinojo, la menta, el ajo y el hamamelis. Todas ellas y otras muchas aparecen en el tratado de Pedanius Dioscorides titulado *De materia medica*. Tenemos un ejemplar en la biblioteca traído de la misma Constantinopla. He estudiado los métodos de Muhammad ibn Zakariya al-Ràzi o del químico Abu al-Qasim al-Zahrawi.

Fruncí el ceño extrañada.

—¿No son esos nombres de infieles?

—«No llames tú impuro a lo que pongo delante de ti, mata y come» —contestó parafraseando un texto del libro de Los Hechos de los Apóstoles que yo desconocía.

—No lo entiendo —contesté.

—Dios ha dado sabiduría a todos los hombres; no sería muy cristiano desecharla porque no se la dio a un seguidor de Nuestro Señor. Esto me lo enseñó el maestro Pietro d'Abano, que tradujo varios tratados árabes al latín. Estudié con él en Padua.

Me costaba creer lo que estaba escuchando, las mujeres no estaban autorizadas a aprender de los varones, ni siquiera podíamos defendernos en un juicio, tenía que representarnos nuestro esposo o un familiar varón, aunque este fuera un niño.

—No os turbéis, lo hacía a escondidas, después de enseñar a sus aprendices. ¿No sabéis que María aprendía a los pies de Cristo? ¿Desconocéis que María de Magdala fue una de las discípulas del Maestro?

Oímos unos pasos que corrían por la calle y se paraban justo delante de la puerta de la botica. Una beguina se detuvo delante sudando y dijo con voz agitada:

—Hermana Ruth, tenéis que venir de inmediato.

—¿Qué sucede? —le preguntó esta, confusa.

—Hemos encontrado a la hermana Drika en el nevero, tiene quemaduras graves.

Tardamos unos segundos en reaccionar, pero enseguida corrimos detrás de la mujer hasta la nevera. Era un edificio circular, más conocido como pozo de nieve, donde tras varias capas de nieve y paja, se colocaban los alimentos más delicados y que se estropeaban con el calor del verano. Entramos y vimos a la Gran Dama con otras dos miembros del Consejo.

—¡Dios mío! —exclamé.

—¿Quién trajo aquí esa niña? —preguntó Luisa, con los ojos velados por las cataratas y una expresión de enfado.

Entonces vi a la luz de las antorchas algo parecido a unas tijeras. Todas giraron la cabeza y Magda las tomó con la mano y se las dio a la Gran Dama. Pensó que podría tratarse del arma utilizada. La boticaria se agachó y comenzó a examinar a la beguina tendida junto a la nieve.

—¡Pobre Drika! —exclamó Magda, que la conocía muy bien. Eran grandes amigas.

—Lleva muerta más de doce horas —dijo la boticaria.

—No es posible —contestó la Gran Dama—, todas han acudido a maitines.

—Tiene un *rigor mortis* muy acusado. Tras la muerte se produce una flacidez primaria, después una rigidez que comienza entre las dos y las seis horas del fallecimiento. Siempre comienza por los párpados, el cuello y la mandíbula, pero como podrán observar ya tiene la piel rígida, lo que indica que han transcurrido más de seis horas de su muerte, posiblemente diez o doce.

Nos miramos sorprendidas, la boticaria pidió que trasladasen el cuerpo a su botica, para examinarlo con más tranquilidad. Mientras se lo llevaban, la Gran Dama me puso una mano en el hombro y me dijo:

—Comprenderíamos que quisierais dejarnos. Ya ha-

béis sufrido demasiado en dos días. Nada os ata a nosotras.

La miré aún con el rostro encogido por el terror, temblaba y tenía frío, pero nunca me había sentido tan segura de algo.

—Me considero una hermana más, querida Gran
Dama. Será un honor unirme a este noble beguinaje.

3

Una mujer excepcional

Lovaina, 14 de noviembre del año del Señor de 1310

Mi segunda noche en el beaterio fue casi tan inquietante como la primera. Cenamos algo frugal, pero lo cierto es que apenas me entraba nada en el estómago. Todas las hermanas se habían pasado el día inquietas por lo sucedido a Drika. Magda debió de verme tan nerviosa, que decidió acostarse a mi lado hasta que me durmiera. Su cariño y afecto me ayudaron a tranquilizarme un poco, me recordaba a mi tía, la hermana de mi madre.

—Querida niña, lamento que hayas tenido que ver a las dos difuntas. Os aseguro que jamás había sucedido algo así desde que estoy aquí. Si hay un lugar seguro para las mujeres es este. La mayoría de nosotras ha sufrido mucho; fuera de estos muros se cumplen las palabras de Nuestro Señor de que somos como ovejas en medio de lobos.

—Me siento segura a vuestro lado —le comenté apoyando mi cabeza en su costado.

—Mañana llega Martha, ella sabrá solucionar este enigma. Es la mejor para descubrir cosas ocultas, su mente privilegiada es capaz de ver detalles que para nosotras se encuentran velados.

—¿De qué la conoces?

—Estoy segura de que la hermana Martha un día subirá a los altares o la quemarán en la hoguera —dijo risueña, pero al ver que me estremecía me acarició el pelo y comenzó a contarme su historia.

—La hermana Martha una vez fue miembro del Consejo, a pesar de que ella viene del beaterio de Ámsterdam, una ciudad mucho más al norte.

—He oído hablar de esa ciudad.

—Es una gran villa de comerciantes a la que llegan muchas mercancías de otras partes y desde allí las llevan a Alemania y las distribuyen por diferentes lugares. También hay un lupanar; el oro mueve a los corazones hacia todo tipo de pecados. Los burdeles de Ámsterdam son mucho más numerosos que sus iglesias, las tabernas se encuentran en cada esquina y los villanos de la ciudad hacen ostentación de sus riquezas mientras el pueblo se muere de hambre. Aunque allí se cumplen las palabras de «donde sobreabundó el pecado, sobreabundó la gracia». Martha era la hija de uno de los hombres más ricos de la ciudad. Su padre era viudo y piadoso, algo muy poco común en estos tiempos, pero también era judío.

—¿Judío? —pregunté, sorprendida.

Lo cierto es que había oído toda clase de historias terribles acerca de los judíos, aunque jamás había visto ninguno. Se les acusaba de matar a Nuestro Señor y de usura, además de otros muchos pecados.

—Sí, hija mía, era hebreo. No hay nada malvado en serlo, Nuestro Señor también era judío, nacido en Belén y criado en Nazaret. Lo cierto es que un día prestó dinero a un hombre noble para que lo invirtiera en un barco. Aquel hombre iba a traer un rico cargamento de Turquía, pero el barco se hundió y el padre de Martha reclamó el dinero. El noble le acusó de usura ante el tribunal de la ciudad. Al principio las autoridades apoyaron al padre de Martha, ya que el hombre había firmado las letras de la deuda; sin embargo, la familia del noble amenazó a los jueces y estos condenaron al judío a indemnizarlo, de modo que este se quedó en la ruina. Martha fue vendida como esclava a su enemigo. Es inenarrable lo que le hizo aquel malvado hombre, pero durante el tiempo que pasó en su casa, pudo aprender del tutor de los hijos del noble. Se trataba de un filósofo griego, que también habían vendido como esclavo en Turquía. Aquiles enseñó a Martha griego, latín, gramática, aritmética y todas las ciencias que imparten en las universidades. El tutor logró redimir su deuda y conseguir la libertad, y podía haberse olvidado de la joven, pero no lo hizo, sino que pagó también la deuda de Martha y se la llevó a Grecia.

—¿A Grecia? Eso debe de estar muy lejos.

—Tomaron un barco hasta Sicilia y desde allí, otro a Atenas. Fue en esta ciudad, invadida por los infieles, donde Martha se convirtió al cristianismo y regresó a Ámsterdam con el deseo de evangelizar la ciudad. Se alojó en una casa de las hermanas y después llegó aquí, donde ayudó a la Gran Dama a reconstruir nuestra comunidad y convertirla en una de las más importantes del ducado de Brabante.

—¿Cómo se hizo la Gran Dama la superiora del beguinaje? —le pregunté movida por la curiosidad. Apenas la conocía, pero ya la admiraba profundamente.

—Ya os he comentado, mi niña, que todas hemos tenido una vida terrible. En la Carta a los Hebreos se dice muy claro: «... de los que el mundo no era digno; errando por los montes, las cuevas y las cavernas de la Tierra». La Gran Dama y otras hermanas son heroínas de la fe que han tenido que renunciar a muchas cosas para servir a Dios y no someterse a los hombres.

El viento soplaba con fuerza, la temperatura era tan baja que esperábamos una gran nevada, algo que me ilusionaba de niña, al ver el mundo cubierto con un manto blanco de pureza.

—Lamento escuchar estas historias tristes —le dije mientras notaba la voz de Magdalena medio quebrada por la emoción.

—La Gran Dama en otra vida se llamaba Lucrecia. Era una niña hermosa, querida por sus padres, que ostentaban el título de condes en un lugar cercano. Su familia era de las más respetadas del ducado y prepararon para ella un hermoso casamiento. Ella estaba enamorada de uno de los escuderos de su padre, pero a pesar de todo aceptó su voluntad. La noche de bodas fue violada por su marido. Era apenas una niña y estuvo varios días en cama, sin poder levantarse. Tras cuatro años de desprecios y humillaciones, su marido se hartó de ella y, para casarse con una doncella más joven, la acusó de adulterio. El adulterio está penado con la muerte; sin embargo, se conformaron con raparle el pelo, marcarle en el hombro una gigantesca A de adúltera y arrojarla a la calle. Los padres de Lucrecia habían muerto, pero las beguinas la acogieron; en aquella época Luisa era la Gran Dama. Ella le enseñó todo lo que sabe. Lucrecia la sustituyó cuando Luisa se quedó ciega.

Me sentía tan indigna, todas esas mujeres habían sufrido injustamente, eran verdaderas santas comparadas conmigo. Acabé durmiéndome acurrucada junto a Magda. Mi vida estaba a punto de convertirse en una verdadera aventura. Al día siguiente conocería a la mujer más formidable que había visto jamás.

Nos despertamos de nuevo antes de que amaneciera. La Gran Dama nos había pedido que saliéramos al encuentro de la hermana Martha. Sabíamos que venía por el camino de Bruselas y que llegaría a la ciudad al amanecer. Magda y yo nos abrigamos bien. En cuanto pisamos el suelo nevado de la calle comprendimos que no sería sencillo llegar hasta la puerta de la muralla. Después, ayudadas con unas varas, caminamos hasta el portalón principal y una de las hermanas nos abrió.

—Que Dios les guarde en este día —dijo mientras cerraba de nuevo la hoja de madera con un fuerte golpe.

Llevaba poco más de dos días en el beaterio y, a pesar de los crímenes terribles de los que había sido testigo, nunca me había sentido tan a salvo. Fuera de nuestro hogar, la nieve se mezclaba con el barro formando una suerte de masa parecida a las heces de los animales. El olor era tan putrefacto que hice verdaderos esfuerzos para no vomitar. Llegamos cerca de la plaza grande, enfrente de la catedral; apenas nos habíamos cruzado con nadie en el camino. Después nos dirigimos hasta la muralla, pues la Gran Dama nos había pedido que la esperásemos allí. Las puertas terminaban de abrirse y los primeros comerciantes llegaban con sus carros, que a duras penas podían moverse en el lodazal. Nos pusimos a un lado para evitar que nos salpicaran las cabalgaduras y, tiritando de frío, entre dientes comenzamos a rezar. Sabíamos que nuestras hermanas estaban haciendo otro tanto en la capilla.

—¡Nunca había visto a dos ángeles en las puertas del infierno! —vociferó uno de los soldados.

Tenía el casco medio oxidado, la cota de malla deshilachada y la barba sin arreglar. Olía a orín y a vino y su aliento era como el de un dragón.

Magdalena se colocó delante y, con un gesto de desprecio, intentó espantar al soldado. Se acercaron otros dos, algo más jóvenes, pero tan sucios y malcarados como el más viejo. Empezaron a rodearnos.

—¿Qué hacen estas beguinas tan solas en la villa a estas horas? ¿Están buscando compañía? He oído que en vuestra ciudad se organizan grandes orgías —dijo el más viejo pasando la mano por el hombro a Magdalena, que se revolvió.

Las dos nos pegamos al muro, intentando cubrir nuestras espaldas. La poca gente que pasaba era indiferente a nuestra desgracia.

Una larga vara golpeó el casco del hombre y este soltó un pequeño quejido. Se giró y vio a una mujer de mediana edad; su pelo rubio comenzaba a emblanquecerse, pero su mirada aún tenía el fuego de un cachorro de león. Sus brazos eran fuertes, endurecidos en el trabajo de la tierra, sin embargo sus andares eran, sin duda, los de una dama.

—¡Vosotros, dejad a mis hermanas! ¿Es que no habéis encontrado todavía vuestra pocilga para revolcaros?

El hombre se puso enfrente de la mujer, le sacaba tres cabezas, algo que no parecía amedrentar a la beguina.

—He visto a turcos más grandes que tú retorcerse de dolor después de que les sacara los ojos —afirmó con una sonrisa en los labios—. Además, tengo que advertirte de que soy amiga íntima de la mujer del duque.

Aquellas palabras hicieron que los tres hombres se pusieran firmes y comenzaran a marcharse.

—¡Hermana Martha! —exclamó Magda abrazando a nuestra salvadora.

—Hermana Magda, gracias por salir a recibirme, pero no era necesario. Hace un frío terrible y a estas horas las calles están repletas de malandrines —le contestó mientras las dos se giraban y se me quedaban mirando. No sabía qué hacer, hasta que Martha me dio un abrazo y me comentó—: Malos tiempos en los que hay que defendernos de nuestros defensores.

Caminamos por las calles al tiempo que el sol salía tímidamente entre las nubes. Las dos mujeres hablaron todo el rato, mientras yo iba un par de pasos por detrás, pero Martha se volvió y me dijo:

—Querida Constance, así no aprenderéis nada. Como decía Platón, «¡lo poco que sé se lo debo a mi ignorancia!».

Me puse a su altura y ella me rodeó con el brazo.

—Que la timidez no os robe las palabras.

Magda le narró de forma resumida lo que había acontecido en las últimas jornadas. Martha siguió el hilo de la conversación con el ceño fruncido, algo que siempre hacía cuando reflexionaba. Aquellas mujeres que conocí en mi juventud eran gigantes; en cambio, las beguinas actuales no son ni enanas sentadas a sus hombros. Las doncellas ya no desean aprender, el mundo se ha corrompido hasta tal punto que la venida de Nuestro Señor debe de estar muy próxima. Martha siempre parecía segura de sí misma, meditabunda, con una gran curiosidad por cada cosa, valiente y decidida, aunque algo iracunda. Se había educado en Atenas y Constantinopla, no había nadie más sabio en Brabante; qué digo, en toda Europa, pero jamás presumió de su sabiduría ni la utilizó en su propio beneficio. Tenía una de esas bellezas sobrias, como los días claros de primavera, los dientes perfectos, la sonrisa amplia, el tono de piel algo más moreno de lo normal; vestía con elegancia a pesar de la humildad de sus ropas. En su saco portaba algunas maravillas traídas del otro extremo del mundo. Durante aquellos días oscuros pudimos hablar de muchas cosas, me enseñó tanto de la vida que cada vez que cierro los ojos en este mi retiro puedo verla de nuevo, combatiendo el mal con su mente lúcida y sus palabras sabias.

4

Anne

Lovaina, 14 de noviembre del año del Señor de 1310

La Gran Dama nos esperaba en su casa. En cuanto entramos en los dominios de las beguinas respiré aliviada. Me preguntaba cómo podía haber vivido tanto tiempo fuera de esos muros, aunque en el fondo sabía que antes me habían protegido los del castillo de mis padres. Las mujeres nunca nos encontrábamos seguras fuera de las cárceles construidas para nosotras. Tal vez la gran diferencia era que el beguinaje se había convertido en nuestra verdadera tierra prometida. Las dos mujeres se saludaron con dos ósculos y después se sentaron a charlar amigablemente mientras bebían un poco de vino caliente con especias. Magdalena se fue a limpiar la casa y yo me senté a su lado, embelesada escuchando su conversación.

—Gracias por acudir tan pronto a mi llamada. Estamos viviendo tiempos difíciles.

—Querida Lucrecia, no podía dejar de regresar a esta mi casa, como el hijo pródigo a los brazos de su padre. Muchas veces quise venir a visitaros, pero nuestro beaterio apenas me deja tiempo para nada. Estoy pensando en retirarme a un lugar apartado, sobre todo ahora, que parece que el reinado de Enrique VII comienza a declinar. Todos pensábamos que restauraría el poder imperial en Roma y terminaría con el gobierno satánico del papado.

—No digáis esas cosas en voz alta —dijo la Gran Dama mirando hacia la puerta y después hacia mí.

—No temáis, Dios guarda nuestra causa. El papa Clemente quiere coronar a Enrique en la Ciudad Eterna, aunque antes deben recuperarla y echar al antipapa.

—Pero todas sabemos quién gobierna a Clemente; Felipe le puso en su trono, le ordenó perseguir a nuestros hermanos templarios y ahora pretende destruirnos a nosotras y los hijos de San Francisco —argumentó la Gran Dama en un tono de voz casi inaudible.

—Por eso el papa quiere esta reunión, es una trampa. Así me lo ha referido el hermano Nicolás de Lira en su misiva; el bando del papa ha enviado al inquisidor Guillermo de París, lo que casi constituye una declaración de guerra.

Noté cómo la Gran Dama tornaba su rostro en una mueca de horror.

—El mismo que acusó y quemó a Margarita Porete. ¡Dios mío, ciertamente el diablo se encuentra entre nosotros! Si el inquisidor descubre lo que está sucediendo en el beaterio, terminaremos todas en la hoguera y el movimiento será prohibido.

—No os turbéis, confiad en Dios, él nos asiste. En un mundo de sonámbulos, al menos las que velamos podemos hacer algo mientras llega el esposo de nuestras almas.

—¿Magda os ha referido cómo se han producido las muertes de las hermanas Sara y Drika?

—Con pelos y señales, querida Lucrecia.

—¿Qué necesitáis para dar con la solución de este misterioso caso?

—Acceso a todas las dependencias del beguinaje, poder hablar con las hermanas y necesitaré una ayudante.

—Será como pedís. ¿A qué hermana queréis a vuestro lado? Imagino que a alguna de las más sabias que ha dado esta casa. Judith, Luisa...

—No, prefiero a la joven Constance. Sus ojos limpios, su desconocimiento de las otras hermanas, su inocencia es como una tabla sobre la que dibujar este cuadro.

La miré sobrecogida, no me sentía capacitada para asistir a una mujer como aquella y mucho menos, en un trance tan difícil.

—Nos alojaremos en casa de la hermana Lucil, la panadera y pastelera. Además de amar sus dulces, se encuentra justo en el centro del beaterio. No hay nadie más discreta que ella.

—Así sea —respondió la Gran Dama poniéndose de pie—. Tengo que ir a ver a los mercaderes, ya sabéis que nos obligan a utilizar intermediarios para tratar con nuestros clientes, las mujeres somos menos que infantes para los hombres.

—Sea, hermana, yo dejaré aquí mis cosas y me dirigiré con Constance a la botica, espero que la boticaria haya examinado atentamente los cuerpos de nuestras infortunadas hermanas.

Salimos a la nieve y el frío, el sol parecía una triste lumbrera a punto de apagarse y apenas se sentía su luz. Las beguinas habían mantenido encendidos los farolillos que iluminaban las calles, sobre todo ahora que era tan peligroso caminar sola dentro del beaterio. Martha andaba a grandes zancadas, como distraída, pero en el fondo no dejaba de observarlo todo. Se detuvo enfrente de la botica y antes de entrar se volvió de repente y me dijo:

—Querida Constance, como ya sabrás, Dios nos ha dado dos alas para volar hasta él: el amor y la razón —declaró parafraseando a Platón, uno de los filósofos que más admiraba.

—Amor no me falta, mi ama.

—Llamadme Martha, aquí dentro no hay títulos ni formalidades, somos todas hermanas. No olvidéis que no es en los hombres, sino en las cosas donde hay que buscar la verdad.

Entramos en el edificio, lo cruzamos sin parar a saludar a las ayudantes de la boticaria y no nos detuvimos hasta encontrarnos en una pequeña sala sin ventanas, donde hacía tanto frío como si nos encontrásemos a la intemperie. La hermana boticaria estaba inclinada, mientras una de sus discípulas sujetaba una vela cerca de su rostro. A su lado observé lo que otro ser humano no ha visto jamás: de qué está compuesto nuestro cuerpo. La pobre Drika se encontraba abierta en canal, dejando ver sus entrañas; era apenas un amasijo de sangre que casi me hizo perder el conocimiento. Martha no pareció reaccionar ante aquella visión de la misma forma, se limitó a inclinar la cabeza y ponerse unos cristales engarzados en unos alambres sobre los ojos.

—Hermana Martha, ¿cuándo habéis llegado? —preguntó la boticaria, sorprendida.

—Con las nieves. ¿Qué habéis descubierto en los cuerpos de las difuntas? —inquirió sin más preámbulo. Antes de que contestara se giró hacia mí y me planteó—: Sabéis escribir, ¿verdad? Tomad esos pergaminos y una pluma. Apuntadlo todo.

Me puse a un lado y tomé la pluma, la preparé y esperé medio mareada la explicación.

—Seguís tan impaciente como siempre —me recriminó la boticaria, algo molesta. El don de mi maestra no era la amabilidad ni la cortesía.

—Mientras hablamos, puede que otra hermana esté a punto de morir, perdonad mis modales.

—Está bien. Este es el cuerpo de la hermana Drika; todavía era joven. Apenas veinte años, su composición era recia, por eso la grasa del abdomen. —Y señaló algo viscoso a ambos lados—. Sus órganos internos están sanos. Murió por las quemaduras, aunque no había fuego en el nevero, de hecho estaba repleto de nieve. Lo único que deduzco es que cayó un rayo sobre ella, un fuego fulminador como el que invocó Elías para su ofrenda frente a la de los sacerdotes de Baal.

—No parece muy racional vuestra explicación —se quejó Martha.

—¿Qué veis vos?

Martha se acercó un poco más, hasta casi introducir su nariz en el cuerpo de la finada. Yo no comprendía cómo podía soportar ese hedor.

—Herófilo de Calcedonia habría dicho que las quemaduras que no vienen del fuego provienen del agua.

La botánica la observó sorprendida.

—Ya me entendéis. Los cinco elementos básicos son aire, tierra, agua, fuego y vacío. El cuerpo humano está compuesto por cuatro humores: sangre, flema, bilis amarilla y bilis negra. El alquimista persa Jäbir ibn Hayyän incluyó dos elementos nuevos: el azufre, que puede arder con facilidad, y el mercurio. Las quemaduras que tiene en el cuerpo son blancas, además de producir estas ampollas y la necrosis en algunas partes. Sin duda, la pobre hermana estuvo expuesta a azufre en forma de vapor.

Nos quedamos tan sorprendidas con sus palabras que ninguna comentó nada. Después Martha se dirigió al otro cadáver, le examinó el cuello y el resto del cuerpo.

—La muerte de Sara parece clara —dijo la boticaria—. Murió por asfixia, al quedar colgada de una soga.

Martha se inclinó de nuevo sobre el cuerpo.

—No parece tan claro. No hay un trauma severo ni rotura del cuello.

—Murió por asfixia —insistió la boticaria.

—El ahorcamiento produce asfixia, es cierto. Esto es debido al rechazo de la base de la lengua por la pared posterior de la faringe, que obstruye las vías respiratorias. El surco de la soga es lo que no encaja. Miren. —Nos inclinamos sobre el cadáver, que ya hedía—. Normalmente sería más grueso, por el movimiento del cuerpo, además no está rojo, lo que quiere decir...

—... que ya estaba muerta cuando la colgaron —terminó la frase la boticaria.

—Exacto. Quiero subir al campanario, antes de que las pruebas se pierdan.

—Es inútil. La nieve habrá borrado toda evidencia.

—Espero que no, querida Constance —me contestó con una media sonrisa.

Mientras nos dirigíamos hacia la iglesia, después de salir de forma precipitada de la botica y caminar por las escurridizas calles del beaterio, no pude más que preguntarle por la extraña escena que acababa de vivir.

—Pensaba que la Iglesia prohibía abrir un cadáver.

—A veces erramos por nuestro atrevimiento, sin embargo, el único modo de aprender es equivocarse. Los griegos fueron los precursores de las disecciones, pero los verdaderos maestros fueron los egipcios, sobre todo durante el gobierno ptolemaico. Los romanos las prohibieron; los musulmanes, en cambio, han sido ambiguos, pero en el año 1000 se publicó el libro *Al-Tasrif*, escrito por Al-Zahrawien. Yo pude estudiar la traducción cristiana del siglo XII de Avicena. En algunos reinos está autorizado; por ejemplo, Federico II, el emperador del Sacro Imperio Romano Germánico, no solo lo permitió, sino que era de obligado cumplimiento a todo aquel que quisiera ser médico. Aunque solo puede hacerse a delincuentes ejecutados. Tomaremos a las hermanas como ejecutadas... ¿quién de nosotras no es pecadora? —planteó irónicamente mientras entrábamos en la iglesia. Llegamos a la sacristía y subimos por la escalinata de caracol.

Martha se detuvo de repente, miró al suelo, se agachó y con sus ojos reflejados en la luz de la vela anunció.

—Gotas de sangre.

—El cuerpo no tenía heridas —le contesté.

—No lo dije en la botica, pero Sara tenía señales en las muñecas, como si la hubieran atado, y los dedos, sus yemas estaban sangrientas, como si se hubiera pinchado con unas espinas.

Llegamos al campanario, el viento helado movía ligeramente las campanas. Un manto blanco lo cubría todo.

—¿Por qué subirla aquí? ¿Para qué colgarla en las campanas y arriesgarse a que descubrieran la verdad?

—El asesino no quiere esconder los cadáveres ni sus crímenes —contesté, confusa. No entendía la mente enferma del asesino.

—Exacto, querida Constance. Los muestra a todas las hermanas como escarmiento. Es mucho más que un castigo, es, sobre todo, una advertencia.

Los hilos de vapor que salían de su boca me recordaron al humo del infierno del que predicaba siempre el capellán de mi castillo. El diablo tomaba a veces formas peligrosas y usaba a los hombres para realizar sus abominables crímenes. Martha, emocionada por sus descubrimientos, abrió la puerta que descendía hasta la capilla y, antes de dar el primer paso, declaró con su voz fuerte y serena:

—«*Pallida Mors aequo pulsat pede pauperum tabernas regumque turris.*»*

---

* Horacio, *Odas I*, 4, 13-14: «La pálida muerte golpea con equitativo pie en las chozas de los pobres y en las torres de los reyes».

5

Lucil

Lovaina, 14 de noviembre del año del Señor de 1310

Pasamos el resto de la tarde sentadas a la mesa de la casa de Lucil. El horno estaba en un edificio anejo, por lo que pasé la mayor parte del tiempo con hambre, el aroma a pan recién horneado hacía que se me hiciese la boca agua. La juventud es insaciable en todos sus apetitos. Conocía a Martha desde apenas unas horas antes, pero sentía como si la conociera de toda la vida. La mujer salió repentinamente de su estado de concentración, se giró hacia mí y dijo:

—¿Cuál es tu historia? Ninguna de nosotras ha llegado hasta aquí por casualidad. Somos, en cierto sentido, supervivientes. No encajábamos en el mundo y nos unimos a esta gran hermandad de mujeres. Nuestras hermanas fundadoras sabían que si queríamos ser libres de verdad, teníamos que poder actuar de forma independiente. De algún modo, cuando las cosas son entre nosotras, no se meten demasiado en la esfera femenina. Para ellos, esto son cosas de mujeres.

—No lo entiendo —le aseguré.

—Ya sabes, cuidar a ancianos y niños, dar de comer a los pobres, leer libros. Ellos se sienten a gusto en la guerra, con el poder y las riquezas. Para ellos somos meros adornos, una propiedad más de la que presumir. Naturalmente, todos los varones no son iguales, aunque sí los que gobiernan este mundo —dijo sonriendo de nuevo, como si le agradara mi cara de interés.

—Pero los hombres de Dios son diferentes, ellos no luchan por esas cosas. Son siervos, como Nuestro Señor Jesucristo.

La mujer frunció los labios, después se apoyó en el respaldo de la silla y, juntando las manos, contestó:

—Nuestro Señor era un siervo, aun así, en muchas ocasiones sus seguidores no lo somos. La corte papal es más poderosa y ostentosa que la del rey de Francia; la mayoría de los obispos y cardenales viven como príncipes de la Iglesia. Las órdenes religiosas, salvo honrosas excepciones, dominan amplios territorios y muchos de sus miembros viven en la riqueza y la ostentación. Este es, sin duda, el siglo de la avaricia, mientras otros se mueren por las calles, mendigando un poco de pan. Nuestros hermanos franciscanos quieren cambiar las cosas, pero muchos se oponen. Por eso no nos sometemos a ningún poder humano, aunque se diga sucesor directo del apóstol Pedro o servidor de Dios.

Martha era una mujer tan apasionada que cada palabra, cada gesto, siempre era el perfecto, el adecuado.

—¿Has leído las Sagradas Escrituras? —me preguntó bajando el tono de voz.

—No, está prohibido —contesté, extrañada. Alguien como ella debía saberlo.

—He leído la versión de la Vulgata latina de san Jerónimo. Deja mucho que desear en algunas partes, pero no hay nada como leer las verdades de Dios directamente. San Jerónimo decía que desconocer la Escritura era lo mismo que desconocer a Cristo.

Lo que mi maestra afirmaba era muy peligroso. Solo los sabios hombres de Dios, los doctores de la Iglesia, podían interpretar las Escrituras. La Iglesia había sufrido mucho por las herejías que habían nacido en su seno y, por ello, desde hacía siglos, muy pocos podían acceder a ellas. La mayoría por no saber leer, pero aun los eruditos y los reyes tenían que solicitar una dispensa papal para hacerlo. Si la Inquisición se enterara de que las beguinas leían la Biblia, todas terminarían en la hoguera.

—Yo he leído el Antiguo Testamento en arameo y hebreo, mi padre era judío. El Nuevo Testamento pude leerlo en griego cuando estuve en Constantinopla. Es tan diferente lo que Dios dijo y lo que hacen los hombres que os aseguro que si se cumplieran las palabras de Nuestro Señor Jesucristo, las cosas serían muy distintas en la cristiandad. La Biblia es sagrada y en ella está la verdad. Aquí tenemos un ejemplar, aunque se controla quién accede a él, sobre todo, para que nadie nos denuncie ante las autoridades eclesiásticas. El obispo de la ciudad no es muy comprensivo, pero está centrado en su vida de disolución y no se mete en esos asuntos. En otras ciudades es aún peor.

Oímos la puerta y entró la hermana Lucil, que terminaba su dura jornada de trabajo. Abrazó a Martha, que era muy querida entre las beguinas. Después me saludó también a mí.

—Tenéis el trabajo más duro del mundo —le comentó mi maestra.

—Y el más dulce, aunque a veces la miel escasea.

—La palabra de Dios es un dulce panal de miel —bromeó Martha.

—Es cierto, pero con ella no puedo impregnar mis bollos.

Lucil se sentó a nuestro lado, parecía realmente cansada. Su ropa estaba manchada de harina y desprendía un agradable olor a pan.

—En un rato Susana servirá la cena —dijo mientras se tocaba la barriga. Era una de las mujeres más gruesas que había visto jamás. La gordura siempre había sido una excepción, pero en las ciudades cada vez había más ricos gordos y avaros.

La mujer se disculpó, subió a una de las habitaciones de la primera planta y se aseó. Unos minutos después, las cuatro comenzamos a comer una cena ligera. La panadera había puesto sobre la mesa un par de dulces. Yo solo los había probado en un par de ocasiones.

—Espero que os gusten los mazapanes y las rodajas secas de naranja. Quería celebrar la llegada de Martha, aunque tras los oscuros acontecimientos que han sucedido, no hay mucho que celebrar —dijo Lucil con el rostro ensombrecido.

—Mañana será el entierro de las dos difuntas. Por ahora, será mejor que las hermanas piensen que su muerte se debe a dos tristes accidentes.

—¿Accidentes? —preguntó la panadera a mi maestra.

—Sí, Sara se enredó en las cuerdas de las campanas o se suicidó y Drika se desmayó por gases emanados del nevero. Si lo que ha ocurrido se conoce en la ciudad, la Inquisición no tardará en meter sus narices en el asunto —le advirtió Martha, mientras tomaba la sopa caliente con bastante apetito, como si sus cavilaciones le hubieran dejado sin reservas.

—Entiendo, pero no sé por cuánto tiempo podrá mantenerse en secreto. Esto es un pequeño pueblo y las noticias vuelan. Hoy se hablaba en el obrador sobre vuestra visita a la botica —comentó Lucil.

Su ayudante no levantó la vista en toda la cena, después recogió los platos y salió a lavarlos fuera. Yo la ayudé y me quedé con ella un rato. Seguía nevando y el agua fría nos dejó las manos heladas.

—¿Llevas mucho tiempo aquí? —pregunté a Susana.

La chica, de grandes ojos verdes, me miró sin contestar. Me pareció muy maleducada, hasta que me di cuenta de que era muda. Entré de nuevo en la casa; las dos mujeres seguían conversando, pero al verme Lucil me contó:

—Susana es muda. Su padre le cortó la lengua de niña por mentir. La pobre vivía de pedir en la puerta de las iglesias hasta que la encontramos. A pesar de su triste vida es bastante alegre. Nos comunicamos por señas. Al parecer tenía una voz preciosa.

Me quedé tan sorprendida que Martha se levantó y me puso una mano en el hombro para que me sentara.

—Has vivido todos estos años en un lugar seguro; sin embargo, el mundo es más peligroso de lo que imaginas, sobre todo, para las mujeres. Si somos bellas, los hombres nos codician y sufrimos sus miradas y abusos; si somos poco agraciadas, nos desprecian; no quieren que sobresalgamos, prefieren tratarnos como a niños pequeños.

—Pero es terrible —dije y me eché a llorar, no quería ni imaginar lo que sentiría si mi propio padre me hubiera arrancado la lengua.

—Ya os comenté que aquí todas tenemos una historia triste.

—Me siento afortunada —aseguré—. Mis padres me cuidaron y mimaron, mis hermanos me querían con locura, recibí una educación y siempre tuve buenos vestidos y comida abundante. Mis padres quisieron casarme con un hombre mayor, un vecino rico y noble, pero yo me había enamorado de un carpintero. Tenía a su cargo a casi veinte ayudantes y oficiales, sin embargo, su sangre no era noble. Mis padres se opusieron y por eso decidí hacerme beguina.

—Una historia demasiado familiar, eso le sucede a casi todas las mujeres que conozco, pero ¿por qué hacerse beguina y no monja? —preguntó Lucil, mientras se limpiaba los restos de miel de la cara.

—Mi amiga Geraldine me habló de vosotras, ella se unió a este beguinaje hace un año, aunque todavía no la he visto.

Las dos mujeres se pusieron muy serias, enseguida sentí que algo no iba bien.

—¿Qué pasa? ¿Le ha sucedido algo malo a Geraldine?

—Lo siento —dijo Lucil—, tu amiga murió hace un mes. Se ahogó en el canal. Al parecer debió de resbalar por la noche y caer; nadie oyó sus gritos o perdió el conocimiento en el agua. La encontraron al día siguiente.

Me quedé paralizada, no podía creer lo que acababa de escuchar. Me eché a llorar y subí a mi habitación corriendo. Me tumbé en la cama hasta que terminé por quedarme dormida, habían sido demasiadas emociones en apenas unos días.

Unas horas más tarde oí ruido abajo, me puse un chal sobre los hombros y bajé a ver. El salón estaba a oscuras, pero la puerta que daba al obrador, abierta. El horno se encontraba encendido. Me acerqué a las llamas y disfruté unos instantes del calor que desprendían, hasta que noté una sombra a mi derecha. Me giré y vi el rostro amoratado de Lucil. Tenía los ojos abiertos y una expresión de horror y la boca, llena de dulces que le caían por la barbilla hasta el pecho. En el suelo había más bollos y, por la fijeza de sus ojos, comprendí que estaba muerta. No pude ahogar un grito de terror, después me volví y comencé a vomitar. Martha no tardó en acudir, no mostró muchas emociones, se limitó a ponerme a un lado y decirme que no tocase nada.

—Se ha atrevido a hacerlo aquí mismo, mientras dormíamos arriba —comentó al tiempo que encendía una vela para observar el cadáver. El rostro de Lucil se iluminó. Los ojos parecían a punto de salírsele de las órbitas, las mejillas estaban hinchadas y tenía las fosas nasales taponadas. Los brazos gruesos le caían a ambos lados del cuerpo y el suelo, plagado de dulces, estaba resbaladizo.

—Se ha atragantado —dije, al tiempo que recuperaba un poco la calma.

Martha frunció el ceño ante mi simpleza.

—No, querida Constance. Es un mensaje para nosotras, me temo que nuestra amiga Lucil ha sido solo el pergamino donde se han escrito las maldades de nuestro asesino.

6

Martha

Lovaina, 15 de noviembre del año del Señor de 1310

—*Fac dum tempus opus, mors accedit*, haz tu trabajo mientras hay tiempo, la muerte viene —exclamó Martha mientras se inclinaba hacia la desgraciada Lucil.

No había querido avisar a nadie en medio de la noche. Fuera el viento soplaba con fuerza y la nieve helada parecía desear enterrarnos a todas bajo su manto blanco. Temblaba de frío y temor al escuchar las palabras de mi maestra. Ahora que, en la ancianidad, me encuentro tan cerca del final de mis días, me hubiera gustado decirle a la misteriosa dama las palabras del apóstol Pablo a los Corintios «¿dónde está, muerte, tu aguijón y sepulcro, tu victoria?». Siempre había imaginado que al acercarme al abismo inconmensurable al que todos han de aproximarse, la fatiga de la vejez me lo presentaría como un anhelado descanso. En todos estos años, aún ahora que recuerdo aquellos terribles tiempos, sigo con ansias de existir, que en el fondo no es otra cosa que la curiosidad por lo que ha de venir.

—Quiero examinar bien el cuerpo y el escenario de este macabro crimen antes de que esto se llene de hermanas limpiándolo todo. Si somos capaces de observar, querida Constance, encontraremos que los asesinos siempre dejan pruebas involuntarias.

—¿Pruebas involuntarias? —pregunté confusa.

—Sí, pistas sobre lo que ha sucedido en realidad. Piensa que el asesino o asesina está jugando con nosotras, pretende confundirnos y demostrar su destreza. En el fondo no se trata sino de un juego, macabro y cruel, ciertamente, pero un juego.

Martha me ordenó encender todas las velas posibles. Después examinó el suelo con cuidado. Todavía se observaban unas huellas que se dirigían hacia la salida del horno, y había otras de pies descalzos que iban en la dirección opuesta, hacia la casa. Más tarde me hizo tomar nota sobre la hora aproximada en la que habíamos encontrado el cadáver y el calor del horno.

—Está al rojo vivo. El carbón vegetal que se emplea tarda entre cuarenta y cuarenta y cinco minutos en convertirse en brasa. Lo que nos da una pista de a qué hora sucedieron los hechos. A ese tiempo tenemos que añadir los diez minutos que Lucil tardó en reunir el carbón y encender el fuego.

—Pero, maestra, ¿cómo es que no le ayudó su aprendiza? ¿No es esa su labor?

Martha me miró con aprobación, le placía que fuera despierta y, a pesar del miedo que me invadía, no dejara que este me nublase la mente.

—Además, esas pisadas no pueden ser de otra persona que de la aprendiza.

—Entonces, ella lo vio todo —afirmé con la voz temblorosa, mientras imaginaba lo que habría sentido Susana.

—Antes de que vayamos en su búsqueda, deja que examine el cuerpo, espero que más tarde la boticaria logre descifrar más cosas.

Martha se detuvo en el rostro de la panadera. Tenía las mejillas hinchadas y amoratadas, los ojos muy abiertos, la expresión de terror y las manos bajadas, como si se hubiera rendido a la inminente muerte. Entonces mi maestra observó unos granos en sus muñecas, detrás de los oídos y en las axilas. Miró los restos de comida y empezó a describirlos.

—Son pastelitos de almendra, una especie de dulces de mazapán. Por las figuras que hay en el suelo, representan a los animales del pesebre de nuestro Señor y a los ángeles. No parece que la mujer se resistiera, era muy fuerte y para meterle todo eso en la boca, se hubiera necesitado la fuerza de un varón robusto. Aquí dentro no hay hombres o, al menos, eso creemos —explicó mi maestra.

—¿Por qué tiene esas ronchas pequeñas?

—Me temo que tendrá que ayudarnos la boticaria; ahora será mejor que busquemos a la aprendiza.

Entramos en la casa y subimos al desván, donde dormía la muchacha. Su cama estaba deshecha; la lámpara, apagada y ni rastro de la joven.

—No es posible, las huellas de sus pies subían por las escaleras —afirmó Martha.

Después descendimos a la primera planta y comprobamos la habitación de la panadera. Las mantas y sábanas también se encontraban revueltas, pero no había ni rastro de la muchacha. Me acerqué a una de las ventanas y vi que estaba sin el cerrojo.

—¿No habrá escapado por aquí? —sugerí mientras me asomaba por la ventana. Justo debajo había un techo que cubría el carbón vegetal y la leña. Enfoqué con el candil y vi pisadas en el tejado nevado.

—¿Por qué salir por aquí y no por la puerta? —se preguntó en voz alta mi maestra.

Salimos a la calle, la nieve cubría más de dos palmos. Lo pensamos dos veces antes de comenzar a caminar. Vimos que las huellas se dirigían hasta la casa de la Gran Dama y desaparecían en el umbral. Martha me miró con el ceño fruncido. Imaginé que pensaba lo mismo que yo. ¿Por qué no había acudido a nosotras que nos encontrábamos en la casa y, en medio de la noche, había corrido hasta la residencia de la Gran Dama?

Llamamos a la puerta y la criada tardó un buen rato en abrirnos. Estaba vestida con un camisón tosco y llevaba el pelo recogido en un apretado moño.

—¿Por qué llaman en plena noche? Aún queda una hora para maitines —preguntó la mujer con un gesto hosco.

—Es urgente. ¿Está la Gran Dama?

—Se encuentra en sus aposentos —contestó la criada a Martha.

—Tenemos que verla lo antes posible —respondió mi maestra mientras empujaba la puerta y entraba en la casa.

Apenas habíamos cruzado el umbral y la criada comenzaba a ascender las escaleras, cuando la Gran Dama apareció. Llevaba una bata sobre el camisón y tenía el pelo suelto, entre canoso y rubio. Pensé que se asemejaba de manera increíble a Nuestra Señora, la Virgen María.

—¿Qué sucede? ¿El asunto no podía esperar a mañana? Llevo dos días en los que apenas he logrado descansar —dijo en un tono suave, a pesar de lo incómodo de la situación.

—Perdónenos, hemos encontrado el cadáver de la panadera, nuestra hermana Lucil. Su ayudante ha huido y las huellas nos han traído hasta aquí.

La serenidad que siempre lucía la Gran Dama se ensombreció de repente. Sus ojos se cerraron para evitar las lágrimas. Terminó de descender por las escaleras, pero al llegar a la mesa y sentarse, parecía una anciana y no la mujer fuerte y decidida que conocíamos. Se cubrió el rostro con las manos, como si intentara aclarar sus ideas, asimilar aquel nuevo golpe.

—Tenemos que denunciarlo a las autoridades, si descubren que hemos ocultado las muertes, terminaremos todas en la hoguera.

Martha se sentó al lado de la Gran Dama, le tomó la mano, y se dirigió a ella por su nombre:

—Lucrecia, no podemos hacer eso. Todavía no, el inquisidor Guillermo de París llegará hoy mismo a la ciudad. Es justo lo que necesita para echarnos el lazo, ya sabéis lo que le sucedió hace unos meses a la hermana Margarita Porete.

—¡Dios mío! —exclamó y se echó a llorar—. Estamos sufriendo su ira.

—No, la ira de Dios nunca opera por la mano del hombre. Esto lo ha hecho un asesino. Tenemos que descubrir la razón por la que comete estos crímenes atroces y entonces descubriremos de quién se trata. ¿Dónde está Susana?

—¿Susana? —preguntó, sorprendida, la Gran Dama.

—Sí, hemos seguido sus pasos hasta aquí —le contestó mi maestra.

—Susana no se encuentra en la casa —dijo la criada con un gesto de sorpresa.

—Entonces, si esas huellas no eran de ella, tienen que ser de...

—El asesino —Martha terminó mi frase.

7

Deducción

Lovaina, 16 de noviembre del año del Señor de 1310

Mi maestra era una de las mujeres más inteligentes que había conocido, aquellos terribles acontecimientos me lo confirmaron. Su estancia en Asia y el Imperio turco habían moldeado su carácter y desarrollado su sagacidad, pero su mente deductiva la había perfeccionado tras su regreso a Europa, según ella misma me explicó justo aquella mañana cuando nos dirigíamos a la botica, para que la boticaria nos comentara sus descubrimientos.

—¿Cómo podéis sacar conclusiones con la simple observación de los sitios o las situaciones? —le pregunté mientras mordisqueaba una manzana.

Apenas habíamos tomado bocado y, a pesar de la tensión de los últimos días, comenzaba a recuperar mi apetito adolescente.

—Deduciendo, querida Constance. No es algo que lo haya inventado yo, el precursor de todo esto fue el gran Aristóteles, como siempre. En su obra *Categorías*, que tenía el subtítulo *Sobre la interpretación*, describe tres consideraciones. A estas las denomina: Primeros analíticos, Analíticos posteriores y Tópicos. Después desarrolla estas ideas en su libro *Organon*, en el que el filósofo trató sobre las leyes del razonamiento. Por último en su *Lógica* creó el método deductivo a través de los silogismos.

—¿Qué son los silogismos? —pregunté asombrada. Jamás había oído hablar sobre Aristóteles ni sus enseñanzas.

—El silogismo es una forma de razonamiento deductivo. Viene de una palabra latina, *syllogismus*, y se compone de dos proposiciones como premisas y una tercera como conclusión.

Me quedé más confusa que antes. Al ver mi cara perturbada sonrió y dijo mientras dibujaba en la nieve:

—Es más sencillo si te pongo un ejemplo.

Me agaché y observé lo que escribía.

—Observa. Todos los hombres son mortales, ¿verdad?

—Sí, claro, más a la vista de los últimos acontecimientos.

—Todos los griegos son hombres —dijo Martha sonriendo ante mi ocurrencia.

—Imagino que habrá también mujeres.

—Estimada Constance, me refiero a la raza humana.

—Claro, todos los griegos son hombres.

—En conclusión, todos los griegos son mortales. Lo que quería decir Aristóteles era que, gracias a unas premisas, podemos deducir una conclusión. Los silogismos categóricos pueden alcanzarse por una proposición categórica. Por ejemplo, todos los humanos son mamíferos, ningún humano es reptil. Así podríamos seguir infinitamente. Lo que nos interesa es llegar con estas deducciones a lo que él denominó «la lógica modal», que tiene que ver con el tiempo y la necesidad. Podríamos afirmar «mañana habrá una batalla naval» y «mañana no habrá una batalla naval». Si la verdadera es la primera, eso quiere decir que el futuro está determinado y no depende de nosotros. Por eso, con la lógica deductiva solo podemos averiguar lo que ya ha sucedido. Reconstruir los hechos, caminar el camino justo al revés. Para llegar a la verdad debemos ir reduciendo las posibilidades, los sospechosos y las causas, hasta llegar a la verdadera.

—Creo que ahora lo entiendo.

—El pensamiento de Aristóteles nos ha llegado a través de pensadores musulmanes, al igual que sus libros. Es ahora cuando comienza a conocerse en la cristiandad. Por eso, si pensamos en las cuatro víctimas...

—¿Cuatro víctimas? ¿No son tres?

—Tenemos a Sara, que apareció colgada de las campanas de la iglesia; a Drika, que sufrió quemaduras en la nevera por azufre; no nos olvidemos de la pobre Lucil, que murió asfixiada o eso creemos y, por último, a tu amiga Geraldine, que apareció en el canal.

—¿Pensáis que Geraldine también fue asesinada? —pregunté, asustada; no quería ni imaginar que mi buena amiga y confidente hubiera sufrido una muerte terrible.

—Sí, lo lamento, pero si os fijáis, ¿qué deducís?

Intenté complacer a mi maestra, aunque sin mucho entusiasmo, no me sentía capacitada y, sobre todo, aún no había superado los últimos acontecimientos.

—Todas las víctimas son mujeres, aunque en un lugar como este no podría ser de otra forma.

—¿Ah, no? ¿Estáis segura?

—Es cierto, también hay niños en la escuela por la mañana.

Martha sonrió satisfecha y yo comencé a tener más seguridad.

—Son mujeres, todas beguinas.

—Muy bien, perfecto. ¿Hay alguna otra coincidencia?

Me quedé pensativa, pero no supe qué más decir.

—Las cuatro mujeres pertenecen a la misma región.

—¿Cómo? —repliqué, asombrada.

—Todas nacieron en el condado de Henao. Aquí hay hermanas de Francia, Bohemia, Bavaria, algunas de Luxemburgo, Génova y Brandemburgo. El condado de Henao pertenece al Sacro Imperio Romano.

Estábamos cerca de la botica cuando Martha se sentó

debajo de un porche, como si necesitara pararse para aclarar mejor la mente.

—Todas eran mujeres, beguinas y del condado de Henao, pero tenían diferentes edades, habían llegado a Lovaina en épocas distintas y ejercían oficios dispares. ¿Qué las unía?

—Está claro que su procedencia —insistí.

—No, había algo que las unía además de su procedencia y era el valón, una lengua de la misma rama que el francés, aunque algo distinta —explicó comenzando a sonreír.

Justo en ese momento llegó la hermana Agnés, una de las escribas del *scriptorium*.

—Hermana Martha, hemos encontrado a Susana, tienen que venir de inmediato.

Las dos nos miramos sorprendidas. Casi todo el beaterio llevaba horas buscando a la muchacha.

—¿Dónde se escondía? —le preguntó mi maestra.

La mujer se giró y señaló un imponente edificio que estaba en un extremo de la pequeña ciudad de las beguinas. Era una torre alta de piedra, no de ladrillo como los otros edificios. Al parecer eran los restos de una vieja muralla del siglo IX, cuando la ciudad fue asediada por las hordas vikingas. Al poco tiempo de construir el beaterio, se utilizó de comedor, pero desde hacía veinte años se había convertido en el *scriptorium* y biblioteca de la comunidad. Yo todavía no había entrado en la torre, cuyas formas externas imponían, ya que en las ventanas apuntadas había dragones expulsando fuego por la boca y en la regia entrada con su monumental pórtico se representaban las escenas del final de los tiempos. A ambos lados estaban los evangelistas san Marcos y san Lucas y, detrás, cuatro ángeles portando los instrumentos de la pasión de Nuestro Señor (la cruz, la corona, la lanza y los clavos). Al otro lado, la columna en la que fue flagelado y la figura de Poncio Pilato. Justo en medio, decorado con vivos colores, el tímpano central representaba a los veinticuatro ancianos del Apocalipsis, cada uno con un instrumento musical en sus manos. Jesucristo, en el centro, con sus palmas horadadas y a cada lado un ángel simbolizaban el viejo y el nuevo pacto. Aún recuerdo todos los detalles, como si jamás pudiera borrar aquellos acontecimientos de mi memoria, grabados en piedra al igual que las figuras que vigilaban la entrada de aquel lugar mágico y temible. El gran Salomón ya lo describió en el Eclesiastés al decir que el que añade conocimiento añade dolor. Tal vez hubiera sido mejor para todas nosotras intentar apartar de la vista aquellos horrendos crímenes y los terribles días de ese otoño frío y oscuro, pero mi maestra no estaba dispuesta a dejar escapar al monstruo que había terminado con la vida de tantas hermanas, aunque se tratase del mismo diablo.

8

Boticaria

Lovaina, 16 de noviembre del año del Señor de 1310

Nos dirigimos hacia el edificio; mientras mis ojos se centraban en el pórtico, empecé a sudar. Nunca había estado en una biblioteca y me emocionaba ver todo aquel conocimiento reunido, pero por otro lado, imaginar el rostro de la pobre Susana me recordaba de nuevo que estábamos persiguiendo a un fantasma, un demonio terrible capaz de devorarnos a todas. Aunque Martha estuviera convencida de lo contrario. En ocasiones lo divino y lo humano se confunden de tal forma que, como si de un portal místico se tratara, se comunican y convierten el mundo en una puerta del Hades.

Luisa, la más decana de las beguinas, nos esperaba justo a la entrada. Pasamos el gran portalón de madera y la luz de las vidrieras nos recibió con inusual alegría. Por un momento el sol atravesó el velo opaco del melancólico otoño y se mostró en su máximo esplendor. Los colores del apóstol Juan sentado en su escritorio en la isla de Patmos, redactando su famoso Libro de las Revelaciones, me dejó sobrecogida.

—Constance, sígueme —tuvo que advertirme mi maestra para que no me quedase atrás.

Miraba fascinada los bellísimos escritorios de madera de nogal tallada, con sus altorrelieves que representaban escenas de las Escrituras y la mitología, los manuscritos iluminados por las escribas que apenas prestaban atención a nuestra presencia, pero lo que más me sobrecogió fueron los estantes con los libros, los lomos de piel de cordero, las letras grabadas en oro y las cintas rojas que, como lenguas, sobresalían de sus hojas.

—¿Es la primera vez que ves una biblioteca? —me preguntó, curiosa, mi maestra.

Afirmé con la cabeza, como una niña perdida en la feria de su pueblo que mira a los saltimbanquis, escucha las melodías de los juglares o ve los teatrillos de titiriteros.

Luisa se detuvo en una mesa escondida en un ángulo oscuro; apenas nos fijamos en la figura cabizbaja con la cabeza cubierta por el tocado. Al oír sus pasos levantó la cara y pudimos ver el rostro de Susana. Sus ojos estaban enrojecidos por las lágrimas, las ojeras los entristecían hasta envejecerla repentinamente; tenía un moratón en las mejillas y los labios, mordisqueados por la desesperación.

—¡Pobre niña! —exclamó Martha, mostrando algo de emoción por primera vez. Después se inclinó y le acarició la barbilla mojada por las lágrimas—. ¿Cómo te encuentras?

Susana cerró los ojos y comenzó a sollozar, con el extraño ruido producido por su mudez.

—¿Has visto lo sucedido? ¿Contemplaste al asesino? —le preguntó mientras se sentaba a su lado y le pasaba la mano por la espalda. Temblaba de frío y miedo.

Me senté al otro lado, notaba un nudo en la garganta. Aquella pobre criatura que había escapado de un hogar terrible, ahora había tenido que contemplar de nuevo un acto cruento e inhumano.

La chica afirmó levemente con la cabeza.

—Hermana Martha, será difícil que pueda contarnos nada —dijo Luisa con sus ojos apagados por la edad.

—Podéis dejarnos a solas, hermana —dijo Martha de forma seca. La anciana frunció el ceño y salió de la estancia rezongando.

En cuanto estuvimos las tres solas, Martha dejó sobre la mesa un pequeño pergamino y una pluma.

—Dibujad lo que visteis. ¿Sabéis escribir?

Susana negó con la cabeza. Empezó a dibujar algo parecido al horno, después una especie de demonio que salía del fuego y tapaba la boca de la panadera, dibujada en una silla.

—Eso no es posible.

La joven comenzó a temblar, como si su propio dibujo la aterrorizase.

—¿Por dónde entró?

Señaló de nuevo el horno.

—¿Por dónde escapaste tú?

Susana marcó la puerta del obrador.

—Entonces, las huellas, ¿de quién eran? —pregunté sorprendida. Las habíamos seguido hasta la casa de la Gran Dama.

—¿Reconocerías a ese demonio si lo vieras otra vez? —me planteó mi maestra.

La chica afirmó con la cabeza.

—¿Era femenino o masculino?

Se quedó callada, como si estuviera reflexionando, después encogió los hombros. Aquella pregunta me sorprendió. Ni los ángeles ni los demonios tenían sexo.

Llamamos a la hermana Luisa, que parecía haber estado escuchando detrás de la puerta.

—Quiero que una hermana esté con ella día y noche. Llévenla a nuestra casa. ¿Entendido?

—Las beguinas no recibimos órdenes, pero no íbamos a dejar a una chica sola en este estado. Ven, hija —dijo, dándole la mano.

—Gracias, hermana —le contestó Martha con cierta hostilidad. En cuanto estuvimos a solas se giró y me dijo—: La hermana Luisa nunca fue muy amable, nos sucede a los que pasamos demasiado tiempo entre los libros. En otra época estuve a cargo de la biblioteca, ella era la maestra de las escribas; cuando perdió la vista, como el apóstol Pablo, pensó que era un aguijón en su carne, producido por los libros que no tenía que haber leído. Quiso que destruyéramos algunos ejemplares por contener ideas heréticas o estar escritos por infieles, pero se lo impedimos. Ahora se pasa las horas muertas aquí, aunque no tiene ninguna autoridad en la biblioteca.

—¿Quién la dirige?

—Judith, la mujer más sabia del beaterio.

—Pensé que erais vos.

Martha se ruborizó, como si no estuviera preparada para los elogios, después de haber vivido una vida de tristezas y sufrimiento.

—No sé cuál de las dos ha leído más, aunque te aseguro que la sabiduría es otra cosa. San Anselmo, el padre de la escolástica, como ya sabrás, en su *Monologion*, habla de que la persona no se define en el reflejo ante el espejo, sino cara a cara ante Dios. La teología, a pesar de ser el estudio de Dios, cobra sentido cuando se centra en el ser humano. Para entendernos a nosotras mismas, antes debemos conocer al creador. La hermana Judith se encuentra más cerca de Dios que yo, os lo aseguro. He visto demasiadas cosas, algunas ciertamente muy bellas, como la puesta del sol sobre Alejandría o un amanecer en Constantinopla, pero otras terribles y macabras que me han alejado del hacedor de la vida.

La reflexión de mi maestra me dejó más turbada que las afirmaciones de Susana. ¿Acaso dudaba de la existencia de Dios o de su bondad? ¿Cómo una mujer tan sabia y prudente podía afirmar aquellas cosas? En aquel entonces era demasiado joven para comprender que las tristezas, los desamores y las traiciones pueden convertirnos en cínicos con facilidad, únicamente el amor nos redime de nosotros mismos.

Nos dirigimos a la botica, esperábamos que la hermana boticaria fuera capaz de arrojar más luz que las visiones demoniacas de la joven. Atravesamos el patio y caminamos por la calle principal hasta el edificio. Cruzamos el invernadero y nos dirigimos directas a la sala de las disecciones. Ya no estaban los cuerpos de las otras difuntas, a los que habíamos dado sagrado descanso, pero sí el orondo cuerpo de la panadera.

La hermana boticaria aún lo examinaba con detalle junto a su aprendiza.

—Hermana Ruth, ¿qué ha averiguado? —le preguntó sin más dilación mi maestra.

La mujer nos miró con los ojos cansados, como si el diseccionar a varias de sus hermanas en pocos días estuviera minando su mente y su espíritu.

—Que el alimento sea tu mejor medicina y tu mejor medicina sea tu alimento.

—Bella frase de Hipócrates, el padre de la medicina —le contestó Martha.

—En este caso, el alimento fue veneno para la desgraciada Lucil —afirmó muy seria la boticaria señalando las ronchas que habíamos visto en el cadáver.

—¿Qué son esas ronchas?

—Es una atopía, una reacción a algún alimento ingerido que, por alguna extraña razón, el cuerpo no acepta. He visto algún caso en el que se produce asfixia; si os fijáis aquí, los órganos internos están inflamados. La tráquea, el intestino y un poco el hígado. La muerte fue por causas naturales.

—Tenía los conductos respiratorios obstruidos —anunció Martha.

—Eso se hizo *a posteriori*, la causa de la muerte fue esta reacción contra un alimento.

—Una cosa más —dijo Martha—, ¿visteis a una chica ahogada llamada Geraldine? Al parecer se ahogó en un canal.

La boticaria se quedó pensativa y después como si le viniera de repente a la memoria la muerte de la joven, comentó:

—Un ahogamiento clásico, le vi una contusión en la cabeza, pero creí que era *post mortem*.

—¿Podría haberse producido antes?

—Sí, claro. Es difícil determinarlo —añadió la boticaria.

—Muchas gracias —dijo Martha.

Después mi maestra examinó unos segundos el cadáver y salió de la sala a toda prisa. La alcancé fuera del
edificio, caminaba con paso acelerado hasta que se paró
en la casa en la que nos alojábamos. Entró en el obrador
y miró el horno, la silla, la mesa y la puerta que daba a la
vivienda.

—Ahora lo entiendo —afirmó, como si sus pensamientos se derramaran por sus labios.

—¿Qué entendéis? —pregunté, impaciente.

—La descripción de Susana.

—Por favor, explicadme.

—Mirad. La pobre aprendiza se durmió; tenía que
haber encendido el horno, de modo que su maestra lo
hizo por ella. Esta tomó un dulce, que contenía algún
condimento que le hizo reacción, provocando la hincha-
zón, las ronchas y la asfixia. La aprendiza entró en el
obrador, su maestra estaba al lado del horno, al verla
corrió hacia ella para pedirle ayuda, pero su rostro, inflamado y rojo, en medio de la oscuridad, se le asemejó
al de un demonio.

—Entonces, todo fue un accidente, en este caso...

—Sí y no. Sin duda la panadera debía de saber que
ciertos alimentos le eran nocivos, algo que el asesino conocía. Si hubiera sido una reacción atópica y una asfixia,

no la hubieran sentado en la silla y llenado la boca de dulces.

La miré sorprendida por su sagacidad, ¿cómo era capaz de llegar a aquellas conclusiones con tan pocas pistas?

—Susana no vio al demonio ni al asesino, lo que vio fue a su propia maestra hinchada y agonizando —dije entusiasmada. Me sentía tan eufórica que, al igual que Martha, me olvidé del sufrimiento de la víctima y pensaba solo en el regocijo de mi descubrimiento.

—Ahora entendéis por qué Judith es sabia y yo no. Ella antepone a Dios y la misericordia al conocimiento, ya que este envanece, pero yo amo demasiado la verdad y el saber, lo que jamás me permitirá alcanzar su sabiduría.

Las palabras de mi maestra me han perseguido por largos años. No lo comprendí en aquel momento, pero más tarde supe que la vanidad y el orgullo son los peores pecados del ser humano. Es con ellos como nos igualamos a Dios y somos incapaces de ponernos en la piel de nuestro prójimo. El asesino nos estaba enviando un mensaje que aún no éramos capaces de descifrar. No mirábamos en el lugar correcto; nuestros ojos observaban los detalles escabrosos, pero no su simbolismo. Era como si en cierto modo contempláramos los signos, como si leyésemos un manuscrito y no viéramos las palabras.

9

Herejes

Lovaina, 17 de noviembre del año del Señor de 1310

Aquella noche soñé con la hoguera. Fue tan vívido y real que me desperté empapada en sudor y asfixia. Aquellos años oscuros en los que cohabitaban dos papas, uno en Roma secuestrado por los patricios de la ciudad y otro en Aviñón, guiado como un cordero por el rey de Francia, las hogueras se encendieron en numerosas ocasiones para calentar la ambición de los reyes, la riqueza de los príncipes de la Iglesia y la sed de sangre del pueblo. No estoy segura de si las hambres, pestes y guerras que vinieron después fueron consecuencia o causa de aquellas injustas ejecuciones, pero de lo que sí estaba completamente segura entonces era de que todas terminaríamos abrasadas por las llamas del infierno y de los inquisidores si mi maestra no descubría al asesino que andaba suelto por nuestra comunidad.

En aquellos momentos ignoraba todavía los tratados de Tertuliano o de Ireneo, las cartas de Ignacio de Antioquía y Policarpio de Esmirna. Las advertencias de la Epístola de Bernabé sobre los falsos maestros y las falsas enseñanzas de doctrinas de demonios llevaban siglos enseñándose en la Iglesia, pero muy pocos se atrevieron a condenar el trono de Roma, en el que se asentaba como un nuevo emperador y un sumo pontífice el obispo de Roma. En aquellos días los heraldos del papa deseaban desprestigiar a las órdenes mendicantes y a nuestra propia comunidad, al verse puestas en evidencia por su opulencia, lujuria y avaricia.

Salí de la cama aturdida, confusa, hambrienta y temerosa. Bajé hasta la cocina donde mi maestra ya tomaba una misteriosa infusión de hierbas, como cada mañana. Tras beberla a pequeños sorbos su ánimo parecía renacer y su ingenio, agudizarse, pero jamás me dejó probar aquel brebaje.

—Querida Constance, estás en la edad en la que el sueño es más valioso que la vigilia. Cuando una envejece, duerme menos, como si la vida le avisara de que le queda poco y muy pronto tendrá que doblar la última hoja del manuscrito de la existencia.

—Lo siento, ¿necesitáis algo?

En aquella época, los aprendices y los discípulos eran

atentos con sus maestros, no como ahora, que cada uno parece preocupado solo por su propio beneficio. Antes se aprendía tanto sirviendo las mesas como lavando la ropa; ahora los alumnos se sientan en las aulas de las universidades con la mente en la taberna o la lujuria.

—Siéntate a mi lado, he estado casi toda la noche intentando resolver este enigma. Cuatro muertas, si es que tu amiga también fue asesinada, cosa que aún tenemos que probar. Todas hijas de esta casa, nacidas en el mismo ducado, fallecidas de manera terrible, pero al mismo tiempo misteriosa. En un intervalo tan corto que casi ha fallecido una por día, menos la primera, Geraldine. ¿Puedes hablarme de ella?

Al pronunciar su nombre la pena me invadió de nuevo. Habíamos sido casi como hermanas. Había venido con su familia cuando aún era muy niña a mi castillo. Su padre era un gran guerrero y se encargaba de entrenar a mis hermanos y otros soldados de la fortaleza.

—Geraldine era hermosa por dentro y por fuera. Avispada y alegre, sabía leer y escribir. Veneraba a su madre, que murió cuando ella era muy joven; al principio pensó en hacerse monja, pero se enamoró de un juglar que nos visitó en una ocasión. Tenía dos años más que yo. Hace unos meses lo dejó todo y vino aquí, para ahogar sus penas y desamor...

—Creo que me ocultas algo, querida Constance —comentó Martha con sus ojos vivaces.

Era cierto, mi querida amiga tenía una razón oculta para abandonar el castillo, aunque nadie lo sabía.

—¿No estaba embarazada? Imagino que de aquel juglar hermoso que apareció en vuestro castillo.

—¿Cómo lo sabéis? Ni siquiera su padre... —contesté, confusa; aún no me había acostumbrado a la sagacidad de mi maestra.

—Cuando preguntamos a la boticaria, me extrañó algo de su contestación, mencionó un golpe en la cabeza, el ahogamiento en el río, pero pasé esta mañana por el cementerio. Al lado de su tumba había la de un bebé. Le llamó Jean. Es probable que fuera el nombre del padre, el juglar desconocido. Lo que me daba otro dato: debió de contarle a alguien lo de su bebé.

La miré sorprendida y abrumada.

—¿Sabéis a qué se dedicaba?

—Nos lo dijeron. ¿No os acordáis? En el *scriptorium*, ayer mismo.

Martha puso cara de confusión, cómo podía habérsele olvidado algo tan sencillo. Mi maestra tenía a veces lapsus de memoria que ella achacaba a la edad. En realidad padecía una enfermedad en la mente que los antiguos llamaban «demencia». En aquella época avanzaba muy despacio, pero podían observarse los primeros síntomas.

—Es cierto, por lo que Judith debe de saber más detalles de su estancia en el beaterio. Tendremos que regresar a la biblioteca. Ayer noté que os gustaba ese hermoso lugar.

—Amo los libros; desde pequeña mi madre me leía y no hay nada mejor para mí que tumbarme y sumergirme en ellos.

—Un amor peligroso en los tiempos que corren. La lectura inflama la mente y aumenta la soberbia y el escepticismo —repuso con los ojos brillantes, como si ella estuviera contagiada de aquella fiebre del conocimiento y ya no tuviera cura.

—Pensé que amabais la lectura —le contesté sorprendida.

—¿Creéis que todos están preparados para leer? Hacerlo un poco, sin conocimiento, es mucho más peligroso que ser ignorante. En muchas ocasiones, los no versados caen en graves errores y herejías.

Miraba a mi maestra sorprendida, como si no entendiera adónde me quería llevar con su razonamiento.

—Mirad al sabio Salomón, ¿de qué le sirvió su sabiduría? En Eclesiastés y Proverbios nos anuncia la vanidad del conocimiento sin propósito.

—Dios se mostró a través de un libro; los filósofos y matemáticos, también, por no hablar de los padres de la Iglesia y los santos: san Agustín, santo Tomás...

Martha sonrió al verme defender la lectura y los libros.

—Y los herejes y aquellos que han inventado todo tipo de fantasías paganas. ¿No escribió Mahoma el Corán?

—Dios es el verbo, la palabra creadora. Él nos dio el lenguaje y la escritura.

—Pues, ya que estás tan convencida, será mejor que nos dirijamos sin más dilación a la biblioteca, pero antes pasemos a ver a Susana. Imagino que está en el desván con la cuidadora, es extraño que no hayan bajado para desayunar.

Subimos hasta la última planta. Llamamos a la puerta y, como nadie respondió, abrimos y contemplamos la habitación revuelta. No había rastro de las dos mujeres.

—¡Dios mío! —grité asustada.

—No hay signos de violencia, esperemos que estén en otra parte. Será mejor que las busquemos —sugirió mi maestra.

Bajamos inquietas por las escaleras. La nieve y la ventisca habían regresado con mayor virulencia, aunque la luz del día aún lograba filtrarse y no oscurecer todavía más aquel tenebroso día.

—¿Cómo han podido salir sin que las veamos? No entiendo por qué la cuidadora le ha permitido salir de la casa —dijo Martha al llegar a la planta baja. Las buscamos por las estancias y después en el horno. No había ni rastro de ellas.

—¿Pensáis que el asesino ha actuado de nuevo? ¿Cómo es posible que se haya deshecho de ambas a la vez? Puede que la Gran Dama tenga razón y esto sea cosa del diablo —dije con voz temblorosa.

—Pronto comprenderás que las más de las veces al diablo no le hace falta actuar, los seres humanos nos encargamos de la mayor parte de su trabajo.

Salimos a la intemperie; las manos se me pusieron rojas y comenzaron a picarme, unos segundos más tarde un hormigueo ya comenzaba a adormecerme las yemas de los dedos. Después de echar un vistazo por los alrededores entramos de nuevo en la casa.

No había huellas alrededor de la vivienda. La nieve habría cubierto las pistas durante la noche, la puerta estaba medio atrancada por la nieve y la calle parecía tan desierta como fantasmagórica.

—No han salido por aquí —aseguró mi maestra señalando la gran cantidad de nieve que se acumulaba en la puerta—. El suelo estaría mojado al abrir y se verían las huellas bajo el chaflán.

—Entonces, ¿por dónde han salido?

Martha miró una puerta disimulada bajo las escaleras, tiró con fuerza y esta cedió chirriante. La oscuridad era tan densa que me persigné, temiendo que estuviéramos ante las mismas puertas del infierno.

Mi maestra tomó un candil de aceite y entró, yo la seguía tan nerviosa e inquieta como Heracles al subir a la barca de Caronte y cruzar hacia el Hades.

10

Suicidio

Lovaina, 17 de noviembre del año del Señor de 1310

Caminar en la oscuridad es como nadar en medio de la nada. Descendimos por unas escaleras hasta lo que parecía un túnel perfectamente labrado, el suelo estaba algo húmedo y, en el centro, un pequeño canal de aguas fecales corría hacia el río, me dije mientras intentaba no meter mis zapatos en el agua infecta. Mis padres siempre me habían enseñado a separarme de los restos de inmundicia, aunque a la mayoría de las personas no les preocupaba demasiado caminar entre excrementos de animales y humanos. Era muy común que la gente vaciara sus orinales por las ventanas de las ciudades, lo que las convertían en lugares aún más odiosos y sucios.

Martha se paró ante una encrucijada, murmuró algo que no logré entender y después se dirigió a la derecha. Tras unos diez minutos de exploración, subimos por una escalinata, empujamos una puerta y entramos en una sala repleta de estantes con libros.

—¡Estamos en la biblioteca! —exclamé asombrada.

—¿Cómo no lo he pensado antes? Estos viejos túneles no se utilizan desde hace mucho tiempo. Sin duda, el asesino ha usado estos pasadizos secretos. Lo que me sorprende es que los conozca. Únicamente la Gran Dama y las beguinas más antiguas saben de su existencia.

—¿Quién los construyó? ¿Cuál era su función? —pregunté cuando recuperé el aliento. La sala apenas estaba iluminada, pero comparado con la espesa oscuridad del túnel, parecía que nos encontrásemos a plena luz del sol.

—Hace años, aunque se hizo en secreto. En aquella época las beguinas éramos perseguidas por la Iglesia y muchos nobles. Se pensó que esta era una forma de escapar en caso de necesidad. Todos los edificios no están unidos por los túneles, solo la biblioteca, los talleres, la iglesia, la casa de la Gran Dama y el horno de pan, aunque puede que haya otros. Imagino que muchos se han deteriorado y se encuentran cegados. Uno lleva hasta más allá de la muralla.

La miré sorprendida. Aquel beaterio era una fuente de sorpresas, jamás hubiera imaginado todos sus recovecos y lugares secretos.

Salimos hasta el *scriptorium* y las hermanas se giraron

sorprendidas. Luisa, que estaba sentada en un taburete observando el trabajo de las escribas, en cuanto nos vio se puso de pie y señaló una habitación. Por la expresión de su rostro no parecía muy contenta.

—¿Qué hacen aquí? ¿No se habrán atrevido a utilizar los túneles? Está terminantemente prohibido.

Martha frunció el ceño.

—Teníamos una razón importante para hacerlo. Susana ha desaparecido.

La anciana, que veía con cierta dificultad, pegó su cara a la de mi maestra, como si intentara escrutarla.

—¿Desaparecido? Una hermana estaba con ella, tenía órdenes de no separarse ni a sol ni a sombra.

—Han desaparecido las dos —le contestó Martha, sin ocultar su incomodidad, después se apartó y se dirigió hacia la puerta.

—Daré la orden para que las busquen, esto es muy grave. Los nuncios del papa ya han llegado a la ciudad, vienen con Guillermo de París y todas sabemos cuál es su verdadero cometido —dijo con cierta inquietud.

Mi maestra le miró sorprendida, como si acabara de acordarse de algo trascendental.

—Está bien, que las busquen, pero le ruego que convoque una reunión esta tarde en la gran sala. Tengo algo importante que comunicar a todas las hermanas.

—Se hará como pedís —dijo Luisa con su voz seca y desagradable.

—Antes tengo unas preguntas que haceros —añadió.

—Soy toda oídos —repuso la anciana sentándose junto a un escritorio.

—Creemos que Geraldine también fue una de las víctimas del asesino.

La mujer se santiguó al oír aquella palabra.

—Al parecer se encontraba encinta. El niño debió de nacer muerto o se lo sacaron después de ahogarse. ¿Sabe en qué trabajaba la muchacha?

Luisa rumió un rato la respuesta. Después se inclinó, llevaba un bastón largo y tosco, golpeó el suelo y, a continuación, miró a Martha desafiante.

—Creo que eso no es asunto vuestro. Aquí recogemos cada año a muchas pobres jovencitas que han sido embaucadas por los hombres, siempre sucede lo mismo. Un mozo las seduce, después las deja embarazadas, su familia las repudia y terminan en la calle, prostituyéndose y sembrando este mundo de pobres bastardos, que jamás podrán tener una vida normal.

—Ya lo sé, hermana, pero no le estoy preguntando eso. ¿Sabía que Geraldine estaba embarazada?

—Sí, ya que os importa saberlo.

—¿En qué trabajaba la joven? —insistió mi maestra, que una vez que aferraba una presa no la soltaba con facilidad.

—Ayudaba en la iluminación de un manuscrito, pero al ser aprendiza simplemente realizaba algunos trabajos secundarios. Tener a punto los pinceles, las plumas, la tinta, los pigmentos de distintos colores...

—¿Quién era su maestra?

La anciana frunció el ceño, como si se estuviera cansando de tantas preguntas. Después se puso de pie y se dirigió a la salida. Martha la detuvo aferrando su hombro con fuerza, la mujer se quejó, se giró y con una voz estridente le dijo:

—La hermana Nereida. Es nuestra mejor iluminadora, muchas hermanas comentan que su trabajo es superior al de cualquier monje benedictino.

Martha soltó a la mujer, que salió refunfuñando de la habitación. Después se giró hacia mí y me hizo un gesto para que la siguiéramos.

—¿Dónde se encuentra la hermana Nereida?

Luisa continuó su camino, se sentó de nuevo en su rincón y permaneció en silencio. Una de las escribas se acercó sigilosa y nos comentó en voz baja:

—Hoy no se encontraba del todo bien, está en su casa.

Salimos del *scriptorium* algo nerviosas, Martha presentía que algo terrible estaba a punto de ocurrir. En cuanto pisamos la calle helada, que algunas hermanas se esforzaban en despejar, el cielo se oscureció de repente, hasta el punto de que apenas podíamos ver nuestros pasos. Llegamos hasta la casa de la hermana Nereida, llamamos varias veces, pero nadie salió a recibirnos.

—Vamos a ver a la Gran Dama, ella tiene la llave de todas las cerraduras.

Afortunadamente, la residencia de la Gran Dama se encontraba muy cerca. La oscuridad era casi total, solo la nieve resplandecía un poco. La sirvienta salió a recibirnos, nos dejó calentarnos al lado de la gran chimenea y nos preparó una infusión mientras esperábamos a la señora.

—Estimada Martha, ya me han contado las últimas noticias. Os aseguro que estoy desolada, me temo que tendremos que dar parte a las autoridades —dijo la Gran Dama en cuanto se unió a nosotras.

—No os precipitéis, lo único que conseguiríamos sería sembrar el pánico y permitir que la Inquisición metiera sus narices en el beaterio. Cada vez estamos más cerca de resolver este desagradable enigma.

—¿De veras? Creía que aún no sospechabais de nadie —replicó, y vino a sentarse a nuestro lado.

—No tengo a una sospechosa, pero he descartado a muchas. Lo que sí sé es cómo lo ha hecho hasta ahora.

La Gran Dama nos miró perpleja.

—¿Cómo decís?

—La asesina o asesinas, no descarto que puedan ser varias, incluso un hombre, se han estado moviendo por los túneles.

—¿Por los túneles? Eso no es posible, querida Martha,

llevan años sin utilizarse y apenas hay dos o tres hermanas que saben de su existencia.

—Susana ha desaparecido junto a su cuidadora. La buscamos por todas partes. No dejó la casa de la panadera por la puerta, sabemos que lo hizo por el túnel que lleva hasta la biblioteca.

—¡Increíble! Sin duda el diablo siempre anda enredando y buscando nuevas formas de destruir a los hijos de Dios.

—Además, creemos que la joven Geraldine fue asesinada, lo que aumenta el número de víctimas a cuatro. La joven trabajaba con la escriba Nereida; quería preguntarle algunas cosas, pero hoy no ha ido al *scriptorium* y tampoco nos abre la puerta de su casa.

La Gran Dama se levantó de un salto, tomó un gran manojo de llaves que estaba colgado junto a la puerta y se colocó sobre los hombros una gruesa capa. Con la otra mano atrapó el candil y salimos de nuevo a la fría mañana, que se había tornado en noche.

—¿Por qué está tan oscuro? —pregunté inquieta a Martha, que caminaba a mi paso.

—La tormenta de nieve arrecia, dentro de poco no distinguiremos ni la silueta de las hermanas. Me temo que esta noche será la más larga de esta semana tan aciaga.

Llegamos de nuevo frente a la fachada de la casa, levantamos la vista y observamos luz en la ventana de la primera planta. La Gran Dama abrió el portalón. La chimenea se encontraba encendida, pero las brasas estaban a punto de consumirse. Las azucé un poco y añadí algunos troncos, la Gran Dama miró hacia arriba y subimos las escaleras despacio, como si temiéramos llegar hasta la habitación y descubrir algo desagradable.

Martha abrió la puerta desde la que asomaba un pequeño destello de luz. A medida que la hoja se deslizaba poco a poco, vimos una cama deshecha y en un rincón, lo que parecía una bañera. Una cabeza rubia y canosa asomaba por un lado. Nos acercamos temblorosas, la Gran Dama había dejado su candil en la planta baja y únicamente una luz medio consumida iluminaba la estancia.

—¡Dios mío! —exclamó la Gran Dama; su voz parecía quebrada por la angustia y la desesperación.

Martha tomó la vela y la acercó al cuerpo. El agua estaba cubierta de sangre. Me giré para vomitar, pero logré controlarme.

—¿Por qué hay tanta sangre? —pregunté, aturdida, medio mareada.

Mi maestra se atrevió a meter la mano y sacar la de la mujer. Tenía las muñecas cortadas. Nos miró y después observó su rostro, abrió sus ojos y tocó el cuerpo.

—El agua está helada; el cuerpo, también, tiene parte del *rigor mortis*. Imagino que falleció hace más de dos horas.

—Otra hermana asesinada —dijo la Gran Dama tapándose el rostro.

—No, Nereida no ha muerto a causa de un acto violento. Se ha suicidado.

Las dos la miramos sorprendidas, sabíamos que según la tradición de la Iglesia los suicidas estaban excluidos del paraíso, era un pecado mortal, que además no podía ser atenuado por la extremaunción.

—¿Por qué iba a hacer algo así? —preguntó la Gran Dama, que se había sentado en una silla, como si aquella visión la hubiera dejado extenuada.

—Hay varias razones para quitarse la vida. En ocasiones es por honor, como el gran Sócrates, que prefirió tomar la cicuta a aceptar las acusaciones de sus enemigos. Sansón lo hizo para destruir a los filisteos y para mayor gloria de Dios; Saúl, horrorizado por su derrota.

—Pero ¿por qué lo ha hecho ella? —preguntó la Gran Dama a mi maestra.

—Solo encuentro tres razones. La primera es que fuera la causante de los crímenes y su conciencia la ha obligado a quitarse la vida; la segunda es que conocía al asesino o asesina, estaba atemorizada por una muerte cruenta y ha decidido terminar con su vida; por último, la tercera razón es que no había superado la muerte de la mujer que amaba.

—¿Cómo? No lo entiendo. ¿A qué os referís?

—Nereida debió de enamorarse de forma platónica de

Geraldine, su discípula. Me refiero a que apreciaba su amistad, su compañía y su persona. Al fallecer, la pena y la angustia la han hecho renunciar a la vida.

La Gran Dama se levantó furiosa.

—¡Esas cosas no suceden aquí! ¡Hemos creado este lugar con la ayuda de Dios, para que la contaminación del mundo creado por los hombres no nos corrompa! Aquí vivimos en ascetismo, en la virtud y el decoro.

—Pero...

—Es inadmisible y os prohíbo que comentéis esto con nadie —dijo mientras dejaba la habitación y abandonaba la casa.

Fuimos a la planta baja y nos sentamos en silencio.

—¿Habéis insinuado que ambas tenían una relación? Yo conocía a Geraldine y os aseguro que le gustaban los mozos...

—No habéis comprendido nada. El mundo es mucho más complejo de lo que pensáis. Dios creó el sexo, la atracción entre hombres y mujeres. Él nos dio diferentes atributos y nos permitió conocer el placer místico, por el que un hombre y una mujer se hacen una sola carne, pero además del amor eros, existe el amor ágape y *philia*. Dios nos ama con el amor puro o ágape, perfecto y exento de cualquier interés egoísta, y el amor *philia* es el tipo de amor entre amigos, en el que lo más importante es la hermandad y el compañerismo.

Me quedé meditabunda ante las últimas palabras de

mi maestra. Yo había sentido los tres tipos de amor. Hacia mis padres, mi hermano y familiares tenía el amor *philia*; amaba a Dios, por lo que había decidido consagrarme a él, pero no entendía por qué eso debía ser incompatible con el amor eros.

—¿Alguna vez amasteis a un hombre? —le pregunté sin pensar; apenas había terminado la frase cuando me arrepentí de haberlo hecho.

Martha me observó con ternura, como si le recordase a su juventud perdida.

—Siempre hubo fuego antes de que quedaran brasas, querida hermana. Yo también leí historias de caballería, imaginé a galantes caballeros que venían a rescatarme, pero lo cierto, por triste que sea decirlo, es que los caballeros andantes no existen. Además, ellos no buscan el amor puro de los libros, lo único que desean es el cuerpo. No hay nada malo en esta carne, que un día se convertirá en cenizas y polvo, aunque comprendí hace mucho tiempo que el verdadero amor se encuentra en el corazón. Amo a los árboles y las plantas, a los animales del bosque y de las granjas, amo el sonido de un riachuelo y la nieve que cubre de pureza el mundo. Amo a mis padres difuntos, amo a mi Salvador. Todo lo demás me estorba, pero es natural que en tu lozanía aún te atraigan los mozos, es natural y hasta hermoso.

Tras la conversación casi nos habíamos olvidado del cuerpo de la pobre Nereida; miramos a un lado del pequeño salón y Martha vio un minúsculo escritorio. Unos pergaminos a medio escribir brillaban a la luz del candil, nos acercamos y mi maestra se puso en los ojos los extraños cristales.

—Aquí hay algo importante —anunció y, mientras los enrollaba, oímos ruido en la puerta.

Pensamos que eran las ayudantes de la boticaria que venían a por el cuerpo, pero estábamos equivocadas. La figura de un hombre delgado, de nariz larga y puntiaguda, calvo, excepto por una pequeña corona de pelo rubio nos observó de forma tan severa que di un respingo.

—Martha de Amberes, la mujer más sabia de Flandes —dijo con voz dulce y aflautada.

—Enrique de Gante, el fraile con la lengua más mordaz de la cristiandad, capaz de convencer a un rico avaro de que es el hombre más generoso del mundo.

El hombre soltó una gran risotada y en dos zancadas abrazó a mi maestra con tanta familiaridad que me ruboricé. Después me observó sonriente e hizo un gesto para que me presentaran.

—Esta es mi nueva discípula, la buena de Constance, que en unos días ha mostrado tener más valor que un pendón del rey de Francia, más prudencia que el padre Abraham y tanto valor como Sansón.

El hombre me escrutó con su mirada y después me abrazó, me quedé rígida y nerviosa, pero al rato se apartó de mí y comenzó a hablar con Martha. Mientras los dos conversaban me preguntaba cómo aquel hombre había entrado en el beaterio, un lugar completamente vedado a los varones. Después me limité a escuchar la conversación fascinada, jamás en mi vida había oído una charla tan erudita, fresca e inteligente. Los días que vendrían lograrían casi opacar aquella jornada, que está tan clara en mi memoria como el aroma de la sopa que sube desde el refectorio y que me avisa de que, además de alimentar el alma, es necesario alimentar el cuerpo.

SEGUNDA PARTE

AMOR

Teólogos y otros clérigos
No tendréis el entendimiento,
Por claro que sea vuestro ingenio,
Si no percibís humildemente
Y si Amor y Fe juntos
No os hacen superar la Razón
Pues son damas de la casa.

MARGARITA PORETE,
El espejo de las almas simples

11

Nicolás de Lira

Lovaina, 17 de noviembre del año del Señor de 1310

Aquella jornada aún hoy me parece la más larga de mi vida. Susana seguía extraviada con su cuidadora, la pobre Nereida se había quitado la vida en la bañera de su morada, la Gran Dama parecía ofendida por las palabras de mi maestra; además, habíamos descubierto los túneles, que seguramente había utilizado el asesino para sus terribles crímenes, y justo cuando pensábamos que nada nuevo podía sorprendernos, un hombre entró en el beguinaje y nos abrazó como a sus hermanas.

Enrique de Gante era mucho más amable que hermoso, más astuto que sabio y, sin duda, más peligroso para el papa y su comitiva que cualquier otro de los franciscanos que se habían acercado a Lovaina para intentar llegar a un acuerdo con el papa Clemente V, sometido al poder temporal y las riquezas.

—No puedo creeros —dijo Enrique inclinándose hacia delante.

—Os lo prometo, varias hermanas asesinadas, una suicidada y dos desaparecidas. Por más que indago, las pistas llevan todas a un camino sin salida. Esperaba que vuestra mente brillante pudiera ayudarme —comentó mi maestra, que aún sonreía mientras contemplaba el rostro de su buen amigo.

—Ya sabéis que no me caracterizo por mi deducción, soy más ducho en la retórica y la argumentación, pero conmigo ha venido el hermano Nicolás de Lira, que, como ya sabréis, hace unos meses intentó defender en París a la desafortunada Margarita Porete. Desde entonces, el inquisidor Guillermo no deja de acosarlo. Incluso le aconsejamos que no viniera a este encuentro con los legados del papa; de nada sirve discutir con esos benedictinos del diablo, el Señor los reprenda, pero mucho menos si estás en la picota. Me temo que estos crímenes sirvan de justificación al inquisidor para enviarnos a todos a la hoguera y declarar disueltas nuestras órdenes, como ya han hecho con los templarios.

Martha le miró sorprendida.

—¿Los veis capaces? Es imposible, no se atreverán. El pueblo nos ama, sabe cuánto bien les hacemos. Esos dominicos y benedictinos lo único que saben hacer es enriquecerse a costa de los diezmos que cargan a los campesinos. La Iglesia es cada día más rica y el pueblo, más pobre —dijo Martha comenzando a enfurecerse.

Enrique le sonrió, un gesto que endulzaba sus rasgos hasta convertirlos en agradables.

—Dios guarda nuestra causa, pero no olvidemos que los hermanos templarios eran más ricos y poderosos que nosotros y ahora han desaparecido. Dicen que, aunque unos pocos escaparon a Escocia, la mayoría ha muerto en la hoguera o se pudre en las cárceles de los reyes de Francia, Castilla y Portugal.

—Entonces, intentaremos mantener todo esto en secreto. Debemos ir a una reunión con las hermanas. La mayoría están atemorizadas y confusas, espero que ninguna hable de lo sucedido con extraños. El miedo es siempre un mal consejero.

—Sin duda. Yo me iré al convento de los hermanos, no quiero que me vean aquí dentro. Le relataré lo sucedido a Nicolás con la esperanza de que pueda ayudaros en este oscuro asunto.

—Gracias —dijo mi maestra poniéndose de pie. El hombre se despidió de nosotras, se cubrió el rostro y salió a la tormenta.

Tras su partida, mi maestra pareció quedarse sin fuerzas, pero pronto se recompuso, tomamos algo de pan y salchichón, nos abrigamos bien y nos dirigimos al gran salón.

Toda la comunidad estaba reunida allí. Las puertas estaban cerradas, los pobres regresaban a sus humildes casas y únicamente los huérfanos descansaban en su pabellón, todos ellos niñas o menores de diez años.

En cuanto nos vieron entrar, el revuelo de mujeres se acrecentó. Murmuraban al vernos pasar y algunas se tapaban el rostro como si fuéramos capaces de leerles los labios.

La Gran Dama se sentó en su banco de piedra, sobre el cojín de terciopelo rojo, y todas la imitaron. La secretaria, que se encontraba sentada en un pequeño escritorio, dijo en voz alta:

—¡Orden, por favor! La hermana Martha de Amberes nos ha reunido aquí para informarnos de lo que ha descubierto y pedirnos calma. Le cedo la palabra a la hermana Martha.

Mi maestra se levantó, se dirigió al centro de la sala y levantó las manos en un gesto muy teatral.

—Hermanas beguinas, Dios es testigo de esta comunidad, así como todas las nuestras, busca aplicar el Reino de Dios en la Tierra. Vivimos y morimos para Cristo. Nos hemos dedicado en cuerpo y alma a los pobres, los menesterosos, los huérfanos, las viudas y las mujeres perdidas, que necesitan que alguien las oriente de nuevo por el buen camino. Dentro de los muros de esta pequeña «ciudad de Dios», las reglas del mundo no funcionan. Aquí no hay señoras y siervas, nobles y plebeyas, extranjeras o vasallas. Todas somos hermanas, sin jerarquías, sin reglas ni normas, sujetas todas unas a otras y a la palabra de Dios. Eso nos ha causado muchos problemas con las autoridades. Los nobles nos detestan porque denunciamos sus abusos; los jueces, al mostrar a todos sus injusticias, en especial con las mujeres; los clérigos, al denunciar su inmoralidad; la jerarquía eclesiástica, por mostrar al mundo el verdadero ejemplo del Evangelio. Así podría seguir enumerando toda la noche. En cierto sentido nos sentimos extranjeras y advenedizas en este mundo. Ahora estamos sufriendo el peor de los tormentos, la muerte violenta de varias de nuestras hermanas. Algo que no había sucedido jamás. Nuestra querida Margarita Porete fue asesinada hace unos meses en París; otras han sido encerradas en conventos, castigadas sin razón o torturadas. El papa quiere destruir a las comunidades que no se pliegan a su autoridad y ya no estamos a salvo. La hermana Susana y su cuidadora llevan horas desaparecidas; la escriba Nereida se ha quitado la vida.

Un murmullo recorrió la sala, estas últimas noticias aún no habían llegado a todas las habitantes del beaterio.

—¡El diablo anda suelto! —dijo Luisa en alta voz.

Martha se giró hacia la hermana.

—El diablo siempre intenta confundirnos, hermana Luisa, pero me temo que todo esto es obra humana. Debemos localizar cuanto antes a la asesina o asesinas, de otra manera, la Inquisición meterá sus narices en el beaterio y terminaremos todas en la hoguera.

De nuevo un murmullo de inquietud se extendió entre las hermanas.

—Estoy segura de que se trata de un hombre. Una mujer no sería capaz de hacer actos tan crueles.

—Tenéis razón en parte. Por lo que he estudiado, los asesinatos violentos suelen perpetrarlos varones en la mayoría de los casos, las mujeres únicamente matan a sus víctimas por envenenamiento. Aunque creo que detrás de estos crímenes hay una explicación que no consigo encontrar. La única forma de descubrir al asesino es conocer sus motivaciones, pero aún no lo hemos logrado.

La Gran Dama se puso de pie y todas las hermanas inclinaron su rostro en señal de respeto.

—Estimada Martha, no podemos permitir que mueran más hermanas. Si no descubrís al asesino en dos días, yo misma daré parte a las autoridades civiles de la ciudad, que sea lo que Dios quiera. Por delante de nuestra reputación o seguridad como comunidad, está la de cada una de las hermanas que Dios a bien me ha dado para cuidar y proteger. ¿Lo entendéis?

Martha se encogió de hombros, más tarde me comentó que aquello lo tomó como una verdadera traición, no esperaba que la Gran Dama le dijera personalmente una cosa así.

—Se hará como gustéis, pero antes deberemos votar —contestó intentando disimular su enfado.

La Gran Dama era consciente de que todas las decisiones importantes para la comunidad se votaban en asamblea, aquí no funcionaba el sistema jerárquico de las órdenes religiosas.

La secretaria tomó la palabra:

—Votaremos a mano alzada. Todas las que estén a favor de dar parte a las autoridades tras dos días de plazo para descubrir al asesino que levanten la mano.

Algo más de la mitad lo hicieron de inmediato, otro pequeño grupo se unió después, al ver a sus hermanas apoyar a la Gran Dama.

—Por mayoría queda estipulado el plazo de dos días a partir de ahora. La reunión se da por terminada, en unos minutos comenzará la oración en la capilla.

Las hermanas se marcharon en corrillos, la mayoría cuchicheando; jamás había sucedido algo así en Lovaina. Yo me quedé al lado de mi maestra, la Gran Dama pasó desafiante y con ella algunas de sus acólitas.

Nos quedamos rezagadas y, antes de dirigirnos a la capilla, la hermana boticaria se paró y nos dijo casi en un susurro:

—He descubierto algo en la última disección, vengan esta noche a la botica, allí se lo explicaré.

Nos quedamos sorprendidas ante las palabras de la mujer. Martha esperó a que todas se hubieran marchado, se acercó a la luz de unas grandes velas y comenzó a leer los pergaminos que había encontrado en la casa de la escriba.

—¿Qué ponen? —pregunté, impaciente.

Los ojos de mi maestra parecían enormes detrás de los cristales con los que solía leer.

—¡Dios mío! La luz que fluye de la divinidad —dijo mirándome sorprendida.

—¿Qué significa eso?

No me contestó de inmediato, se sentó en el banco de piedra corrido, después miró de nuevo el pergamino.

—Los crímenes tienen un sentido teológico, no son meras casualidades ni tampoco formas de castigar a hermanas del beaterio.

—No lo entiendo —contesté, nerviosa.

—Cada muerte simboliza algo, está representada; es una pista, podríamos decir.

—¿Alguien está utilizando a nuestras pobres hermanas como si fueran meras piezas de un ajedrez? —planteé atónita.

—Me temo que sí. Si logramos descubrir qué mensaje quiere que descifremos, daremos con el asesino.

12

Tentación

Lovaina, 18 de noviembre del año del Señor de 1310

Tras las oraciones nos fuimos a descansar un poco, queríamos que pasara la medianoche antes de ir a la botica. De alguna forma, la hermana nos había advertido que lo que había descubierto era secreto. Fuera, el viento soplaba con fuerza, la nieve ya alcanzaba casi medio metro y se caminaba con dificultad.

—La tormenta sigue arreciando —le dije a Martha al asomarme por la ventana.

—Remitirá en unas horas —contestó como si supiera lo que iba a suceder.

—No parece que pase tan rápido.

—El tiempo tiene una lógica, no es simplemente un

capricho de la naturaleza o de Dios. Las nubes toman el agua de los océanos, se convierte en gas y, más tarde, debido a una serie de accidentes naturales, como la temperatura, la densidad del aire y el viento, las nubes descargan. Las tormentas suelen hacerlo de forma más virulenta, porque se producen tras un cambio brusco de temperatura. Mañana saldrá el sol, no te preocupes.

Me sorprendía el pozo de sabiduría que era mi maestra. Siempre decía que todos los misterios del mundo se resolvían entre los lomos de un libro.

—¿Por qué no dijisteis a las hermanas que los crímenes se habían realizado a través de los túneles? —le pregunté, intrigada.

Martha nunca daba puntada sin hilo, por eso me extrañó que omitiese aquel detalle. Me miró con sus ojos brillantes y lúcidos, siempre me impresionaba aquel rostro que mostraba una inteligencia y brillantez que nunca antes había conocido en ninguna otra persona.

—No quiero alertar al asesino.

—Entonces, ¿piensas que el asesino es una de las beguinas? Yo siempre he creído que se trataba de alguien de fuera que intentaba inculpar a la comunidad —comenté, sorprendida.

—Nuestros amigos suelen ser los más peligrosos. En el fondo pienso que es alguien del beguinaje que desea purificar o escarmentar a las hermanas de Lovaina y, por ende, a todas las beguinas de Europa. Tenemos más de cien años de historia, pero nunca antes nos habían acechado peligros tan terribles. Desde nuestro comienzo, que ni los historiadores se ponen de acuerdo en concretar, hemos sufrido la persecución de los hombres poderosos. No hay nada que teman más que a una mujer valiente, educada y decidida; sin embargo, el mundo está cambiando. Las ciudades traen nuevos aires a los viejos reinos de Europa. Los vasallos ya no aceptan órdenes de sus señores tan alegremente, el pueblo desconfía de los sacerdotes y monjes que se enriquecen con sus diezmos. Hasta ahora, el poder temporal y el poder eclesial parecían controlar la vida de cada uno de nosotros, nos amedrentaban con el infierno, el castigo divino y la hoguera. Poco a poco, a medida que las luces alumbran este mundo, esas ideas pierden fuerza.

Me sorprendieron las palabras de mi maestra, sus comentarios rozaban la herejía, o al menos así lo creía yo, en aquella edad en la que las cosas carecen de matices y todo parece blanco y negro. Martha me ayudó por primera vez a ver la inmensa escala de grises de la que se suele adornar en verdad el mundo.

—No me malinterpretéis, ya sabéis que mi fe en Dios es inamovible, otra cosa muy distinta es que me fíe de lo que diga la Iglesia o los sabios que nos han precedido. El mundo está cambiando muy deprisa, sobre todo gracias al comercio. Las ciudades italianas están construyendo edificios majestuosos, las riquezas se acumulan por doquier y hoy, como no sucedía hace siglos, se pueden comprar productos de Asia y el norte de África. En el Báltico se ha formado la Liga Hanseática para facilitar el comercio en el norte de Europa. Los burgueses de las grandes ciudades han creado la contabilidad doble, las sociedades anónimas y se puede enviar dinero por toda Europa y recibirlo en el otro lado del mundo, algo que inventaron los templarios y por lo que el rey de Francia decidió apresarlos y quedarse con sus riquezas. En las ciudades prosperan las fábricas textiles y los hombres abandonan el campo con la esperanza de labrarse un futuro y escapar de la pobreza. Todo gracias a las cruzadas, que, a pesar de su crueldad y depravación, han reabierto los viejos caminos comerciales.

—Pero la última cruzada fracasó, Tierra Santa está de nuevo en manos de los infieles y todos los reinos temen que amplíen su influencia y nos invadan, como hicieron con los cristianos del norte de África hace seiscientos años —dije.

Mi madre me había leído algunos relatos de historia de las cruzadas y mi hermano no hablaba de otra cosa. Hasta mi padre no disimulaba su temor a una invasión sarracena.

—Es cierto, en 1291 los mamelucos tomaron Acre y acabaron con el Reino de Jerusalén y muchos temen que destruyan Constantinopla. El viejo Imperio Romano de Oriente es lo único que queda entre los musulmanes y nosotros. Pero no creo que sucumbamos a los mahometanos. Nuestra tecnología es superior y gracias a las nuevas traducciones de los filósofos clásicos, estamos creando máquinas más poderosas. En apenas cien años hemos fundado la Universidad de Cambridge, la Universidad de Salamanca y otras muchas. El siglo que acaba de terminar dio hombres de letras y ciencia como Alberto Magno, Alejandro de Hales, Alfonso X el Sabio, Buenaventura de Fidanza o Cimabue. También monarcas como Eduardo I de Inglaterra, Federico II, emperador del Sacro Imperio Romano Germánico o Fernando III de Castilla. Aunque lo que es más importante, en el siglo pasado nació Francisco de Asís, que tanto ha influido en nuestra espiritualidad. No sabemos lo que nos traerá el nuevo siglo, estoy casi segura de que más riqueza y pobreza.

La miré sorprendida, no entendía qué quería decir.

—Para que unos sean más ricos, la mayoría debe ser más pobre. Pero dejémonos de disquisiciones filosóficas, la hermana boticaria está esperándonos para contarnos sus descubrimientos.

Casi me había olvidado de que la hermana boticaria quería vernos aquella noche. Lo cierto es que estaba muerta de sueño y el frío viento del norte soplaba con fuerza, arreciaba aún lo peor de la tormenta. Nos abrigamos y salimos a la calle. La oscuridad era tan espesa que la nieve parecía negra. Caminamos con dificultad mientras nuestras piernas y manos se congelaban y temblábamos cuando llegamos a la botica. Abrimos la puerta y vimos la lumbre de una chimenea al fondo. Nos paramos un rato para intentar calentarnos un poco. El contraste hizo que me dolieran las manos y los pies.

—No os pongáis tan cerca, es mejor que recuperéis el calor poco a poco —nos dijo una voz desde la oscuridad.

Nos giramos sorprendidas, allí estaba la boticaria. Llevaba su traje sin cofia; la mayoría de las beguinas no las usaban en el interior de los edificios. Su pelo recogido, entre canoso y rubio, parecía brillar como el fuego frente a la chimenea.

—Sentimos el retraso —se disculpó Martha.

—No os preocupéis, desde que comenzaron estos nefandos crímenes apenas he logrado pegar ojo. Llevo días dando vueltas a lo sucedido y si de una cosa estoy segura, es de que estas muertes cumplen un orden y una función. No son fortuitas, el asesino está enviándonos un mensaje. He pensado en varias posibilidades. Primero en los pecados capitales, que cada muerte podía representar a la lujuria, la envidia, la avaricia, la gula, la ira, la soberbia o la mentira. Pero no coinciden, las muertes no representan esos pecados.

—Es cierto, no hay ninguna relación entre los crímenes y la representación de los pecados capitales —contestó mi maestra.

—Luego pensé que podía tratarse de algo parecido «al amor joánico» —nos explicó la boticaria.

—¿El amor joánico? —le pregunté confusa.

—El amor joánico es el que sentía el discípulo Juan por nuestro maestro Jesús —comentó Martha.

—Exacto. Podría ser que todas las hermanas muertas pertenezcan a una especie de secta o ritual prohibido. De alguna manera han incumplido su juramento o su obediencia a su maestra, su amor joánico, y esta ha decidido terminar con todas ellas.

—¿Una secta? —repuse sorprendida. En los momentos que vivíamos no había nada más peligroso que ser un hereje.

La boticaria se sentó a nuestro lado. Yo ya había logrado entrar en calor, aunque por alguna razón me dolía la cabeza y me sentía mareada.

—Llevamos años de lucha entre el nominalismo y el fideísmo, han surgido muchas sectas en este tiempo. ¿A cuál podrían pertenecer las hermanas? —preguntó mi maestra.

La mujer se quedó quieta, su figura parecía fantasmagórica al verse reflejada por el fuego de la chimenea.

—Hay y ha habido tantas sectas que sería muy largo enumerarlas, pero algunas de las más recientes y que se han dado en Francia y otros reinos cristianos son los albigenses o cátaros, que, como ya sabéis, son dualistas, piensan que lo material es malo y lo espiritual, bueno.

—Como los maniqueos —dije, intentando parecer algo culta. La mujer me miró con cierta indiferencia y prosiguió su disertación.

—Lo peor no es eso, ellos niegan la divinidad de Cristo y creen que el valor de su muerte en la cruz es puramente simbólico.

—Entonces, ¿pensáis que son un grupo de cátaras escondidas entre beguinas?

Había oído contar todo tipo de cosas sobre este grupo, aunque no sabía qué era verdad y qué eran solo bulos de las gentes maliciosas.

—Podría ser —contestó mi maestra—, pero hay decenas de grupos, algunos muy antiguos como los arnoldistas, los petrobrusianos, los humillati o los neoadamistas. ¿Por qué pensáis que pueden formar parte de una secta?

—Por la chica, la muchacha desaparecida. La adoptó nuestra hermana panadera, nos dijeron que su padre le había arrancado la lengua, mas ahora dudo de que fuera verdad.

Martha parecía muy despierta, a pesar de la hora y el agotamiento de los últimos días.

—¿A qué os referís? —le preguntó mi maestra.

—Susana no fue mutilada por su progenitor, la castigaron por formar parte de los neoadamistas. Estoy segura.

—¿Qué creen quienes pertenecen a esta secta? —dije con los ojos muy abiertos. Jamás había oído antes ese nombre.

—Los neoadamistas son seguidores de una secta muy antigua, que surgió en el siglo II en el norte de África. Algunos creen que son gnósticos carpocráticos, que seguían una especie de misticismo sensual. No creían en ninguna ley moral. San Epifanio y san Agustín los condenaron por herejía. Al parecer creían que la Iglesia debía ser una vuelta al edén o paraíso. Defendían el nudismo sagrado, la abolición del matrimonio y no se sometían a ningún tipo de autoridad —explicó mi maestra.

—Es mucho más que eso. Se cree que practicaban la fornicación, no creían ni en la pureza ni en la virginidad. Los neoadamistas actuales se han extendido por Holanda, Alemania y Bohemia. Creen en el amor libre, la poligamia, el sexo entre todos. Sus rituales los hacen completamente desnudos alrededor del fuego. Además, rechazan la transustanciación, el sacerdocio y otras doctrinas. En algunos casos se les quema en la hoguera; en los menos graves, se les corta la lengua.

—Susana era una adamita —dije sorprendida.

—Hay otra prueba que lo demuestra. En dos de los cuerpos he encontrado un pequeño tatuaje, al principio no caí en él. Es una A, la de Adán —explicó la boticaria.

Aquella noche regresamos a nuestra casa muy tarde. Martha parecía inquieta por lo que habíamos hablado. Si se descubría que en medio de las beguinas había un grupo de neoadamistas, el inquisidor no se contentaría con eliminarlas, terminaría con toda la comunidad y podría acabar con el movimiento por completo.

Una noche más, apenas dormí. Cuando me levanté a primera hora, bajé y encontré a Martha, ya vestida, tomando pan con mantequilla. Me ofreció un poco y tras las oraciones salimos hacia la entrada del beaterio.

—¿Adónde vamos?

No había salido de los muros de las beguinas desde mi llegada a Lovaina. Me sentía más segura dentro de las fronteras de aquellas mujeres piadosas, a pesar de los asesinatos, que en la ciudad.

—Hoy comienzan las reuniones en la catedral, los legados del papa y nuestros hermanos tendrán la primera reunión. Mi amigo Enrique de Gante nos ha invitado para escuchar las conversaciones; podremos ver a Nicolás de Lira, uno de los mayores expertos en movimientos heréticos, tal vez su sabiduría nos ayude a desvelar este triste misterio.

El sol resplandecía y nos cegaba al reflejarse con la blancura de la nieve. El hermoso tapiz blanco embellecía la ciudad hasta darle cierto aire de pureza. La recordaba sucia y abandonada, excepto la zona próxima a la catedral y los palacios, pero el buen Dios había tapado con aquella blancura todos sus pecados.

Nos detuvimos enfrente de la catedral, la puerta se encontraba entreabierta. Entramos y llegamos hasta el coro, allí estaban sentadas frente a frente, algo más de veinte personas. A un lado, los prelados, vestidos con ricas telas, seda, armiño y lino, parecían nobles señores reunidos en una de sus suntuosas fiestas; al otro lado, con aire circunspecto, los hermanos franciscanos, con sus toscos hábitos de lana teñida de marrón oscuro.

Nos sentamos en uno de los bancos cercanos. Los religiosos no nos prestaron atención y en la parte frontal del coro, unos soldados hacían guardia indiferentes. Me fijé en un chico rubio, joven y vestido con un traje sencillo. Entonces me di cuenta de que era él, mi amado. Comencé a temblar, bajé la vista asustada. ¿Cómo era posible que estuviera allí? Cuando volví a levantar los ojos, sus pupilas verdes se cruzaron con las mías un instante. En aquel momento habría renunciado a todo lo que tenía y a todo lo que era por besar sus labios carnosos y rojos, respiré hondo y cerré los ojos, pero su imagen parecía perseguirme, grabada en mi mente, convirtiéndome en prisionera de una pasión que no podía controlar.

13

Guillermo de París

Lovaina, 18 de noviembre del año del Señor de 1310

A pesar del luminoso día la penumbra parecía invadir la inmensa capilla de la catedral. Las vidrieras, sucias por el humo de las chimeneas y tapadas en parte por la nieve, parecían retener la luz fuera de aquel templo de la verdad, como si de alguna manera quisieran representar el oscuro capítulo de la historia de la Iglesia que estaba a punto de comenzar. Los legados del papa estaban recostados en los asientos del coro, sus dignas posaderas gordas y deformes se encontraban finamente asentadas sobre los cojines de terciopelo. Los rostros afeitados, las mejillas rojizas y gruesas, asemejaban grandes angelotes caídos del cielo. Al otro lado los hermanos franciscanos parecían famélicos, con las mejillas hundidas por la delgadez, la piel cetrina de caminar por las polvorientas calles del mundo. Los cuerpos delgados parecían flotar bajo los hábitos bastos y desgastados por el uso. Entre ellos destacaba Enrique de Gante, al que había conocido la noche anterior; en el otro bando, el del papa Clemente V, Guillermo de París, con su mirada aguda, la barbilla saliente y el pelo rasurado, lograba turbar a sus contrincantes.

El papa Clemente V fue el primero en instalarse en la sede de Aviñón; comenzaba así un largo periodo de papas y antipapas que salpicaría casi todo el siglo XIV. Nacido en Villandraut, Aquitania, hijo de una familia noble, el futuro papa había sido canónigo y sacristán de la catedral de Burdeos. Después vicario general del obispo de Lyon, Bérard de Got, del que era hermano. Su carrera fue rápidamente en ascenso debido a los contactos de su familia. Pasó a ser cardenal y obispo de Albano, obispo de St. Bertrand de Comminges y, más tarde, capellán del papa Bonifacio VIII, quien le convertiría en arzobispo de Burdeos.

La muerte de Benedicto XI llevó a la Iglesia a un punto de inflexión. Los cardenales franceses e italianos disputaban por la elección de un máximo pontífice de su agrado. Durante casi un año, hasta 1305, no se pusieron de acuerdo. Al final, Bertrand fue elegido papa con el nombre de Clemente V; el francés no era cardenal en ese momento, tampoco italiano, por lo que parecía un candidato de consenso. La realidad era que el rey Felipe V de Francia había logrado inclinar la balanza hacia un pontífice francés.

Tras su nombramiento, los cardenales pidieron al papa que se trasladase a Roma para ser coronado, pero este prefirió celebrar la ceremonia en Lyon. Apenas unos meses después, sometido a Felipe V, Clemente V publicó la bula papal *Clericis Laicos*, en la que contradecía a la polémica *Unam Sanctam*, escrita por Bonifacio VIII, que superponía la autoridad del papa a la de cualquier monarca laico. Al poco tiempo, por orden del rey de Francia, se declaró herejes a los templarios. Ahora los franciscanos temían sufrir la misma suerte, acusados de ser secretamente dulcinianos.

Guillermo de París se puso de pie, bajó las escaleras de madera y se situó en el centro del coro, al lado del gran libro de cantos. A diferencia del resto de la legación papal, vestía un hábito más sencillo, característico de la orden de San Benito.

—Estimados hermanos, hijos todos de la Santa Madre Iglesia. Dios nos ha traído aquí con el propósito de solucionar, como miembros todos de un solo cuerpo, las desavenencias, que en ocasiones surgen en nuestro seno. En el gran cuerpo que es la Iglesia de Dios, él ha constituido diferentes miembros. Unos pueden parecer más honrosos, pero todos son importantes para el funcionamiento del cuerpo. El pie no le puede decir al ojo: no te necesito, ni el brazo al oído: no me sirves para nada. El apóstol Pablo lo dejó muy claro en su bella e inspiradora epístola a los Corintios. Los hermanos franciscanos, seguidores de Cristo e imitadores del bueno de san Francisco de Asís, llevan un tiempo criticando a la corte papal, la jerarquía y la supuesta riqueza de la Iglesia. Nosotros, los hermanos de otras órdenes, admiramos su trabajo entre los menesterosos, su ayuda a los afligidos y enfermos, pero desaprobamos que se metan en teologías, ya que hay un grave peligro en querer juzgar a sus otros hermanos. Requerimos a la comisión franciscana, en representación de sus hermanos, que pidan disculpas, reconozcan su sometimiento al máximo pontífice y su deseo de ser obedientes a la Virgen Santísima y a su madre la Iglesia.

Guillermo de París dejó que sus palabras revoloteasen un tiempo, como el polen en primavera, tal vez con el deseo de que la semilla de su inflada oratoria germinara en los corazones de los franciscanos, aunque su discurso no dejaba de ser una velada amenaza. Allí estaba en juego mucho más que el meterse en teologías. Los intereses del rey de Francia, del papa y de los benedictinos debían prevalecer sobre la situación de la cristiandad y el pueblo.

Enrique de Gante se levantó despacio, su cuerpo grande y fuerte parecía el de un guerrero; cien años antes habría sido un importante cruzado, aunque las armas del franciscano eran la palabra y la razón más que la fuerza de las armas.

—Ilustres doctores, hermanos y padres. Dios nos ha traído aquí con un propósito, ya que el designio de su voluntad es la paz y la armonía entre sus hijos. El hermano Guillermo, muy acertadamente, ha utilizado el ejemplo paulino del cuerpo para describir a la Iglesia. Muchos miembros y un solo cuerpo, y una cabeza, que es Cristo. Un cuerpo en armonía en el que cada uno cumple su función, para crecer, un crecimiento que da el mismo Señor Jesucristo. No sé qué parte del cuerpo es el gran inquisidor Guillermo de París, sin duda uno de los más útiles, ya que se encarga de limpiar el cuerpo de la suciedad. Como dijo nuestro amado Maestro, lo que contamina al cuerpo no es lo que entra en él, ya que es expulsado a la letrina; es, sobre todo, lo que sale del corazón.

Me sorprendió la agudeza del franciscano, que había llamado «ano» al benedictino sin que este pestañeara. Guillermo de París tomó de nuevo la palabra:

—Tal vez Dios me llamó a ser el «recto» de la Iglesia. Todo cuerpo necesita expulsar aquello que le contamina. Lo que no nutre al cuerpo lo enferma. De mi orden, seguidora de san Benito, nunca ha surgido una herejía. Eso se debe a que nuestro fundador creó la orden para servir a la Iglesia, no para juzgarla. En cambio, de nuestros amados hermanos franciscanos, seguidores del amante de animales, que parecía estar más a gusto en su compañía que en la de las personas, han surgido los dulcinianos. Hace apenas unos diez años, tuvimos que quemar al hereje Gherardo Segarelli, fundador de los hermanos apostólicos, por graves herejías. El hermano Segarelli era franciscano en Parma; al igual que su maestro Francisco de Asís, vendió todo lo que tenía y se lo entregó a los pobres, algo sin duda loable. La secta se extendió por casi toda Europa. De uno de sus seguidores, fray Dulcino, salió un grupo aún más radical que se escondía de las autoridades civiles y eclesiásticas en el lago de Garda. El hereje Dulcino nombró a una mujer como su compañera y lideresa de la secta, Margarita de Trento. Nuestro buen papa Clemente V al final declaró una cruzada contra estos herejes, que fueron capturados y quemados en Biella. Vuestros hermanos, querido Enrique, se parecen a la defecación que los inquisidores tenemos que expulsar de la Iglesia.

Los legados del papa estallaron en una carcajada escandalosa, los franciscanos fruncieron el ceño y tomaron sus rosarios para no levantar los puños en forma de protesta.

—Los dulcinianos eran herejes, nosotros los condenamos y expulsamos de nuestra orden hace tiempo. Puede que sean las heces que tan bien habéis expulsado, pero aunque salieron de nosotros no eran de nosotros, como dijo el apóstol Juan en su primera epístola universal. Ciertamente, el anticristo está cerca, ya que todo el que niega a Cristo, su vida, ministerio y labor con los más pobres, es un anticristo. Todo aquel que niega al Hijo, también lo hace al Padre. El espíritu de amor, misericordia y perdón de Cristo es el que nosotros predicamos. Aunque sabemos que, sin duda, no es bueno echar perlas a los cerdos.

Los franciscanos saltaron de sus asientos y comenzaron a reírse de sus contrincantes, mientras estos levantaban sus puños en forma de desafío.

Guillermo de París, que se encontraba a escasa distancia del hermano Enrique, sacó un pequeño pergamino del bolsillo, el sello del papa colgaba de él. Lo blandió como si se tratase de una espada y dijo:

—Clemente V ha condenado las ideas de los dulcinianos y os exige que firméis este documento.

Después lo desenrolló y comenzó a leer:

Yo, el papa Clemente V, sucesor en el trono de Pedro, exijo que la orden de nuestro hermano Francisco de Asís condene las enseñanzas heréticas de los dulcinianos. A saber, la idea falsa de que la jerarquía eclesiástica está en pecado y la necesidad de volver a la humildad y la pobreza. La caída del sistema feudal, impuesto por Dios para el gobierno ordenado de los hombres. La liberación, que en el fondo es libertinaje, de los siervos de sus señores. La creación de una sociedad igualitaria basada en la ayuda y el respeto mutuo, poniendo todas las cosas en común, así como las ideas heréticas de los cuatro papas antes de la llegada del papa sagrado, que devolverá a la Iglesia a su antiguo esplendor.

Yo, Clemente V, lo firmo y lo exijo.

La carta del papa no podía ser más clara. Los franciscanos se miraron unos a otros inquietos; si firmaban la petición, deberían disolver su orden, de lo contrario, este podría perseguirlos como ya había hecho con los templarios.

Enrique estaba a punto de alzar la voz cuando se puso de pie Nicolás de Lira. Tenía el rostro surcado de arrugas, los ojos hundidos y negros, una expresión de sabia santidad que pareció poner a todos los contrincantes su atención sobre él. Sin bajar al centro del coro, levantó la mano derecha y dijo con una voz suave, casi infantil:

—Queridos hermanos, es un honor que nuestro buen Dios nos haya reunido aquí. Como médico sé que las enfermedades del alma no se curan con una medicina rápida e indolora. Nuestros padres discutieron en el primer Concilio de Jerusalén sobre la necesidad de apartar las enseñanzas rabínicas y judías de la fe cristiana, apoyando el ministerio entre los gentiles del apóstol Pablo. Sabios como eran, esperaron a que el Espíritu Santo les iluminase, sin precipitarse en sus respuestas. Propongo que oremos y sigamos hablando por unos días, ya que debemos imitar a los que nos precedieron en la fe y tan sabiamente lograron llegar a un acuerdo que benefició a aquella Iglesia naciente, de la que nosotros somos deudores.

Todos asintieron con la cabeza. Guillermo se fue hacia los suyos y Enrique, junto a los hermanos franciscanos. Unos minutos más tarde, todos parecían hablar de forma amigable. En un rato se sentarían a una mesa común, para almorzar y seguir conversando.

Enrique tomó del brazo a Nicolás y lo trajo hasta el banco en que estábamos sentadas. Nos levantamos de inmediato y los saludamos.

—Querido hermano, creo que ya conocéis a la hermana Martha de Amberes, una de las beguinas más ilustres de Europa.

—Por favor, fray Guillermo, únicamente soy una sierva de Dios, como todos nosotros.

Nicolás sonrió, dejando que las arrugas de su rostro se tensaran por unos instantes.

—Conozco su labor, hermana Martha. Doy gracias a Dios de que esté levantando a mujeres que tomen el papel que le corresponde en el mundo y en la Iglesia, como Sara, la mujer de Abraham; Miriam, la hermana de Moisés; Rajab; Débora, la jueza; Rut o Ana, la madre de Sansón. Todas ellas mujeres de Dios.

—Dios os oiga. Esta es mi discípula, Constance.

Le saludé con timidez. Entonces noté que mi amado se acercaba hasta nosotros, aunque no parecía reconocerme, seguramente al ir vestida de beguina.

—Una joven pupila es la mejor forma de mantener lozana el alma.

Logré sonreírle, pero al aproximarse el joven me quedé paralizada de nuevo.

—Hermanos, la comida será dentro de una hora en el

monasterio de San Benito —dijo este, que justo en ese momento se dio cuenta de quién era yo. Me sonrió y aparté la mirada. Después se marchó con los otros soldados. Me juré no volver a verle ni dirigirle la palabra, mas el corazón tiene razones que la mente no entiende.

—¿Os ha contado el hermano Enrique lo sucedido en nuestro beaterio? —preguntó Martha, ansiosa.

El hombre frunció los labios, después miró a su espalda, como si temiera que alguien pudiera escucharnos.

—Hermana Martha, es un asunto muy grave que podría perjudicarnos a todos, sobre todo si se entera Guillermo de París. Imagino que ya le habéis oído, es la lengua más venenosa de ese papa glotón y vendido al rey de Francia. Le gustaría vernos a todos ardiendo en la hoguera. Tras el almuerzo iremos al beaterio; la Gran Dama ha autorizado de forma excepcional nuestra entrada. Analizaremos todas las pruebas y descubriremos al asesino.

Sus palabras me tranquilizaron hasta que vi aparecer por detrás de los hermanos la figura fantasmagórica de Guillermo de París. No sonrió e hizo un gesto que me produjo un verdadero escalofrío.

—Los seguidores de Francisco de Asís siempre rodeados de mujeres, sin duda eso muestra la femenina esencia de sus creencias. Las sucesoras de Eva tramando contra los hombres, como de costumbre; hace poco quemé a una de sus hermanas: Margarita Porete suplicaba clemencia mientras su carne ardía en la hoguera.

Comencé a temblar, aunque mi maestra no pareció asustarse con sus palabras.

—Los sacerdotes de Baal invocaron fuego del cielo, pero únicamente Elías logró que se consumiera todo el holocausto dedicado a Dios.

—No os entiendo —dijo el inquisidor sorprendido por la audacia de Martha.

—«Mía es la venganza, yo pagaré» —comentó citando el libro de Deuteronomio.

El inquisidor frunció el ceño y se marchó con sus hermanos benedictinos. Todos nos miramos asustados, sabíamos que las amenazas de Guillermo de París no eran baladíes, sus palabras debían ser tenidas en cuenta. Si no encontrábamos a nuestro asesino antes de que se enterase el inquisidor, nadie podría salvarnos de la hoguera.

14

El hermano Nicolás

Lovaina, 18 de noviembre del año del Señor de 1310

Comimos a solas en la casa de la panadera. La nieve comenzaba a derretirse por el calor del sol, pero el suelo y muchos tejados seguían emblanquecidos. El frío había remitido un poco, aunque por la tarde parecía aproximarse una nueva tormenta de nieve.

—¿Pensáis que el hermano Nicolás podrá ayudarnos? —pregunté a Martha sin mucha confianza; para mí no dejaba de ser un completo desconocido.

—El hermano Nicolás es uno de los hombres más sabios de Europa y desde Hadewijch de Amberes no ha habido nadie que defendiera tanto a las mujeres. Esta mística y poetisa de Brabante, junto a Matilde de Magdeburgo crearon nuestro pensamiento como beguinas. Si él no logra resolver este misterio, no sé quién puede hacerlo —me contestó mi maestra, más seria de lo normal. Después de varios días juntas comenzaba a entenderla, aunque, para ser honesta, es muy difícil conocer a otro ser humano por completo.

Ahora que mis días empiezan a apagarse y la existencia se convierte en algo efímero frente a la eternidad, tiendo a pensar que aquellos oscuros días fueron los mejores de mi vida.

Martha me comentó que necesitaba descansar un poco. Llevábamos varias noches durmiendo muy poco. Yo preferí quedarme en el pequeño salón y contemplar cómo el sol terminaba por desaparecer y el cielo blanco comenzaba a anunciar una nueva nevada. Medité unos momentos en el encuentro entre los legados del papa y los hermanos franciscanos, me sorprendía que hombres de Dios como ellos fueran tan imprudentes y se insultaran, aunque fuera de forma sinuosa.

Entonces acudió a mi mente de nuevo el rostro de mi amado. No entendía qué podía hacer en Lovaina. Llevaba varios meses sin verlo tras la prohibición de mi padre de salir del castillo a solas o con mis primas. Martín era el apuesto hijo de un carpintero, no era un simple constructor, trabajaba para el municipio y el monasterio de los benedictinos cercano a nuestro hogar. Era uno de los hombres más ricos de la comarca, pero no tenía ni una gota de sangre noble, y se rumoreaba que sus antepasados eran judíos, un estigma para cualquiera que intentara medrar en la vida o ennoblecer su estirpe.

Además, era músico, tocaba el arpa y el laúd con cierta gracia y tenía una voz suave y dulce, como la miel que mana del panal. Sus ojos parecían los prados verdes del Líbano y su rostro era como las montañas de Hebrón, blanco y terso. Una vez probé sus labios furtivos; mi cuerpo tembló como el trigo al ser mecido por el viento. Casi había perdido el sentido entre sus brazos fuertes y musculosos. Apenas en dos ocasiones habíamos cruzado unas tímidas palabras y, cada domingo, nos lanzábamos miradas en el templo, mientras el sacerdote nos reconciliaba con Dios. Le había pedido perdón a la Virgen por sentir todas aquellas cosas que no podía explicar. Aquellas sensaciones tan placenteras que sentía solo de pensar en él y que hacían que me estremeciera entre mis sábanas y perdiera el sueño y el apetito.

¿Qué hacía en Lovaina y vestido de caballero? ¿Por qué escoltaba a los legados del papa?, me pregunté mientras intentaba quitarme su imagen de la mente. No podía pensar en un hombre de aquella manera en un lugar santo como el beaterio, aunque mi querida Martha me había comentado que no había nada malo en el deseo, que era tan natural como el apetito, el sueño o la sed.

Oí un ruido en la puerta y pensé que se trataba de algún perro vagabundo que trataba de entrar al calor del hogar. Me asomé por el pequeño ventanuco y vi a un hombre con el rostro cubierto por una capucha. Estaba a punto de lanzar un grito, cuando se descubrió el rostro. Sus ojos me penetraron como dos flechas.

—¡Dios mío! ¿Qué haces aquí? No está permitido que entren hombres.

Él me sonrió y se encogió de hombros. Me hizo un gesto con la cabeza y abrí el portón.

—¿Qué haces aquí? ¿Por qué escoltas a los legados del papa?

—Es una larga historia. Hace unos días me enteré de que te habían enviado a este beaterio. No podía dejar el pueblo y abandonar a mi familia sin más, y entonces llegaron los enviados del papa. Al parecer necesitaban algunos escoltas. No se fían mucho de sus hermanos franciscanos. Le comenté a mi padre que sería por unos pocos días.

No podía dejar de mirarlo. Era como estar viendo un ángel. Dios sabía que había intentado olvidarlo, alejarme de él, pero el destino nos reunía de nuevo. Me abrazó por la cintura, como la primera vez, y me atrajo hacia él. Cerré los ojos y sentí sus labios fríos y húmedos sobre los míos. Su cuerpo aún estaba helado y, sin embargo, yo sentía un calor interior que no sabía explicar y que no he vuelto a sentir jamás.

Estuvimos un rato besándonos, sentí su mano sobre mi pecho y la aparté.

—No —le dije en un susurro.

Seguimos besándonos; mi cuerpo ardía y él me empujaba hacia la mesa. Entonces se oyeron pasos, le aparté y le llevé hasta el horno de pan, le pedí que se escondiera e intenté recomponerme el vestido.

Los puños sonaron fuerte sobre la madera, mientras abría el ventanuco. Enrique y Nicolás me observaron muy serios.

—¿Está tu maestra, muchacha? —preguntó Enrique. Debió de ver mi turbación, porque añadió—: No te quedes pasmada, las beguinas no pueden vernos en la calle. Hemos aprovechado que la mayoría se encuentra en la capilla haciendo sus oraciones.

Les dejé pasar, aún me temblaban las manos; les pedí que se sentaran y subí a avisar a Martha. La pobre estaba adormilada cuando entré en la habitación. Se echó un poco de agua en la cara, se colocó la cofia y bajó las escaleras apresuradamente.

—Muchas gracias, hermanos, por venir tan raudos —dijo mientras se sentaba a su lado—. Prepara un poco de vino caliente a los hermanos, deben de estar congelados.

Calenté vino con miel, después lo serví y me aparté un poco, sentada en una banqueta al lado de la chimenea. No podía dejar de pensar en Martín, escondido en la habitación de al lado.

—Por favor, podéis referirme lo ocurrido. No omitáis ningún detalle, por pequeño que sea. Todo es importante, en este tipo de asuntos el diablo está en los detalles —dijo Nicolás después de dar un sorbo largo al vino.

Martha le refirió todo el caso. Las misteriosas muertes de las hermanas Sara, Drika, Lucil, Nereida y Geraldine, así como la desaparición de Susana.

—Es increíble, no había oído nada igual desde las muertes de Lyon —comentó asombrado Nicolás.

—¿Las muertes de Lyon? —repuso mi maestra, extrañada.

—Hace unos años aparecieron asesinados siete monjes, cada uno con un intervalo de dos días. La guardia de la ciudad intentó dar con el asesino, sin éxito, y como yo estaba en aquel momento en Lyon por un asunto de la orden, me pidieron ayuda. Tuve que investigar sus vidas, hablar con los pocos testigos y dedicar casi una semana al caso. Cuando parecía que no daríamos con el homicida, este cometió un fallo. Sucedió justo al perpetrar un nuevo crimen. Estranguló a un pobre novicio después de vísperas. Lo había hecho con una cuerda corta, el mismo método que con los demás. Reunimos a todos los hermanos y examinamos sus manos. Sabía que las cuerdas aún estarían marcadas en la piel del asesino. No os lo creeréis, pero se trataba del prior.

—¿Del prior? —preguntó mi maestra, dudosa.

—Sí, después los soldados le llevaron a las mazmorras. Fui a verle la noche antes de su ejecución. Necesitaba saber por qué había perpetrado aquellos terribles crímenes antinatura.

Enrique se reclinó hacia delante y le preguntó impaciente:

—¿Qué os contó? ¿Por qué nunca me habéis narrado esta misteriosa historia?

—Aquellos crímenes fueron muy desagradables, no suelo contar lo que no edifica, mas en este caso es necesario que nos demos cuenta de la naturaleza del asesino.

Me levanté inquieta y me acerqué a la puerta del horno, había oído un ruido, como si Martín hubiera salido por la otra puerta. Por un lado, respiré aliviada, pero, por otro, temía que alguien le descubriese. Esperaba volver a verlo, aunque sabía que para mi alma era mucho mejor no estar a solas de nuevo con él.

—El abad no parecía arrepentido, a pesar de encontrarse en pecado mortal. Le pedí que confesara, después le daría la absolución para que lavase sus culpas. El hombre me miró con unos ojos fríos, como si su cuerpo fuera un recipiente vacío. Después, casi sin titubear ni mostrar la más mínima señal de arrepentimiento, me explicó sus razones. Al parecer, aquel prior estricto de la Orden de los Dominicos pensaba que los monjes no eran dignos. El primero, por charlatán y bromista; el segundo, al considerarlo mentiroso; el tercero, por sucio; el cuarto, debido a su avaricia y el quinto, según me contó, al haber desechado a sus padres.

—¿Por qué mató al novicio?

—Al novicio fue porque le descubrió y temía que le

denunciara en cualquier momento. Con todo esto quiero que entendáis que las motivaciones pueden ser variadas y las víctimas, también. En este caso es más importante llegar a entender la mente del asesino. Ponernos en su piel, en las razones que le hacen actuar de ese modo. Noté que aquel prior era muy estricto, que no lograba amar a nadie, ya me entendéis, ponerse en el lugar del otro.

—Era de carácter flemático, no sufría con el dolor ajeno, ¿verdad? —dijo Martha.

—Sí, no son asesinos movidos por pasiones o sentimientos, lo suelen hacer con mucha frialdad, a veces tienen sus propias razones, son metódicos y estrictos, casi inhumanos. No he conocido a muchos, pero son sumamente difíciles de atrapar. Suelen mostrar simpatía, incluso agrado por la gente; sin embargo, en el fondo son fríos como el hielo.

—Creo que nuestra asesina es así, querido Nicolás.

El hombre la miró algo confuso.

—Lo que no entiendo es que se trate de una mujer. Rara vez una mujer asesina, y si lo hace, suele utilizar veneno, no tiene la fuerza del varón y normalmente tampoco soporta la sangre.

—Entonces, ¿pensáis que se trata de un asesino varón? —preguntó Enrique.

—No lo descartaría del todo. Para perpetrar estos crímenes se necesita mucha fuerza, en especial para colgar a alguien de las campanas, por ejemplo.

—Podría ser que no lo hiciera el asesino —dije, sin darme cuenta de que estaba pensando en voz alta.

Los tres se giraron para observarme. Nicolás arqueó una ceja, algo molesto por mi interrupción, pero Martha me sonrió benevolente.

—¿A qué te refieres, Constance?

—Es posible que la asesina indujera a sus víctimas a quitarse la vida.

15

La escuela

Lovaina, 19 de noviembre del año del Señor de 1310

Los hermanos franciscanos se fueron a altas horas de la madrugada. Intentaron imaginar qué podía haber motivado a unas mujeres maduras a quitarse la vida o colaborar con su asesina y llegaron a la conclusión de que temían que se descubriera algo o pertenecían a algún grupo herético; en ambos casos la comunidad corría un grave peligro.

Por la mañana me levanté más despejada que otros días, comenzaba a acostumbrarme a aquella vida de grandes emociones, en la que cada día era una verdadera aventura. ¿Acaso no es así la juventud? Decía el sabio Horacio que la juventud es siempre fugaz, pero aunque el cuerpo va desgastándose de día en día, en realidad el alma nunca envejece del todo. Ahora que las canas han invadido mis cabellos, que las arrugas cubren mi rostro y he perdido la frescura lozana de la juventud, sé por qué los ancianos detestan a los infantes. El propio Sócrates, uno de los hombres más sabios de su tiempo, llegó a decir que los muchachos eran unos tiranos que no respetaban nada.

Martha amaba la juventud, no la desdeñaba y jamás sentí que me despreciara o no valorase mis comentarios. Por primera vez desde mi nacimiento me sentía importante, no una mera figura de decoración, el adorno de un noble caballero que me haría dama de un castillo para llenarlo de hijos, decorarlo con ricos tapices y preparar fiestas suntuosas. Aquella era la vida de mi madre, a quien nunca había oído quejarse, parecía contenta con los límites que le imponía aquel mundo de hombres, en el que las mujeres éramos meras comparsas, siempre a su merced. El beaterio era muy distinto, en él podíamos ser lo que quisiéramos, con el único límite de nuestras habilidades personales y nuestra ambición. Todo eso estaba en peligro si no descubríamos al asesino. Ahora sabíamos, gracias al hermano Nicolás, que la única forma de atraparlo era descubrir cómo pensaba, crear en nuestra mente una imagen clara de la clase de persona que era.

Martha ya se encontraba trabajando en el salón cuando bajé a desayunar. Había hecho unas ricas gachas con leche, un manjar para los pobres, que apenas podían roer un poco de pan duro o comer legumbres pasadas, llenas de bichos.

Me puso delante un cuenco lleno hasta el borde y dejó que lo comiera con la avidez que da la adolescencia.

—¿Has descansado bien? Hoy nos espera un día largo. Tenemos que visitar la escuela, la maestra me ha pedido que hable un momento a sus alumnos; al parecer, algunos están muy aventajados y piensan ayudarles a continuar sus estudios.

—Me parece una buena manera de comenzar la jornada —le contesté tras dejar el cuenco vacío.

—El beaterio ya está en plena actividad a pesar de la tormenta de nieve. Mañana celebrarán la ceremonia. Imagino que te han explicado en qué consiste.

Negué con la cabeza. En los últimos días no me había despegado de Martha, ajena a la vida de la comunidad.

—Normalmente se realiza en primavera, este tiempo no ayuda para nada, pero al haber varias solicitantes, las hermanas hacen la ceremonia de iniciación. Deberías haber recibido algo de instrucción en estos días. He sido muy negligente; sin embargo, como habrás podido comprobar, nos hemos dedicado a tratar de resolver estos tristes crímenes. Intentaré explicarte hoy algunas normas y prácticas de las hermanas beguinas para que pueda presentarte mañana en la ceremonia con la conciencia tranquila.

Me ilusionaba saber más sobre las hermanas, convertirme en una verdadera beguina, pero el encuentro del día anterior había sembrado de dudas mi corazón. Apenas conocía a Martín; en cambio, sentía por él algo que no podía explicar.

—¿Os encontráis bien? —me preguntó mi maestra al ver que mi rostro se transformaba con un gesto melancólico. Dudé si contarle la verdad o quedarme callada.

—Ayer sucedió algo, algo grave.

—¿Grave? ¿Qué ha sucedido?

Sentí una gran turbación, mi rostro se encendió y mis blancas mejillas enrojecieron.

—Ayer vino a visitarme un muchacho, ya os comenté que había estado enamorada. Uno de los escoltas de la legación del papa es Martín, el hombre por el que dejé todo y vine a Lovaina.

Aquellas eran las palabras más duras que había tenido que pronunciar desde mi llegada al beaterio. Sentía que había traicionado la confianza de las beguinas y en especial la de mi querida maestra.

Martha me sonrió y abrió más sus inmensos ojos.

—Ya os comenté que el amor no es ningún pecado, Dios lo creó para regocijo de las personas. Ningún otro ser creado está diseñado para amar. Jesús compara el amor del Padre a la Iglesia con el del esposo hacia su esposa. Él sabe que nos cuesta serle fiel. En las Sagradas Escrituras hay una historia curiosa —dijo, después se me quedó mirando fijamente.

—¡Contádmela, por favor!

—Dios ordenó al profeta Oseas que se casara con una

prostituta. La sacó del arroyo, le compró bellos vestidos y la desposó. Tuvieron hijos, le ofreció todo lo que podía desear, pero al final ella terminó por volver con sus antiguos amantes y abandonó al profeta. Dios le ordenó que volviera a recogerla y después le explicó la razón por la que le había dado una orden tan extraña. Para nuestro creador, querida Constance, somos como esa prostituta; débiles, incapaces de llegar a merecer su amor. Él lo sabe y por eso envió a su hijo Jesús, él es la llave a Dios.

—Entonces, ¿Dios me está probando? —pregunté, angustiada—. ¿Debería confesarme?

Martha sonrió de nuevo.

—La confesión no sirve de mucho la mayoría de las veces, apenas es una forma de lavar la conciencia, de fomentar la murmuración y un falso sentido de culpa. Hija mía, no puedes sentirte culpable por amar, al igual que los pajarillos no lo hacen por robar las migajas de las mesas de los reyes.

—Pero le besé —terminé confesando—, y no estamos casados ni siquiera prometidos. Debo guardar mi honra, de ella depende el honor de mi familia...

—No os preocupéis, vuestra honra está intacta, además, las beguinas no tenemos órdenes mayores, no somos célibes; de hecho, la mayoría ha estado casada, pero ha enviudado, y otras han regresado después al matrimonio. El mejor estado del hombre es el del matrimonio, Dios nos creó para ello. Será mejor que vayamos a la escuela.

Nos abrigamos bien antes de salir a la intemperie. Apenas había amanecido y el cielo se negaba a iluminar nuestro semblante. Caminamos con dificultad hasta la escuela, pero antes de llegar nos cruzamos con un hombre alto, corpulento, que a pesar del frío llevaba la cabeza descubierta y ropas ligeras. Me quedé mirándole sorprendida.

Cuando entramos en el edificio casi totalmente empapadas, Martha se volvió hacia a mí y me comentó:

—Ese es Sebastián, no os preocupéis por él, a pesar de su tamaño es un niño pequeño. No podría hacer daño a nadie.

Las palabras de mi maestra no me tranquilizaron, no entendía cómo aquel hombre no se encontraba entre los posibles sospechosos.

—Es fuerte, parece ser...

—Olvidadlo, es incapaz... Las hermanas le tienen aquí desde niño. Todas son como sus madres —dijo colgando su capa junto al fuego.

—Pero... Imaginad que alguien lo ha manipulado, lo ha utilizado para hacer esos asesinatos.

Entramos en la clase. Cinco bancos corridos de madera tosca y una mesa a la que se sentaba la profesora era todo lo que había en la sala. Los niños y niñas se pusieron de pie para saludarnos.

—Sentaos —indicó Martha haciendo un gesto con las manos.

—Esta es la hermana Martha —comentó la profesora, una mujer joven, de una belleza angelical, aunque bastante delgada.

—Hola, niños y niñas, me alegra estar entre vosotros...

De una manera sencilla mi maestra habló a los chicos y después hizo unas preguntas a los más mayores. A partir de los diez años tenían que abandonar la escuela, por eso las hermanas habían pensado en enviar a los más inteligentes a la escuela del monasterio de Amberes y uno de los más capaces, a la Universidad de París.

Al terminar la clase, Martha los saludó a todos. Una de las niñas más pequeñas se acercó a mí y me tiró de la ropa.

—¿Sois Constance?

La miré sorprendida, no entendía cómo podía conocer mi nombre.

—Sí, ¿por qué lo preguntas?

—Venid, tengo un mensaje para vos.

Seguí a la niña por los pasillos hasta llegar a una puerta grande de dos hojas, le ayudé a abrirla y cuando se sintió suficientemente segura me dio un trozo de pergamino escrito. Después sonrió y se marchó corriendo.

Lo leí, la letra no era muy clara, parecía algo emborronada, pero logré descifrar el mensaje.

Estimada Constance:
Soy la aprendiz de la panadera. Necesito hablar con

vos, no me fío de nadie. Os espero esta noche en la capilla principal de la iglesia. No faltéis, os lo ruego.

S<small>USANA</small>

Regresé a la escuela y Martha me miró intrigada.

—¿Qué quería la niña? —me preguntó sin rodeos.

—Enseñarme un potro de la cuadra —mentí, aunque me sentí mal por hacerlo casi de inmediato.

En cuanto descubriera lo que quería Susana, se lo contaría todo a mi querida maestra.

Dejamos la escuela y nos dirigimos hasta el despacho de la Gran Dama. Nos había pedido que la mantuviéramos informada de nuestros avances. Llamamos a la puerta y esperamos unos segundos. Una de las hermanas nos abrió y nos hizo entrar. Frente a una mesa pequeña se encontraba la Gran Dama, los pergaminos se extendían por todas partes, a un lado tenía el sello de la casa y todo lo necesario para el lacrado de las cartas oficiales. Nos hizo un gesto para que nos sentásemos.

—Quería informaros personalmente.

—¿De qué queréis informarnos? —preguntó Martha con cierta desconfianza al ver el rostro severo de la Gran Dama.

—Quedáis relegadas de vuestro trabajo, ya no hace falta que indaguéis más, el plazo se ha terminado. Mañana informaremos a las autoridades de la ciudad.

16

El obispo

Lovaina, 20 de noviembre del año del Señor de 1310

Una de las cosas que somos incapaces de entender los seres humanos es que podemos conocer cómo comienza una jornada y jamás cómo termina. Salimos del despacho de la Gran Dama cabizbajas, el gesto de Martha era una mezcla de pesar y furia. Su calma interior parecía haber desaparecido de repente. Intentaba controlar su ira, pero sus ojos reflejaban su verdadero estado de ánimo.

—¡Se ha vuelto loca! ¡Las autoridades nos despedazarán! Llevan esperando este momento desde hace años. Cerrarán el beaterio, hay varios nobles que desean estas tierras desde hace mucho tiempo. Los religiosos y religiosas de la ciudad nos detestan, saben que la gente humilde prefiere refugiarse con nosotras que en sus suntuosos monasterios. El obispo Guillermo lleva tiempo pidiendo al papa que nos disuelva y prohíba los beguinajes. Además, con qué derecho la Gran Dama toma esta decisión. La obligaré a que mañana en la ceremonia esto se lleve a votación.

Yo me mantenía callada a su lado, la nieve nos empapaba, apenas sentía los pies ni las manos cuando llegamos a la puerta del beaterio. Una de las hermanas de la entrada nos saludó al vernos:

—Que Dios os guarde en este día.

—Que a vos os bendiga —dijo Martha sin parar de caminar.

Nos dirigimos hacia la ciudad, las calles parecían más concurridas que el día anterior, a pesar del frío y la nieve. En la plaza habían puesto el mercado, fuera de los muros del beguinaje la vida continuaba, ajena del todo a los crímenes y la difícil situación de las beguinas. La mayoría de la gente nos saludaba al pasar. Nuestro inconfundible atuendo les imponía respeto y admiración. Todo aquel reconocimiento del pueblo contrastaba con el desprecio que nos dispensaban los poderosos.

Llegamos a la catedral, la delegación del pontífice y los franciscanos discutían acaloradamente.

—Estaban con nosotros, pero no eran de nosotros, ya os hemos dicho hasta la saciedad que los dulcinianos son herejes, hemos roto cualquier comunión con ellos desde hace años. El obispo de Vercelli envió a la hoguera a fray Dulcino, su herejía está acabada —dijo Enrique con su vehemencia habitual.

Guillermo de París saltó de su asiento y bajó con grandes zancadas hasta el estrado.

—Los dulcinianos provienen de los apostólicos y estos de los franciscanos. Sois la misma cosa, como lobos con piel de cordero. Detrás de vuestra austeridad, pobreza y humildad se esconde el orgullo más repulsivo. Dulcino era hereje, lascivo y ladrón. Gracias a Dios se impartió justicia. Vuestro amado hermano fue castrado vivo, delante de su amante, Margherite Boninsegna, después los desmembraron y quemaron sus restos, junto a otros treinta herejes.

Enrique intentó controlarse antes de contestar al inquisidor, sus palabras no podían poner en peligro a todos sus hermanos. Se le notaba en la cara que los comentarios de Guillermo le provocaban náuseas, pero era mejor no caer en sus provocaciones.

—Hay pecados terribles, como los que cometieron otros herejes; también es pecado la simonía, el adulterio con mancebas, el robo al pueblo, la codicia, la avaricia, la gula. La Iglesia de Cristo tiene que ser humilde, casta, honrada, justa...

Los legados del papa comenzaron a reírse de las palabras de Enrique, que parecía estar a punto de perder los nervios.

Nicolás se puso de pie y levantó los brazos.

—Queridos hermanos, estamos aquí para llegar a un consenso. Todos tenemos razón en parte. Los dulcinianos se extraviaron, se dejaron aconsejar por espíritus de demonios, pero el que se crea fuerte, mire que no caiga. El apóstol Pablo nos advierte del peligro de deslizarnos, el diablo anda buscando cada día a quién devorar. No seamos como los gálatas, que comenzaron con la gracia de Dios y terminaron mordiéndose unos a otros.

Justo en ese momento apareció el obispo por el pasillo; dos pajes le precedían y varios diáconos sujetaban su larga capa de armiño. Todos se quedaron en silencio observando su boato.

El obispo se dirigió hasta el coro y se sentó en su silla episcopal. Los monjes y legados le hicieron una reverencia y el obeso príncipe de la Iglesia les sonrió con su cara mofletuda de niño malvado.

—Por favor, pueden sentarse. He venido para escuchar a los sabios de la Iglesia de Dios, yo que soy un humilde siervo.

Si algo parecía aquel hombre era de todo menos humilde.

—Rezo por vosotros, hermanos, cada día. Un reino dividido contra sí mismo no puede prevalecer. Quiero y deseo la reconciliación, creo que lo que nos divide es lo mismo que hizo que el padre Adán pecase, las mujeres, esas hembras desenfrenadas que nos roban la paz, provocan nuestra lascivia y terminan por destruirlo todo. Nos sacaron del paraíso, nos condenaron a ganar el pan con el sudor de nuestra frente. Nos roban la paz, nos anestesian el alma. Si condenamos a esas rameras de Satanás, a esas falsas hermanas... —Al pronunciar esas palabras se giró hacia nosotras.

—Quiero decir, padre... —dijo Nicolás interrumpiendo al obispo—; Dios ha dado muchos dones a su Iglesia. Vos sois cura de almas, pastor de este pueblo, príncipe del reino. Tenéis razón, nuestro buen Dios no aprueba las divisiones que hay en su Iglesia y, como decís, el pecado entró en el mundo por una mujer y su marido. Es nuestro deber transmitir el mensaje de esperanza de Cristo. El amor, la paz y la gracia de Dios es el mensaje de la Iglesia. Tenemos que luchar contra todo lo que se oponga, venga de parte de hombres o de mujeres. La amada Virgen, madre de Nuestro Señor Jesucristo, era mujer y de ella vino nuestra salvación, no lo olvidéis.

—¿No compararéis a la Virgen con esas descreídas, libertinas y malévolas beguinas? —contestó el obispo y frunció sus labios en un gesto casi obsceno.

Nicolás era un zorro demasiado viejo para dejarse amedrentar por aquel obispo libidinoso, sabía que aquella era la típica pregunta que una vez contestada, fuera cual fuese la respuesta, pondría en evidencia a toda la orden franciscana.

—Virgen solo hay una, María, la madre de Jesús, la

bendita entre todas las mujeres. ¿Quién puede compararse a ella? Ni siquiera nosotros, a pesar de ser varones. Estimado obispo, agradecemos vuestras sabias palabras, pero por hoy hemos terminado. Además del alma, necesitamos alimentar el cuerpo y usted lo sabe mejor que nadie.

Una carcajada recorrió la capilla, las voces de los monjes retumbaron en la catedral. El obispo se levantó refunfuñando y casi tropezó con su larga capa, pero en el último momento uno de sus pajes le ayudó a recuperar el equilibrio. Mientras intentaba salir de allí con la poca dignidad que le quedaba, clavó la mirada en Martha y después en mí. No pude evitar sentir un escalofrío. Sus ojos reflejaban un odio que no terminaba de entender.

Los dos amigos franciscanos se nos acercaron con el ceño fruncido, sabían que no era muy inteligente airar al obispo, pero tampoco hacerle pensar que le tenían miedo.

—Hermanas, nos alegra verlas por aquí. Aunque me temo que nuestras reuniones no son demasiado inspiradoras y edificantes —dijo Enrique.

—Los cristianos somos personas corrientes. ¿Acaso no discutieron el gran apóstol Pablo y Pedro? —contestó Martha.

—Me temo que ninguno de los que estamos aquí tenemos su espiritualidad ni su amor fraternal —añadió Nicolás, que parecía todavía afectado por el enfrentamiento dialéctico.

Guillermo de París nos saludó con una ligera inclinación de la cabeza, dejó la sala con algunos de sus hermanos benedictinos y en cuanto estuvimos a solas continuamos nuestra charla.

—Tengo la sensación de que el inquisidor se huele algo, como el perro rabioso que busca una presa que devorar —dijo Nicolás, preocupado.

—Pues si Nuestro Señor no lo remedia, toda la ciudad lo sabrá mañana mismo. La Gran Dama está decidida a denunciar las muertes ante las autoridades. No sé por qué quiere hacer algo así, al final terminaremos todos nosotros con nuestros huesos en las mazmorras de la Inquisición o ardiendo en la hoguera —se quejó mi maestra amargamente.

Los dos hombres nos miraron preocupados. Aquellas era malas noticias, salimos del templo justo cuando una nueva tormenta de nieve y viento se aproximaba por el horizonte, como si aquel mal augurio se uniera a los terribles acontecimientos que nos tocó vivir a finales del año 1310.

17

Enrique de Gante

Lovaina, 20 de noviembre del año del Señor de 1310

Aquella noche Martha parecía especialmente melancólica. Me había dado cuenta de que la cercanía del hermano Enrique de Gante la inquietaba, como una herida vieja que vuelve a doler por los cambios de estación o la proximidad de la lluvia. Desde que la conocí, me había parecido una mujer fría, racional y poco dada al sentimentalismo, pero el peso de las preocupaciones, la cercanía de Enrique y algo similar a la melancolía parecía invadir su corazón, mientras la tormenta devoraba todo a su paso en el exterior.

—¿Os encontráis bien?

Mi maestra entornó los ojos, como si le costara escapar de sus pensamientos.

—Vivimos en un mundo imperfecto, querida Constance. Somos los seres humanos los que hemos convertido este hermoso paraíso en un infierno. En ocasiones culpamos a Dios por ello. Pensamos que Él, con sus leyes injustas, nos ha condenado a una existencia miserable. Lo cierto es que no le necesitamos para sufrir, somos muy capaces de destruir lo bello y hermoso que hay en la tierra y hacer daño a las personas que nos rodean. Plinio el Joven lo dijo mejor que yo al afirmar que el mayor número de males que sufre el hombre vienen del hombre mismo.

No discrepaba de las opiniones de mi maestra, había visto con mis propios ojos lo ruin e inmoral que puede ser cualquier ser humano, pero me extrañaba aquel semblante pesimista, tan poco común en su carácter.

—¿Tenéis temor por lo que puede pasar a la comunidad?

—No, niña. Estamos en manos de Dios y te aseguro que no hay manos mejores en las que descansar. Simplemente tengo fatigada el alma. La vida es como una larga carrera; a medida que envejecemos el camino se empina y las fuerzas disminuyen, lo que antes hacía con ímpetu, casi sin titubear, hoy lo hago a tientas, como el ciego que ha perdido a su lazarillo.

—¿Vuestro lazarillo era Enrique? —me atreví a preguntarle.

Dio un largo suspiro, después me miró con los ojos brillantes, por primera vez emocionada de verdad.

—Ya te he dicho que este mundo no es perfecto. Dios me rescató de los que me oprimían, me permitió ir a Oriente y estudiar, algo que muy pocas mujeres pueden hacer; cuando creía que lo tenía todo, regresé a casa y conocí a Enrique. Él estaba en su personal búsqueda de Dios, entró en los hermanos franciscanos y ha dedicado su vida al servicio a los demás. Jamás he conocido un hombre más cabal, sabio y justo —dijo suavizando el tono de voz.

Aquello era amor, de una forma que yo desconocía hasta ahora. Mi amado no dejaba de ser una figura idealizada por mi atracción física; en cambio, Martha estaba profundamente enamorada de Enrique, le amaba hasta el punto de preferir perderle y hacerle dichoso, que infeliz a su lado.

—«El amor es benigno, todo lo puede, todo lo soporta, todo lo espera...» —comenzó a recitar.

—Ese texto es el preferido de mi madre —le comenté.

—Se encuentra en la epístola a los Corintios. A veces creemos que amar es conseguir al ser amado, pero no es cierto. El verdadero amor es sacrificio, renuncia y entrega, algo que este mundo no entiende. El egoísmo y el individualismo parece llenarlo todo, lo único que importan son las riquezas, el poder y el prestigio. Además, las mujeres tenemos que dejarlo todo, sacrificarlo todo por los hombres. Si alguna de nosotras se atreve a pensar por ella misma, a buscar su destino, entonces los hombres, en castigo, nos impiden ser madres, esposas y que nuestros afectos se vean alimentados por los amores más importantes de la vida. No os dejéis engañar, Constance, la única forma de que los hombres nos acepten como iguales, es convirtiéndonos nosotros en varones, pero si lo hacemos, el mundo perderá a la mitad de la humanidad, justo a aquella que es capaz de renunciar a todo por amor.

Sus palabras me pesaron en el ánimo hasta conseguir contagiarme su melancolía. Subió pronto a descansar, casi vencida por aquel misterio que le carcomía el alma y le arrebataba el sueño. Yo me quedé en la planta baja, intentando afinar el oído, tenía que salir hacia la capilla para encontrarme con Susana. Tal vez ella pudiera aclararme las cosas.

En cuanto el silencio fue absoluto y lo único que se oía era el rugido del viento tras la puerta, me puse la capa y salí a la gélida noche. La nieve me llegaba casi por encima de la rodilla. Caminé con dificultad hasta llegar a la iglesia; cuando entré en el frío salón, temblaba y tenía los dedos entumecidos. La capilla se encontraba en penumbra; fuera, el viento seguía soplando con gemidos inquietantes. Recorrí la amplia sala, no parecía que hubiera nadie, pero de pronto oí un ruido cerca del altar.

—Por fin has venido —dijo una voz casi en un susurro.

Me eché a temblar de inmediato, Susana era muda o, al menos, eso me habían dicho. Su padre le había cortado la lengua. La única que lograba entenderse con ella a través de signos era la panadera. Entonces, ¿quién estaba en la iglesia?

Pensé en salir corriendo y, si la prudencia de la edad me hubiera acompañado, quizá lo habría hecho, pero la juventud siempre es atrevida, tal vez por esa falsa sensación de inmortalidad, que perdemos con los años.

18

Hildegarda

Lovaina, 21 de noviembre del año del Señor de 1310

—Nadie se hizo perverso suavemente —dijo la voz desde las sombras, y no sé si me aterrorizó más la expresión o escucharla en una noche como aquella, en medio de la oscuridad, sabiendo que una asesina o asesino andaba suelto—. No me tengas miedo, al menos has venido en medio de la noche para descubrir la verdad, ¿no es así? Esa cita no es mía, la pronuncia Juvenal, pero no le faltaba razón.

Me aproximé con cautela, lo suficiente para que la sombra siguiera hablando, aunque con la idea de poder escapar si era necesario. Por el tono y timbre de la voz sin duda se trataba de una mujer y, según creía, de cierta edad.

—¿Aún no me has reconocido? Es normal, apenas hemos cruzado unas palabras, pero necesitaba separarte de tu maestra por unos momentos. Ahora mismo ves todo a través de sus ojos, algo por otro lado razonable, la relación entre discípulo y alumno siempre debe ser de fidelidad.

—¿Sois Judith? —pregunté sin llegar a creerlo del todo. Martha me había dicho que era una de las mujeres más inteligentes del mundo, que, como ella, había viajado mucho, incluso hasta Alejandría y Constantinopla.

—Veo que sois tan sagaz como vuestra maestra. Hay cosas que debéis saber, la historia de este beaterio, su fundación, no fue tan idílica como os han contado. Tal vez estemos pagando los pecados de nuestras malas acciones.

Su voz se entristeció por un momento; a pesar de su avanzada edad y deteriorada salud, su tono era fuerte y autoritario, como el de una persona que sabe muy bien lo que dice y qué mensaje desea transmitir.

—El filósofo Plutarco dijo que la omisión del bien no es menos reprensible que la comisión del mal.

La mujer se sentó en uno de los bancos; por sus jadeos parecía exhausta, eso me tranquilizó un poco, no podía tratarse de la asesina.

—Yo he escondido a Susana, sus palabras pueden destruirnos a todas.

—¿Sus palabras? Susana es muda.

La mujer se quedó en silencio, lo único que se oía era su respiración entrecortada.

—Eso es cierto en parte, pero sabe escribir lo suficiente como para contar todo lo que ha visto. Como os he dicho, la fundación de este beaterio no fue tan idílica. ¿Qué os ha contado Martha sobre los túneles?

Me quedé callada, quería meditar bien mi respuesta.

—Que en una época difícil para el beaterio se construyeron, para entrar y salir sin ser vistas.

—Hasta ahí ha dicho la verdad. El siglo pasado, hace muchos años, las beguinas estábamos rodeadas de enemigos, aunque tal vez nosotras mismas éramos nuestro peor adversario. El mundo era mucho más oscuro en aquellos días, a pesar de lo que dicen los viejos. Algunos critican las ciudades, como si fueran fuente de enfermedades, lascivia y maldad. No defenderé yo a los burgueses, Dios me libre, pero el mundo antes era un infierno para los campesinos pobres. Los nobles robaban a sus hijas para violarlas, el hambre y la escasez mantenían a la gente en la más absoluta miseria, y la Iglesia miraba hacia otro lado, sin escuchar el lamento del pobre ni de la niña embarazada por sus violadores. Por eso surgimos nosotras, como un poco de aliento entre tanta oscuridad. ¿Has oído hablar de Hildegarda de Bingen?

—No, señora.

—Fue una de las primeras beguinas, nacida en Alemania, una de las mujeres más ilustres del siglo XII y que apoyó la reforma gregoriana. Sus palabras fueron tan sabias que han atravesado el siempre firme muro de los tiempos. De nosotras nadie se acordará una década después de nuestra muerte, pero ella es inmortal. Sus visiones, palabras y consejos aún siguen inspirando a muchos. Sus padres la entregaron como diezmo a Dios, ya que habían concebido a diez hijos. Fue educada por la condesa Judith de Spanheim, quien le enseñó latín, canto, le descubrió a los filósofos y los Padres de la Iglesia y, sobre todo, las Sagradas Escrituras. Las dos se hicieron monjas en el monasterio de Disibodenberg. Allí la beguina escribió su primer libro, que una comisión de teólogos y hasta el papa Eugenio dio por canónico y bueno. Escribió decenas de tratados, compuso música y tuvo numerosas visiones, en una de ellas anticipó estos tiempos y dijo que «la sinagoga de Satán quiere pervertir la Iglesia».

Las palabras me hicieron estremecer.

— ¿Qué tiene que ver eso con lo que está sucediendo en el beaterio? —me atreví a preguntar.

—Hildegarda condenó a los cátaros, que en ese momento se estaban extendiendo rápidamente por Europa, pero muchos creen que en el fondo les admiraba por su crítica a la doble moral de la jerarquía. Esos túneles, como en otros beaterios, se hicieron para proteger a esa secta perniciosa. Ahora se han usado para lo mismo y Dios nos ha castigado. Todo se desvelará en unas horas, en la famosa «ceremonia». La Gran Dama se ha dado cuenta de que hay que purgar los pecados de la comunidad, aunque eso suponga su final. No podemos servir a Dios y a las tinieblas —dijo casi sin aliento.

—Y yo ¿qué tengo que ver en todo eso? Soy una simple iniciada, una neófita.

—Tienes una labor importante, hija —aseguró hasta casi tocarme el hombro. Se había levantado y caminado hasta mí.

—¿Qué misión? —pregunté, angustiada, aunque no quería saber la respuesta.

—Eres un alma pura, Dios te ha encomendado una misión importante. Vigila a Martha, controla sus movimientos y después cuéntame lo que hay en su mente y en su corazón. Es una buena beguina, pero con su actitud nos pone en peligro a todas. ¿Lo comprendes?

Su petición me llenó de turbación. ¿Cómo iba a traicionar la confianza de mi maestra? Ella se había entregado a mí en cuerpo y alma, en unos días a su lado había aprendido más que en todos mis años anteriores.

—No sé si podré —le contesté con la voz entrecortada.

—Debemos servir a Dios antes que a los hombres —dijo al tiempo que me abrazaba. Percibí su cuerpo delgado y frío, como si la muerte me hubiera atrapado entre sus garras.

Salí de la capilla llorando y, mientras atravesaba las calles heladas, por primera vez no sentí frío, mi mente no dejaba de dar vueltas a lo que había escuchado. Era demasiado joven e inocente para interpretar lo sucedido, la arrogancia de la adolescencia nunca es consciente de cómo puede ser manipulada por las ideas de las personas que nos rodean. Quería hacer el bien, mi corazón estaba lleno de buenas intenciones, pero a veces las buenas intenciones son las armas más peligrosas en contra del bien y de la verdad.

19

Francesca

Lovaina, 21 de noviembre del año del Señor de 1310

Decía el filósofo Séneca que la buena conciencia admite testigos, mientras que la malvada se agita y conturba aun en la soledad. Aquella noche no pegué ojo. Mi mente no dejaba de dar vueltas al encuentro con Judith. Aquella anciana venerable, una de las mujeres más sabias del mundo, me había pedido que vigilara a mi maestra, algo que me dejaba tan turbada e inquieta como la sombra de mi amado, que seguía pululando por mi conciencia.

Martha ya estaba en el salón cuando bajé por las escaleras de madera. Tenía tanto dolor de cabeza que el simple sonido de los listones me molestaba.

—¿Cómo estáis? Tenéis mala cara, como si no hubierais descansado bien.

—Son demasiadas cosas, mi mente intenta comprender lo que está pasando.

Martha me sonrió, inocente, y eso me hizo sentir más culpable.

—Esta noche será la gran ceremonia, te prometí aleccionarte un poco.

—Maestra, tal y como están las cosas, ¿no sería mejor que apurásemos la investigación de los crímenes antes de que la Gran Dama...?

—La primera lección del día es saber descansar en manos de la divina providencia. No sucederá nada que Dios no quiera o que no permita, por tanto, nos encontramos en sus manos.

Me sorprendió su respuesta sosegada, parecía una mujer nueva.

—¿Cómo es que habéis cambiado tanto? Ayer os veía...

—Que cada día traiga su propio afán, baste a cada día su mal, dijo Nuestro Señor. Dios cuida de las aves del campo y de las flores. Hasta ha salido en sol —comentó, señalando la ventana.

Intenté sonreír, pero mi cara estaba entumecida.

—Hoy te he preparado algo que seguro que no has probado jamás. En la despensa de nuestra panadera había aceite de oliva, un lujo que únicamente se encuentra en los territorios del sur. Probadlo.

Tomé el pan tierno y el aceite, saboreé un poco aquel fruto de la tierra e intenté pensar en otra cosa.

—Una de las mejores beguinas que han existido, y ha habido muchas excelentes, fue sin duda Matilde de Magdeburgo, quien puso las bases de nuestro movimiento. Nosotras somos herederas de otras mujeres que nos precedieron, pensamos que los hombres son los únicos que han hecho grandes cosas, pero no es cierto. Dios ha usado a muchas mujeres a lo largo de la historia, a pesar de la opresión de los varones. Entre las grandes mujeres, además de la Virgen, está, sin duda, una de las discípulas de Jesús, María de Magdala.

—¿Discípula, decís? —pregunté asombrada. Martha tenía esa capacidad de descubrirme ideas que hasta ese momento ni habían rozado mi mente.

—Matilde dijo de ella: «María de Magdala, habito contigo en el desierto, pues todas las cosas me son extrañas excepto Dios».

—No entiendo la frase.

—Creo que todavía estáis dormida, pues os tengo por una mujer aguda de ingenio. Se ha intentado desprestigiar a María de Magdala o María Magdalena. Era de la ciudad de Magdala en Galilea y, por tanto, una de las primeras seguidoras del Maestro. Es una de las pocas mujeres nombrada en los cuatro evangelios. Mateo no habla de ella hasta la crucifixión, pero todos están de acuerdo en que fue la primera en ver a Cristo resucitado, uno de los mayores honores que ningún ser humano ha tenido jamás. Lucas habla de que fue liberada de siete demonios, que servía a Jesús y, como otras mujeres ricas, puso a disposición de los doce discípulos todos sus recursos. Sin embargo, es falso, María Magdalena no estuvo endemoniada, ese texto fue añadido a los evangelios de Lucas y Marcos casi dos siglos más tarde. La mujer estaba siendo excluida de la Iglesia y se necesitaba desprestigiar a cualquiera que hubiera destacado por su labor cristiana. Mientras que todos escaparon para salvar la vida tras la captura de Nuestro Señor, ella se quedó a su lado, como su madre, María, y la mujer de Cleofás, que podía ser una cuñada de la Virgen, esposa del hermano de José.

—Nunca había oído esta historia.

—Las beguinas llevamos mucho tiempo refiriéndola a las hermanas iniciadas, para que todas sepan la verdadera historia de las mujeres en la iglesia.

Escuchaba fascinada, como si no hubiera oído jamás las palabras del Evangelio.

—Nosotras conservamos un libro que la Iglesia cree perdido y que muchos han intentado destruir, el famoso *Diálogo del Salvador*, una conversación entre María de Magdalena y Jesús, o el famoso *Pistis Sophia*, en el que Cristo elogia a María. Fue el papa Gregorio Magno quien en el año 591, en una famosa homilía, introdujo la falsa idea de que Magdalena era una mujer pecadora, prostituta y endemoniada.

—¿Por qué iba a decir algo así de una discípula de Jesús? —pregunté, indignada.

—El cristianismo ha dignificado la vida de la mujer. Algunos paganos te dirán que la ha oprimido, pero no es cierto. Nuestra fe terminó con el infanticidio del mundo clásico, muchos mataban a sus hijos si eran hembras. El divorcio generalizado del siglo I dejaba desprotegidas a las mujeres, que eran expulsadas de su propia casa por cualquier razón. Además, se prohibió el incesto, ya que era muy común que las mujeres fueran violadas por sus propios padres o hermanos, incluso entre los nobles patricios. Por no hablar de la poligamia o la infidelidad, vista como un derecho del hombre para satisfacer sus apetitos. Al principio de la Iglesia eran muy numerosas las mujeres con el cargo de diaconisas, la mayoría de los cristianos de los primeros siglos eran mujeres. Pablo habló de que no había diferencia entre hombre o mujer, esclavo ni libre...

—Pero también ordenó que la mujer no enseñara a hombres y callara en la Iglesia —le contesté; al menos eso era lo que yo había oído decir a mi madre.

—Cierto, al corregir a una iglesia en concreto en la que las mujeres que se ponían aparte con los hijos no dejaban de hablar y, con respecto a la enseñanza, condenando el sacerdocio pagano femenino. Sin embargo, hubo y hay muchas mujeres destacadas en la Iglesia, como Helena de Constantinopla, Olga de Kiev, Isabel de Hungría, la hermana Clara de Asís o Hadewijch de Amberes. Ahora se pretende que las mujeres regresen a los fogones y dejen la Iglesia a los hombres, pero nosotras las beguinas no lo permitiremos —dijo con cierta vehemencia.

No sabía qué podíamos hacer nosotras para impedir nada. Los hombres tenían el poder político, económico e incluso el religioso.

—En el siglo I hubo mujeres sacerdotes como Teodora, a la que el papa Pascual I llamó «obispa». En el Primer Concilio de Nicea se comenzó a quitarles sus cargos, pero en la actualidad...

La puerta se abrió de pronto y el frío invadió la sala, una joven beguina completamente roja y con los ojos desencajados gritó:

—¡Por favor, deben venir de inmediato!

—¿Qué ha sucedido? —preguntó Martha mientras se ponía de pie.

—La hermana Francesca ha aparecido asesinada.

Nos miramos por un momento, tomamos nuestras capas y salimos a la calle, corrimos hasta la zona del almacén, donde se acumulaban los alimentos de la congregación, en especial las reservas de cereales. En unas inmensas tinajas repletas de grano se encontraba el cuerpo sin vida de otra de nuestras hermanas. Parecía que el diablo continuaba suelto en medio de nosotras.

20

Hermanos

Lovaina, 21 de noviembre del año del Señor de 1310

La muerte nos aleja de la vida, por eso pasamos toda nuestra existencia escapando de ella. Intentamos alejarnos de la única profecía que sabemos que se cumplirá, nos guste o no. Todos compareceremos un día ante la inexorable puerta del Hades. Ricos y pobres, sabios y necios, justos e injustos moriremos. Para muchos es el final, para la mayoría, un nuevo comienzo, siempre un momento de incertidumbre. Ahora que me acerco al final inevitable, que mi cuerpo empieza a abandonarme, que las fuerzas disminuyen y siento que nada ni nadie podrá impedir que llegue a la morada eterna, comprendo que aquellas muertes eran para mí casi simbólicas. No las entendía, no era capaz de saber la trascendencia de perder la vida. Por eso dicen las Sagradas Escrituras que vale más un perro vivo que un león muerto.

Para nuestra desgracia los graneros estaban repletos de hermanas. Martha sabía que las pocas pruebas que hubiera dejado el asesino estarían malogradas por las pisadas e intromisión de las curiosas. Me pidió que echara a todas menos a la hermana boticaria, que intentaba examinar el cadáver. En cuanto estuvimos a solas las dos comenzaron a hablar:

—Hermana, ¿cuál es la causa de la muerte?

La boticaria se tomó su tiempo antes de responder:

—Es muy extraño, parece seca por dentro, como si algo le hubiera robado todos sus jugos vitales. Debe de tratarse de un tipo de veneno; tendré que llevarla a la botica y examinarla con más detenimiento.

—¿Quién era la hermana Francesca? Apenas la conocía —le preguntó Martha mientras examinaba la estancia.

—Una maravillosa beguina, servicial y generosa. Llevaba varios años cuidando de los almacenes, gracias a ella el grano llegaba siempre hasta la próxima cosecha, a pesar de que alimentamos a un gran número de menesterosos. Llegó después de fallecer su esposo, no era muy habladora, pero parecía devota y fiel a las buenas costumbres de nuestra hermandad. Desde la muerte de la panadera estaba muy afectada, eran amigas íntimas.

Mi maestra se quedó pensativa.

—Si no recuerdo mal, tres de las víctimas eran de la misma región, las otras dos no, y todas tenían buena relación. ¿Pensáis que les unía algo que se nos escapa?

La boticaria levantó la vista del cadáver y observó a mi maestra.

—La Iglesia siempre persigue a los que no acepten todos sus preceptos, pero eso no los convierte en herejes.

—Pensáis, quizá, que los herejes llevan un cartel en la frente o se comportan de forma misteriosa. Suelen introducirse en la Iglesia y pasan desapercibidos —dijo Martha frunciendo el ceño.

—No creo que fueran herejes, simplemente hay una asesina que no hemos sido capaces de descubrir.

—No os lo he contado, pero tenemos una nueva teoría. Creemos que las mujeres han muerto de forma voluntaria.

La hermana se puso de pie y se llevó las manos a la cabeza.

—¿Qué locura es esa? ¿Acaso pensáis que eran todas suicidas?

—En cierto sentido, fueron coaccionadas o inducidas a hacerlo. Hay sectas y religiones que creen en el suicidio ritual —le contestó mi maestra.

—Las hermanas no pertenecían a ninguna secta —aseguró la boticaria, furiosa—. Además, la Gran Dama os ha prohibido seguir investigando, desde que habéis llegado no han sucedido más que desgracias, tal vez sería mejor que os marcharais a vuestro beaterio. Aquí todas vivimos en armonía.

La boticaria llamó a dos de sus ayudantes, que con una camilla sacaron el cuerpo de la desafortunada beguina.

Martha se encogió de hombros al ver la actitud de la boticaria. Examinó un poco más en detalle el almacén, pero no encontró nada inusual, hasta que vio algo que brillaba en el suelo; parecía un colgante.

Mi maestra lo miró unos segundos y dijo:

—Se trata de una cruz gnóstica.

—¿Una cruz gnóstica?

—Para los gnósticos la cruz tiene un poder mágico, no es como para nosotros, que es un simple símbolo del sufrimiento de nuestro Señor. Ellos la tienen en forma de aspa, es una cruz de San Andrés. Ya sabrás que se trata de uno de los discípulos de Jesús, al que se cree que fue iniciador del gnosticismo.

—Pero ¿por qué hay una cruz herética aquí?

—Sin duda, la muerta agarró a la asesina y se le cayó del cuello.

—Entonces, ¿pensáis que hay una secta gnóstica entre nosotros?

—No sé qué pensar. La reacción de la Gran Dama, de la boticaria..., todo es muy raro, parece que estén protegiendo a alguien.

Quedaban pocas horas para la gran ceremonia, al día siguiente la Gran Dama avisaría a las autoridades y todas estaríamos perdidas. Martha me sonrió por primera vez en mucho tiempo y dijo unas palabras tan misteriosas que en aquel momento no comprendí.

—¿Cuál es la mejor forma de atrapar a un asesino?

No supe qué contestar.

—Creo que he dado con el modo de hacerlo, será muy peligroso y deberás ayudarme. Para que todas lo vean, deberemos actuar en la gran ceremonia, a veces la única manera de sacar a una rata de su madriguera es poniendo un poco de queso en la entrada.

TERCERA PARTE

RAZÓN

Razón misma nos atestigua
En el capítulo trece de este libro.
Y sin avergonzarse de ello,
Que Amor y Fe le dan vida
Y de ellos no se libera
Pues tienen sobre ella señorío,
Por eso es preciso que se humille.

MARGARITA PORETE,
El espejo de las almas simples

21

La visita del inquisidor

Lovaina, 21 de noviembre del año del Señor de 1310

La gran ceremonia se celebraba una vez al año. Era el acto más solemne de las beguinas, que no eran nunca demasiado ceremoniosas, ya que premiaban la sencillez y la simpleza por encima de todo. Martha me bajó una túnica roja, de un color tan encendido que parecía arder en sus manos.

—Las novicias han de vestir con ellas en la ceremonia —me explicó al ver mi cara de sorpresa.

Ella iba con un hábito azul oscuro, parecía mucho más joven y esbelta por el entallado que, por primera vez desde que la conocía, resaltaba su figura. Debía de haber sido muy bella de joven, ahora sé que el don más efímero es el de la hermosura. Dios nos la da por poco tiempo, ya que es la forma más rápida de envanecernos.

—Las hermanas compañeras llevan uno blanco. La ceremonia será en la capilla, dentro de una hora. Ni la muerte de la pobre Francesca puede interrumpir un día tan solemne. Debes seguir el plan tal y como te lo he indicado —me recordó.

Lo que Martha desconocía era que había escrito una nota advirtiendo de lo que quería hacer. Sabía que era traicionar su confianza, pero la Gran Dama nos había prohibido investigar y la hermana Judith me había confiado una misión sagrada. Me sentía como Judas, que había vendido a su maestro por treinta monedas de plata.

Después de vestirnos nos dirigimos hacia la capilla; de todas las casas salían las beguinas con las capas, vestidos ceremoniales y cofias características.

Una vez en la capilla las iniciadas nos pusimos en la primera fila, rodeadas por las ayudantes y, detrás, las hermanas consagradas. Nos quedamos de pie, frente al altar, hasta que la Gran Dama, con el mismo traje que las hermanas pero con una banda roja, entró en la sala escoltada por seis hermanas principales. Todas se sentaron menos las iniciadas.

—Vosotras, hermanas iniciadas, hijas de Dios, discípulas de Jesús, habéis dado este paso libremente. Sois libres para entrar y libres para salir, lo único que os pedimos es que guardéis el decoro de una esposa de Cristo, el amor de una discípula y el trabajo de una servidora. Nosotras seguimos la verdad, buscamos la verdad y predicamos la verdad. Lo hacemos como mujeres, como hijas de Dios y siervas de la Iglesia. Nuestra vocación es cuidar a los menesterosos, refugiar a los huérfanos, enseñar a los ignorantes y predicar el Año Agradable del Señor. Hoy dais el paso más importante de vuestra vida. No hay mejor forma de gobernarnos que sacrificarnos por los demás. En nombre de todas las hermanas que nos han precedido en la fe, os aceptamos en la cofradía de las santas. Bienvenidas, hermanas.

En aquel momento nos arrodillamos y la Gran Dama y sus colaboradoras nos impusieron las manos. Estaba tan emocionada que logré olvidar mi traición y le pedí perdón a Dios. Las lágrimas comenzaron a recorrer mi rostro, sentí cómo me temblaba el cuerpo y no fui la única, varias de nosotras caímos en una especie de éxtasis.

Tras recuperarme me giré y vi que Martha ya no estaba, había comenzado su plan.

—Ahora sí, sois nuestras nuevas hermanas, que la Virgen os asista y aconseje, que Dios todopoderoso os guarde, como a las diez vírgenes, con el depósito de vuestro aceite listo, para que cuando el esposo regrese os encuentre apercibidas.

Nos entregaron unos pequeños candiles de aceite y los encendieron. Su luz nos iluminó el rostro bañado en lágrimas.

En ese momento oímos un ruido metálico y enseguida

miramos al corredor superior, que comunicaba con la torre; vimos a una beguina correr, por su hábito era hermana. Después un cuerpo cayó colgado sobre nosotras y todas soltamos un grito de pánico.

Nadie se movió de su sitio, pero contemplábamos la escena con preocupación. Yo era consciente de lo que sucedía, lo que no me impidió que me asustase de todas formas al sentir el pánico de mis hermanas.

Inesperadamente las puertas de la capilla se abrieron y entraron diez soldados.

Las beguinas se arrinconaron en un lado de la sala; los hombres no podían entrar en el beaterio, ni siquiera para detener a una hermana, esas eran las leyes. Cuando los soldados se hubieron desplegado, un hombre vestido de negro entró en la iglesia. Lo reconocí enseguida: era el inquisidor.

—¡En nombre de la Santa Inquisición, la beguina Martha de Amberes queda detenida por prácticas heréticas y crímenes horrendos!

Miré al corredor, mi maestra asomó la cara, frunció el ceño y corrió hacia la torre. Esta tenía una salida directa, podía escapar antes de que los soldados del inquisidor lograran atraparla.

—¡Prendedla! —gritó el inquisidor.

Los guardas corrieron hacia la puerta que daba a la torre. Recé para que no la apresaran, a pesar de que era yo la que le había traicionado; me sentí como Pedro negando a Cristo. Bajé la cabeza y comencé a llorar desesperadamente.

22

Disputa

Lo peor de estar perdida es ignorar que lo estás. Tras el final abrupto de la gran ceremonia, tenía la sensación de que el suelo había desaparecido debajo de mis pies y que flotaba sobre una nada insustancial. Deseaba morir y, al mismo tiempo, jamás me había sentido tan viva. No hay nada más liberador que no depender de nadie, no seguir a nada y vivir para una misma, pero al mismo tiempo es el primer paso para la extinción, la desaparición completa.

Judith se acercó hasta mí, me rodeó con su brazo huesudo, me mostró su sonrisa cadavérica y me llevó hasta su casa. No tenía fuerzas para pasar la noche sola. Entramos en su preciosa casa, adornada con todo tipo de pequeños detalles que me hizo pensar en mi madre. Aquello parecía un hogar de verdad, aunque era consciente de que nada puede sustituir los brazos amorosos de una madre.

—Será mejor que comas algo, estás pálida como la nieve —dijo mientras me quitaba la capa de los hombros y me sentaba enfrente de la bella mesa tallada.

Miré a mi alrededor, pude olfatear unos pasteles recién horneados.

—Nada de esto es mío —se disculpó, como si la casa fuera demasiado suntuosa para una beguina—, puede decirse que son los restos de mi naufragio.

Una de las chicas nos sirvió vino caliente con miel y puso en la mesa una bandeja de dulces. Tomé tres antes de sentirme saciada, parecía que comer era lo único que lograba tranquilizarme.

—Sé cómo te sientes, pero has hecho lo correcto. Todas apreciamos a Martha, sin embargo, es mejor que uno sea sacrificado antes de que perezca todo el pueblo.

Aquellas palabras me resultaron familiares, mas no supe identificar dónde lo había escuchado.

—Guillermo de París es un hombre justo, tiene que hacer un trabajo desagradable y necesario. ¿Qué le sucedería a la cristiandad si todo aquel que comete herejía permaneciera impune?

—No creo que Jesús fuera así, él fue acusado de herejía —dije después de dar un sorbo al vino.

El rostro de la mujer cambió por completo, sus ojos se encendieron y pensé que iba a gritarme, pero se controló en el último momento.

—Escucho en tu boca las palabras heréticas de Martha. Es normal, parece sabia y lo es a su manera; sin embargo, el mucho conocimiento la ha envanecido. La única virtud verdadera es la fe. Todo lo demás es superfluo, si te quedas conmigo lo aprenderás.

Bajé la cabeza, como si las ideas que no paraban de circular por mi mente pesaran demasiado.

—Lo que no entiendo es por qué el inquisidor la ha acusado de asesinato. Los crímenes sucedieron antes de que llegase —comenté con la voz temblorosa, con miedo a expresar mis pensamientos.

—Muy sencillo, ella misma descubrió su plan. La boticaria lo ha confirmado, las mujeres fueron inducidas a matarse, a quitarse la vida, debió de embrujarlas de alguna manera. En los países mahometanos en los que ha estado es probable que aprendiera a hacer algún hechizo o brebaje.

—Vos también estuvisteis en Oriente, Martha me lo contó.

La mujer frunció el ceño, después tomó un dulce y lo comió a bocados pequeños, como si le dolieran las muelas.

—Ya te comenté que algunas beguinas se han pasado al lado oscuro. Herejes contumaces que apoyan ideas gnósticas. Tu querida maestra —dijo con sorna— niega verdades fundamentales del cristianismo. Además, es una aliada de esos padres pobres, esos franciscanos. Los frailes como ellos han dañado a la Iglesia y al resto de la sociedad. Con su falsa humildad, son los primeros en envanecerse, después Satanás los inflama con sus ideas y terminan anunciando todo tipo de herejías, como que Cristo no vino en carne, se casó o que no es lícito practicar la poligamia. ¿Crees que todos los herejes lo hacen por maldad? No, querida niña, son esclavos de sus pasiones y se dejan engañar por el diablo.

Al pronunciar la palabra «diablo» la alargó más de lo normal.

—Yo viví en Alejandría y en Constantinopla —continuó—, conozco las prácticas mahometanas, las de los viejos egipcios, he visto a grupos cristianos heréticos que todavía sobreviven en aquellos lugares. Mis ojos han contemplado el Partenón en Atenas y me he quedado fascinado ante Sofía, en la capital del Imperio bizantino. Todo ese conocimiento envanece, me retiré aquí para enseñar a las muchachas jóvenes que el más alto servicio a Dios es ayudar a los enfermos, los desvalidos y los pobres. Todo lo demás es vanidad. Tu maestra, en cambio, se empeña en abrir los ojos de los ciegos y liberar a los cautivos.

—Eso es bueno, ¿no?

La mujer rio con una carcajada inquietante; si oyera la risa del diablo, estaba segura de que sería muy parecida a aquella.

—Sois una soñadora como ella, será mejor que vayáis a descansar. Jocelyn, lleva a Constance a sus aposentos.

Una de las chicas, que no había levantado la vista durante la conversación, me acompañó hasta la escalera.

—Una última pregunta, ¿dónde está Susana?

La mujer se incomodó.

—Yo la protejo del mal, no te preocupes por ella, la verás en su momento.

No me gustó su contestación evasiva, tal vez la peor forma de mentira es una medio verdad, pensé mientras ascendía por las escaleras. Entré en una habitación abuhardillada.

—¿Sabes algo de Susana?

La chica negó con la cabeza y bajó la vista.

—¿De verdad?

No contestó, pero antes de cerrar la puerta dijo:

—Cuando vives en la oscuridad, vives bajo el reinado del diablo.

Me estremecí al escuchar aquellas palabras, después sentí el golpe de la puerta al cerrarse y por último la oscuridad que todo lo invadía. Una bisagra giró y supe que había elegido mal y que ahora me encontraba atrapada.

23

Amor prohibido

Lovaina, 22 de noviembre del año del Señor de 1310

No logramos conocer el mal hasta que se ha arrojado sobre nosotros. Creemos que el diablo es el príncipe de este mundo y no nos falta razón, pero el auténtico mal se encuentra en la certeza en la que no cabe la duda, en la soberbia del alma y en la fe sin compasión. Mientras lloraba desconsolada en aquel cuarto oscuro con olor a humedad, me arrepentí mil veces de haber traicionado a mi maestra. Ella no lo merecía y, lo que es peor, nunca había pensado que el inquisidor la persiguiera y la acusara de crímenes horrendos que no había cometido. Lo sé, era una ingenua que aún creía en la justicia de los hombres.

Una de las pocas cosas que todavía me aferra a mi fe,

después de haber visto tantos desmanes y sentirme decepcionada por aquellos que deberían ser sus adalides, es la idea de que el mal no quede sin castigo.

Mientras empapaba mi almohada de lágrimas, lo único que me dio consuelo en parte fueron las palabras de Martha, la seguridad que tenía de que todo estaba bajo el control divino y que no sucedería nada que Dios no quisiera.

Me asomé por la ventana, aún no había clareado el día y fuera la nieve caía con fuerza de nuevo. El piso estaba muy alto, pero una parte del tejado descendía hasta lo que parecía un montón de paja seca, tapada con grandes telas. No lo pensé dos veces, abrí la ventana y me deslicé hasta caer sobre las telas. Después salté al suelo gélido. No llevaba capa ni cofia, solo el hábito rojo y los zapatos. Corrí hasta la entrada del beaterio, pues la valla era demasiado alta para saltarla. ¿Cómo podría salir de allí? Me acordé de los túneles. Me apresuré hasta la casa de la panadera y, afortunadamente, la puerta no estaba cerrada con llave. Entré y me calenté unos segundos, encontré una capa corta de verano, tomé una lámpara de aceite y me adentré en los corredores.

Ahora que lo pienso, transcurridos los años y consciente de lo arriesgado de mi hazaña, no entiendo cómo me metí en aquella oscuridad infinita. Bajé hasta la primera galería, la parte central estaba inundada, ya que llevaba días sin parar de llover y nevar, y tuve que caminar por el borde y evitar pisar las aguas fecales y heladas.

Intenté orientarme, aunque no era sencillo. En cuanto llegué a la primera bifurcación no supe hacia dónde dirigirme.

—¡Dios mío! —exclamé, angustiada. Comenzaba a sudar; si el aceite se gastaba estaría sola en medio de aquel laberinto oscuro.

Caminé al menos una hora hasta encontrar una escalera. Dudé un momento, podía llevarme a cualquier sitio, desde la casa de la Gran Dama, a la capilla o la botica. Intenté dibujar un mapa en mi mente, estaba casi segura de que me encontraba fuera del muro del beaterio.

Subí la escalera lo más sigilosa que pude y llegué hasta una puerta, parecía atrancada por fuera, así que empujé con el hombro y cedió. La pequeña sala se iluminó, estaba sucia y vacía, pero no parecía la casa de una beguina ni una parte de los salones del beguinaje.

Encontré otra puerta, la abrí y salí a una calle mal empedrada. Allí el fango y la nieve se mezclaban, las fachadas de las casas parecían viejas y destartaladas y no había ni una antorcha que las iluminara. Me sentí aliviada y asustada al mismo tiempo. Todo era mejor que continuar encerrada con aquella arpía de Judith. Enseguida me di cuenta de que estaba equivocada.

Al fondo de la calle empinada había algo de luz, pensé en pedir socorro y buscar ayuda. Tal vez pensaba en mi pequeño pueblo y en la gente del castillo, siempre tan servicial y amable, y no sabía que la ciudad era muy distinta.

Una luz roja asomaba de una ventana, llamé a la puerta, pero nadie salió a abrir, la empujé y entré en lo que parecía una taberna. A pesar de ser casi la hora en la que los campesinos salen a cuidar sus campos en verano, aquel lugar con olor a vino agrio y cerveza estaba prácticamente lleno. En las mesas los hombres jugaban a las cartas y unas mujeres con grandes escotes servían enormes jarras de cerveza o platos de comida grasienta y maloliente. Estaba a punto de salir cuando noté una mano que me rodeaba la cintura.

—El diablo me ha enviado un regalo por mi cumpleaños —dijo un hombre sudoroso, de barba sucia y dientes podridos. Intenté zafarme, pero me agarró con más fuerza.

—¡Soltadme! —me quejé y el hombre dejó escapar una risotada.

—Me gustan las fierecillas, sobre todo si son finas y suaves como tú. ¿De dónde has salido? ¿Has caído del cielo?

Trató de besarme, yo le golpeé con todas mis fuerzas en la entrepierna, como me había enseñado mi hermano, y el villano me liberó de inmediato. Corrí hacia dentro, ya que aquel sujeto ocupaba casi toda la puerta. No tardó mucho en ir detrás de mí; otro parroquiano me puso la zancadilla y caí sobre el suelo lleno de esputos, grasa y restos de orín.

Me levanté gritando y los borrachos comenzaron a vociferar y reírse. Aquel hombre estaba a punto de atraparme de nuevo, pero un segundo antes se interpuso un caballero que lo derrumbó en el suelo de un golpe. Otros dos amigos fueron a ayudarle, mientras yo me escondía detrás de sus anchas espaldas, al tiempo que el caballero sacaba una espada y, ante su sola visión, los borrachos levantaron a su amigo y se marcharon.

—¿Qué hacéis aquí?

Reconocí su voz de inmediato. Era Martín. En aquel momento me pareció tan valiente como un príncipe, me sonrió y tomándome de la mano me llevó por las escaleras hasta un cuarto. Cerró la puerta, me abracé a él y me eché a llorar.

24

La discusión

Lovaina, 22 de noviembre del año del Señor de 1310

Virgilio no sabía bien lo que decía cuando afirmó «*Omnia vincit Amor*». Puede que en ocasiones llamemos «amor» a lo que es una mera atracción. Nos tumbamos en la cama; yo aún temblaba. No había mucha luz, el cuarto olía a polvo y mugre, las sábanas estaban ásperas y el colchón de paja, repleto de bultos, pero nada de eso me importó. Noté su cuerpo sobre el mío, el cálido sosiego de unos brazos fuertes que acababan de salvarme de una violación o algo peor. Me sentía asustada, perdida y temerosa. En cierto sentido, Martín en aquel momento me parecía como un ángel enviado del cielo. Un querubín hermoso entre mis piernas.

No sabía qué era hacer el amor, mi prima me había contado su experiencia con el trovador, pero apenas se había enterado de nada. Primero caricias, una excitación inexplicable, la sensación de ir al séptimo cielo, sentir cómo el corazón se aceleraba hasta casi estallar. Después el dolor y la sangre. Algo penetrando por su túnel de Venus, duro y molesto, que quemaba y arañaba, hasta que la fricción te devolvía el placer, intenso y casi inhumano, como cuando has bebido demasiado vino con miel y tus sentidos se abotargan.

Mi experiencia fue muy distinta. Primero sentí la excitación, los pezones se endurecieron hasta casi doler, mi piel se erizó, notaba que me ardía el cuerpo, sobre todo en mis partes íntimas. Después, él comenzó a moverse sobre mí; le miraba a los ojos, pero los tenía cerrados, como si estuviera concentrándose. El placer me envolvía y me dejaba sin fuerzas, paró y me dio la vuelta, no lo entendí al principio, mas supo encontrar el lugar y arremetió contra mí hasta que mi cara se apretó contra el cabecero de la cama vieja y chirriante con dosel. Unos minutos después, me temblaron las piernas, perdí las fuerzas, comencé a sentir espasmos, él sacó su miembro un segundo antes de eyacular y se tumbó a un lado. Yo me quedé en aquella ridícula posición, confusa y aún excitada. Después me eché desnuda a su lado.

Lo primero que me extrañó es que no sentí vergüenza, pudor o miedo. El amor parecía disipar aquella sensación de que la desnudez era mala y pecaminosa, como me habían enseñado desde niña. No me sentía culpable, aunque sabía que la culpa vendría más tarde, cuando la mente recuperara algo su poder frente a la carne.

—Os amo —me dijo Martín mientras me estrechaba entre sus brazos.

Yo no contesté, parecía que las palabras podían estropear aquel momento casi mágico.

Nos dormimos hasta bien entrada la mañana, cuando un rayo de sol tímido iluminó los ojos a Martín y este saltó de la cama como si tuviera un resorte.

—¡Me he dormido, los legados del papa ya deben de estar en la catedral!

—¿Qué hago yo?

—Vístete, este no es un lugar muy recomendable para una dama sola.

En unos minutos corríamos en dirección a la catedral. Estaba hambrienta, despeinada, sucia y comenzaba a remorderme la conciencia. Me cubrí la cabeza con la capa antes de entrar en el templo y me senté lo más alejada que pude del coro.

Los dos bandos parecían más crispados que los días anteriores.

—¡¿Cómo os habéis introducido en un beaterio con hombres armados para encerrar a una mujer inocente?! —gritó Enrique. Parecía completamente fuera de sí.

—Martha de Amberes es una prófuga de la justicia,

una hereje y una asesina. Sus propias hermanas la han denunciado, ya sabéis que en esos casos no podemos dejar de actuar. Si conocéis su paradero será mejor que lo digáis; de lo contrario, vos y todos los franciscanos seréis cómplices de asesinato y herejes contumaces —vociferó el inquisidor.

El obispo había regresado a los debates a pesar del trato humillante del día anterior y parecía complacido con las acusaciones que Guillermo de París vertía contra los franciscanos.

—Desconozco el paradero de la hermana Martha, pero estoy seguro de que todas esas acusaciones son falsas.

—Sí es así, querido Enrique, ¿por qué ha huido? Únicamente los culpables no se enfrentan a la justicia.

Los franciscanos comenzaron a quejarse y los legados del papa se pusieron de pie increpándoles. Por un momento pensé que se enfrentarían, aunque de nuevo Nicolás intentó apaciguar los ánimos.

—El pontífice nos ha convocado para llegar a un acuerdo. La cristiandad está en peligro, los musulmanes siguen avanzando, Bizancio se encuentra amenazado y es lo único que nos protege de los sarracenos. El emperador desea invadir Italia y gobernar sobre Roma; los nobles de la Ciudad Eterna se han adueñado de todo y no respetan a los representantes del papa, y el rey de Francia también quiere controlar la Iglesia...

—Tened cuidado con lo que decís —le advirtió el inquisidor—. Hablar contra los reyes ungidos por el mismo Dios puede costaros muy caro.

—Dios está por encima de todos los reyes de este mundo y la Iglesia no debe someterse a ninguno. Pensáis que estáis a salvo por ser inquisidor, pero si el poder temporal triunfa, no tardará en perseguir a todos los cristianos. Con Constantino, la cruz venció a la espada, sin embargo, eso no durará para siempre. Esta ciudad es fiel reflejo del reino de Satanás. Ya no importan la misericordia, la justicia o la verdad. Únicamente interesan el beneficio, la riqueza y la apariencia. Los vecinos no se conocen, nadie ayuda a nadie. «*Si vis pacem para bellum.*» «Si quieres la paz, prepara la guerra.»

—La única guerra que hay aquí es la de la Iglesia contra sus enemigos interiores. Decís amar a vuestra Santa Madre, pero no hacéis otra cosa que criticarla. Jurad lealtad al papa y al rey de Francia y se terminará la disputa. Ellos son las autoridades puestas por Dios y todos los demás somos meros siervos —expuso el obispo poniéndose de pie, parecía furioso y deseoso de venganza.

—«*Timeo Danaos et dona ferentes*», expresó Virgilio en la *Eneida*; los griegos nunca traen regalos, el caballo de Troya no somos nosotros que intentamos cumplir la ley de Dios antes que la de los hombres —aseguró Nicolás, que una vez más dejaba sin palabras al obispo.

El inquisidor levantó la mano amenazante y, señalando a los frailes, les dijo:

—Si nos mentís lo pagaréis caro, encontraremos a esa beguina, destaparemos a la sinagoga de Satanás que hay entre vosotros. Terminaréis todos en la hoguera.

Los legados abandonaron la capilla a toda prisa, mientras los padres franciscanos hablaban entre ellos, inquietos. Martín se encogió de hombros y siguió a los papales; yo me quedé sola, sentada en un rincón y confusa.

Enrique se acercó a mí; bajé la cabeza avergonzada.

—Por fin os encontramos, Martha está preocupada por vos.

—¿Martha? ¿Sabéis dónde se encuentra? La traicioné, me engañaron.

—No os preocupéis por eso ahora. Sabemos que los guardas del obispo y de la delegación nos vigilan. Vuestra maestra está oculta en una granja a las afueras de la ciudad. Salid por la puerta nueva, caminad dos leguas y tomad el sendero de las hayas, encontraréis la granja, un anciano la gobierna, se llama Antonio, él os llevará hasta Martha. Aseguraos de que nadie os siga, es muy peligroso. El inquisidor quiere su cabeza y destruirnos a todos.

Las palabras de Enrique me reconfortaron, tranquilizaron y asustaron al mismo tiempo. Salí de la catedral, caminé por la plaza hasta atravesar el ayuntamiento y marché con paso rápido hasta la puerta de la muralla. Había mucha algarabía a aquellas horas, la nieve había dado un poco de tregua y los comerciantes y campesinos llevaban sus mercancías para abastecer a la ciudad. Una familia de granjeros se ofreció a llevarme parte del camino. Me senté en el carro y contemplé el sol por primera vez en mucho tiempo; quise pensar que aquel era un buen presagio, pero estaba equivocada.

25

El libro

Lovaina, 22 de noviembre del año del Señor de 1310

El gran Cicerón decía que no había nada más grande que tener a alguien con el que te atrevas a hablar como contigo mismo. Una de las pocas personas así que he encontrado en mi dilatada vida fue Martha. Acudí a la vieja granja esperando reproches y desprecio y encontré unos brazos abiertos.

El granjero había escondido a mi maestra en la parte alta de un granero. De algún lugar habían sacado un escritorio y le habían conseguido una pluma, tinta y varios pergaminos. En cuanto me vio dejó todo y me abrazó, yo me eché a llorar como una tonta.

—Lo siento —dije entre lágrimas.

—Ya te he dicho que todo formaba parte de un plan, un plan que está por encima de nuestras acciones. Ven.

Me senté en el suelo frente al escritorio.

—Te pedí que me ayudaras, quería fingir una falsa muerte durante la ceremonia, de esa forma, el asesino creería que se había deshecho de mí y sería más fácil descubrirlo.

—Pero todo salió mal, yo os traicioné, os engañé, le había contado todo a Judith.

—Ya os dije que es la mujer más inteligente del mundo, eso debería haberos puesto sobre aviso. La inteligencia unida al fanatismo es el arma más peligrosa. Hubo un tiempo en el que compartimos muchas cosas, disfrutábamos de los mismos libros y hablábamos durante horas, regocijándonos en el conocimiento de la Antigüedad. Judith enfermó hace tres años y estuvo a punto de morir, desde entonces se convirtió en una fanática y rechazaba el conocimiento que había aprendido, convencida de que todo eso es vanidad y pecado. Ahora me considera una enemiga, más por mí misma, por lo que represento. Su fanatismo es capaz de destruir el beaterio y lo peor es que la Gran Dama le hace caso en todo.

—¿Es la asesina? —le pregunté, casi segura de que aquella mujer estaba detrás de todo lo sucedido.

—No, yo también barajé esa idea. Parecía tener algún tipo de motivación y ya comentamos que para descubrir a este tipo de asesinos es más importante entender su mente que estudiar a sus víctimas. Judith es una fanática, pero nunca usaría esos métodos, ella prefiere la hoguera y el escarnio público.

—Entiendo —respondí, confusa; una vez más estábamos perdidas.

—Estas horas de tranquilidad y lejanía me han permitido meditar. Lo tenía todo delante y no era capaz de verlo.

—¿Ver el qué?

—Sigo sin saber quién es el asesino, pero he descubierto dos cosas. Venid.

Me levanté y me acerqué. La ventana abierta iluminaba la mesa, podía sentir el frío, mas el sol al menos nos calentaba un poco.

—Aquí he apuntado una lista con los nombres de las hermanas asesinadas; en este lado, los lugares, y aquí, la forma. Fijaos.

Lo miré, pero no comprendía nada.

—Tres de ellas eran de la misma región; estas dos eran, además, buenas amigas y la primera mujer muerta fue Geraldine, tu querida amiga, alguien que sabía demasiado. Ahogamiento, asfixia, quemaduras. Formas muy variadas de matar. Algo no encajaba. Pensé que se habrían quitado la vida, es posible, pero no lo parece, al menos en la mayoría de los crímenes. Entonces, fui iluminada.

De entre los papeles sacó un bellísimo libro ilustrado. Jamás había visto uno igual y comenzó a leer:

¹ Y oí una gran voz del templo, que decía á los siete ángeles: Id, y derramad las siete copas de la ira de Dios sobre la tierra.

² Y fue el primero, y derramó su copa sobre la tierra; y vino una plaga mala y dañosa sobre los hombres que tenían la señal de la bestia, y sobre los que adoraban su imagen.

³ Y el segundo ángel derramó su copa sobre el mar, y se convirtió en sangre como de un muerto; y toda alma viviente fue muerta en el mar.

⁴ Y el tercer ángel derramó su copa sobre los ríos, y sobre las fuentes de las aguas, y se convirtieron en sangre.

⁵ Y oí al ángel de las aguas, que decía: Justo eres tú, oh, Señor, que eres y que eras, el Santo, porque has juzgado estas cosas:

⁶ Porque ellos derramaron la sangre de los santos y de los profetas, también tú les has dado á beber sangre; pues lo merecen.

⁷ Y oí á otro del altar, que decía: Ciertamente, Señor Dios Todopoderoso, tus juicios son verdaderos y justos.

⁸ Y el cuarto ángel derramó su copa sobre el sol; y le fue dado quemar á los hombres con fuego.

⁹ Y los hombres se quemaron con el grande calor, y blasfemaron el nombre de Dios, que tiene potestad sobre estas plagas, y no se arrepintieron para darle gloria.

¹⁰ Y el quinto ángel derramó su copa sobre la silla de la

bestia; y su reino se hizo tenebroso, y se mordían sus lenguas de dolor;

11 Y blasfemaron del Dios del cielo por sus dolores, y por sus plagas, y no se arrepintieron de sus obras.

12 Y el sexto ángel derramó su copa sobre el gran río Éufrates; y el agua de él se secó, para que fuese preparado el camino de los reyes del Oriente.

13 Y vi salir de la boca del dragón, y de la boca de la bestia, y de la boca del falso profeta, tres espíritus inmundos á manera de ranas:

14 Porque son espíritus de demonios, que hacen señales, para ir á los reyes de la tierra y de todo el mundo, para congregarlos para la batalla de aquel gran día del Dios Todopoderoso.

15 He aquí, yo vengo como ladrón. Bienaventurado el que vela, y guarda sus vestiduras, para que no ande desnudo, y vean su vergüenza.

16 Y los congregó en el lugar que en hebreo se llama Armagedón.

17 Y el séptimo ángel derramó su copa por el aire; y salió una grande voz del templo del cielo, del trono, diciendo: Hecho es.

18 Entonces fueron hechos relámpagos y voces y truenos; y hubo un gran temblor de tierra, un terremoto tan grande, cual no fue jamás desde que los hombres han estado sobre la tierra.

19 Y la ciudad grande fue partida en tres partes, y las ciu-

dades de las naciones cayeron; y la grande Babilonia vino en memoria delante de Dios, para darle el cáliz del vino del furor de su ira.

²⁰ Y toda isla huyó, y los montes no fueron hallados.

²¹ Y cayó del cielo sobre los hombres un grande granizo como del peso de un talento: y los hombres blasfemaron de Dios por la plaga del granizo; porque su plaga fue muy grande.*

—Cada muerte representa una copa. Nos queda la última, la séptima copa.

Me quedé sorprendida. Examinamos de nuevo una a una.

—La séptima copa es la de un gran temblor, con voces y truenos. No sé cómo intentará reproducirla; el asesino cree que está adelantando la venida de Dios, que así terminará con este mundo injusto y de pecado.

—Lo entiendo, pero ¿por qué esas hermanas y no otras?

—Esa es la otra cosa que he descubierto, hay un libro, tenemos que encontrarlo. Todas ellas debieron acceder a él; no sé lo que narra, aunque, sin duda, es la causa de la elección de estas hermanas, si lo hallamos daremos con la asesina.

La miré sin entender muy bien cómo íbamos a hacer-

* Apocalipsis 16, Reina-Valera Antigua (RVA).

lo. Ambas éramos fugitivas. A ella le perseguía el inquisidor Guillermo de París y a mí, Judith; si regresábamos
al beaterio terminaríamos en alguna mazmorra acusadas
de las cosas más viles.

—Tu rostro es tan transparente como tu alma. Dentro
de unos días nos pedirán que regresemos.

—¿Cómo lo sabéis?

—La asesina está a punto de actuar y lo hará de tal
manera que no quedará duda de que nos necesitan para
descubrirla; además, he escrito a la Gran Dama contán-
dole lo que he descubierto.

Me asomé a la ventana, unas nubes grises avanzaban
por el horizonte.

—¿Acaso dudáis?

—No, simplemente pensaba en lo mucho que he vivido en unos días. No era consciente de lo poco que conocía el mundo, con sus afanes y maldades. Pensaba que
todo era como en mi castillo, que la gente se amaba y
protegía.

Martha me pasó un brazo por el hombro.

—Pobre niña, la infancia es la mejor patria para el
alma, al abandonarla nos sentimos perdidos y asustados,
sé lo que sientes. El mundo no debería ser así. Dios lo creó
para que disfrutásemos de esta naturaleza, llena de dones
y beneficios, nosotros lo hemos convertido en un infierno. Basta que nos apartemos un poco de la civilización
para entrar de nuevo en armonía con el creador.

Contemplé el bosque cercano. Las hojas aún eran rojas y la nieve lo cubría todo, era tan hermoso que me olvidé de mis temores y fatigas. Quise que mis ojos apreciaran tanta belleza, al contemplar el lienzo de Dios fui feliz por un instante.

—*Gaudeamus igitur iuvenes dum sumus* —dijo Martha en su perfecto latín.

Afirmé con la cabeza, nadie podía robarme mi juventud excepto el tiempo, ahora que ya la he agotado en mil quehaceres y la derroché en cosas vanas, sé que aquellos fueron los mejores años de mi vida.

26

Amante

Lovaina, 23 de noviembre del año del Señor de 1310

Al día siguiente, Enrique de Gante vino a visitarnos. La noche había sido fría y el calor de los animales en la planta de abajo no era suficiente para calentar la estancia; apenas habíamos dormido por el frío, pero al oír la puerta del granero nos despertamos sobresaltadas. Martha se asomó y vio al hombre pasar, se arregló el pelo y se colocó la ropa antes de permitirle ascender por la escalera hasta nosotras.

—Querido Enrique, nos alegra veros de nuevo —dijo mientras le saludaba.

Era tan evidente que ambos sentían una atracción mutua que pensé en retirarme, salir del granero y despejar un poco mi cabeza, pero mi maestra no me lo permitió, tal vez temía que aún pudieran imponerse los impulsos que creía haber dejado desde la juventud.

—Hermana Martha, me complace veros bien. Este no es el mejor lugar para pernoctar, pero es el más seguro. La Inquisición os busca por todas partes, uno de nuestros amigos nos ha advertido de que preparan la captura de todo el beaterio; vuestras hermanas están en peligro. Los legados del papa quieren terminar con nuestra orden y vuestro grupo de un plumazo, a los poderosos nos les interesa que sigamos ayudando a los pobres y poniendo en evidencia su hipocresía.

—¿Pensáis que serán capaces? Nosotros también tenemos amigos poderosos, no todos los nobles y obispos se encuentran de su lado.

—Es cierto, querida Martha, pero poco podemos hacer contra el poder del papa y del rey de Francia. Necesitamos el apoyo del emperador, él es el único que tiene autoridad para impedir la disolución de nuestra orden. Además, sabéis que el inquisidor odia al papa y al rey de Francia.

Martha parecía preocupada, si algo aborrecía más que la hipocresía era, sin duda, la política. Siempre había que mentir y jugar sucio para conseguir el apoyo de los poderosos. Aunque, sin duda, era consciente de que en muchos momentos se hacía imprescindible contar con la ayuda de aliados con poder.

—Si desata una caza de brujas, nadie podrá impedir

que nos encarcelen y quemen en la hoguera. ¿Cuántos días más estará la delegación papal en la ciudad?

—Dos, a lo sumo tres días más. Hablan de convocar un concilio; los hermanos estamos de acuerdo, como os he dicho, son más los que están con nosotros que los que están en contra. Muchos príncipes eclesiásticos saben que es necesario reformar la Iglesia y no dudarán en votar en contra de cualquier tipo de disolución de la orden o la persecución de las beguinas, pero debemos encontrar al asesino, liberaros de cualquier culpa y conseguir que esta vez Guillermo de París no se salga con la suya.

No parecía fácil lograr todo aquello en un plazo tan corto; si Dios no intervenía de una manera milagrosa, terminaríamos todos en la hoguera. Los ricos burgueses se harían con las propiedades de las beguinas y los necesitados perderían a sus más firmes defensoras.

—Creo que sé por qué están asesinando a las hermanas; dentro de poco se producirá el último crimen ritual. Tenemos que estar preparados para dar con el asesino o asesinos.

—¿Cómo sucederá? —le preguntó Enrique, sorprendido de que hubiera avanzado tanto en su investigación.

—El asesino utiliza las siete copas de la ira de Dios descritas en el Apocalipsis, la séptima copa habla de un gran terremoto o explosión. Necesito regresar a Lovaina, intentaré pasar desapercibida y me moveré por los túneles del beaterio. Cuando todas las hermanas están reunidas es difícil distinguir a unas de otras. Constance y yo podemos refugiarnos en la casa de la hermana Susana, una de las escribas de la biblioteca.

Enrique no parecía demasiado convencido, sabía el peligro que suponía nuestro regreso a la ciudad.

—De acuerdo, intentaré alargar la visita de la delegación del papa y espero que en tres días hayamos resuelto este momento tan peligroso para nuestra causa. Que Dios nos asista.

Planeamos durante una hora el regreso a la ciudad. El inquisidor había establecido vigilancia en las puertas de la muralla, de modo que la única forma de entrar era camufladas entre la carga de alguna carreta. Almorzamos algo ligero y antes de que oscureciera Enrique regresó en su cabalgadura.

Al quedarnos completamente solas, Martha dio un largo suspiro.

—¿Aún le amáis? —le pregunté. Yo llevaba casi todo el tiempo pensando en Martín y no se me escapaba la atracción entre Enrique y mi maestra.

—¿Os habéis vuelto loca? Ya os he dicho que hace tiempo que dejé esos juegos pueriles, el verdadero amor no tiene nada que ver con la atracción física —contestó algo airada, como alguien al que al hurgarle en la herida se queja de dolor.

—No os he preguntado si le deseáis, quiero saber si le amáis.

—Claro que le amo, es un hermano, también os amo a vos.

—Pero no ese tipo de amor, el amor eros me refiero.

Martha entristeció el semblante. Era evidente que aún le amaba.

—Puede que aún le ame, pero defendemos algo mucho más importante que nuestros afectos mutuos. A veces la mayor expresión de amor es renunciar al ser que quieres por una causa de la que miles pueden salir beneficiados.

27

Las trompetas

Lovaina, 24 de noviembre del año del Señor de 1310

El plan parecía sencillo, pero en ocasiones los más sencillos son los que más fácilmente pueden complicarse. El granjero que nos había acogido nos metió en dos toneles en el fondo de su carro, colocó una lona y antes del amanecer nos dirigimos por el camino principal hacia la ciudad. Era día de mercado y la afluencia a la villa iba ser tan numerosa que los guardas no serían tan exhaustivos como en otras ocasiones. Tras más de dos horas de traqueteos, el carro se detuvo en la larga fila de carruajes enfrente de la puerta. Oímos cómo se abría y poco a poco la fila avanzaba. Al llegar al acceso el cabo de la guardia paró al granjero y comenzó a examinar la carga.

—¿De dónde venís, viejo? —le preguntó de muy malos modos. Los soldados no se caracterizaban por sus buenos modales, la mayoría eran brutos y violentos.

—Mi granja está a dos leguas de aquí; traigo leche, verduras y dos toneles de cerveza hecha por mí.

El soldado caminó hasta la parte de atrás, oímos sus pasos sobre el empedrado, dio un salto y comenzó a mirar el contenido.

—Si quieres pasar, tendrás que darme una caja de manzanas y algo de verdura.

—Eso es un abuso, ya pago mis impuestos...

—No me importa lo que te cobren mi señor o el obispo, en esta puerta mando yo. ¿Lo tomas o lo dejas?

Rogué a Dios que el anciano no se resistiera al soldado, los franciscanos ya le habían dado una fuerte suma por escondernos en su granja.

—Está bien, espero que se te atraganten —soltó malhumorado.

El cabo rio, tomó la caja de madera y se la entregó a uno de sus hombres. Después seleccionó algunas verduras.

—Los campesinos sois unos desagradecidos, nosotros protegemos vuestras tierras de bandidos y enemigos y vosotros únicamente pensáis en enriqueceros —dijo saltando del carruaje.

—¿Bandidos? Los bandidos siempre llevan relucientes armaduras y sirven a un señor.

—¡Cuidado con esa lengua! ¿No querrás que te la corte? ¡Adelante, estás interrumpiendo el paso!

El carro se puso de nuevo en marcha para nuestro alivio. Recorrimos las calles unos minutos antes de desviarnos y dirigirnos al beaterio. El granjero llamó a la puerta más cercana a los almacenes, en esa parte podían entrar los proveedores, pero sin hablar con las beguinas. Dos hombres le ayudaron a descargar el carro y dejar todo en el almacén.

—¿Qué llevas aquí dentro, viejo? ¿Piedras?

—Cerveza, mancebo flojo y quejica —le contestó el hombre, que no parecía tener miedo a nada ni a nadie.

En cuanto oímos que se cerraba la puerta del almacén salimos de los toneles. A pesar de que la ropa nos olía a cerveza, habíamos llegado al beaterio sanas y salvas.

Nos sonreímos y Martha se dirigió hasta una puerta disimulada en la pared.

—Por aquí —me dijo mientras entraba.

—Esperad, necesitamos una luz —repuse, tomando el candil de aceite.

Martha parecía orientarse perfectamente bajo tierra, se movía como un topo, sin dudar y con rapidez. No había tanta agua como la noche de mi huida, y al cabo de unos quince minutos llegamos hasta unas escaleras, ascendimos despacio y abrimos la puerta con cuidado.

—¿Dónde estamos?

—Es la casa de Susana. Vive muy cerca de la biblioteca; iremos allí, recordad que debemos averiguar algo más sobre ese libro misterioso.

La simple idea de regresar a la biblioteca de noche me hizo estremecer.

No había nadie en la casa a esas horas. Subimos a la primera planta, Magdalena había dejado agua para que nos diéramos un baño, la calentamos en la chimenea y dejé que Martha lo utilizara primero.

Cuando mi maestra salió, cambié el agua y llené la bañera de nuevo. Me metí en el agua casi hirviendo y me fui calmando poco a poco. Llevaba días sin sentir esa paz y, sobre todo, la caricia del agua sobre mi piel. No pude evitar pensar en Martín. Entonces recordé que en los monasterios estaba prohibida la desnudez completa y los baños, lo más probable que para evitar caer en la tentación. Cerré los ojos y me recreé en la escena de la taberna. No era el sitio más bello del mundo, pero la visión del cuerpo de mi amado me excitó de nuevo.

Unos minutos más tarde, me encontraba completamente relajada. Ahora que la edad me ha convertido en una mujer sobria, recuerdo las palabras de Aristóteles acerca del deseo cuando dijo: «Considero más valiente al que conquista sus deseos que al que conquista a sus enemigos, ya que la victoria más dura es la victoria sobre uno mismo».

Aquella mañana el futuro era incierto; el amor, posible, y nada me garantizaba que al día siguiente estaría viva.

Lo único que me importaba era disfrutar, olvidarme de mí misma, de todo lo que me habían enseñado, en definitiva sentirme libre por una vez, dueña de mi destino. Cerré los ojos y soñé vivir grandes aventuras como había hecho Martha, recorrer lugares lejanos que la mayoría de los mortales no contemplarían jamás y atreverme a disfrutar del mundo tal y como era. El único camino hacia la felicidad es siempre una senda nueva que nadie ha pisado jamás.

28

Pobreza o riqueza

Lovaina, 24 de noviembre del año del Señor de 1310

Enrique y Nicolás lograron visitarnos en la casa antes de
que llegase la noche y se mostraron especialmente preocupados. Al parecer la controversia que los había llevado
hasta Lovaina, más que solucionarse, se estaba radicali-
zando. Casi desde la fundación de la orden las disputas
con la jerarquía eclesiástica habían sido constantes. A finales del siglo anterior los hermanos franciscanos habían
tenido que frenar a algunos radicales en su seno, lo que
había dado a sus enemigos la oportunidad de despresti-
giarlos. El papa Nicolás III había intentado reconciliar a
ambas partes matizando que aunque la pobreza de la Iglesia era necesaria, esta podía utilizar los bienes terrenales

en usufructo. Las cosas habían cambiado tras llegar a la dirección de la orden Raymond Gaufredi, de formas e ideas más radicales. Nicolás IV se había opuesto entonces de manera directa a los franciscanos, pero su temprana muerte había llevado al trono de Roma al más amigable Celestino V. La reconciliación no duró mucho, el papa Bonifacio VIII anuló las disposiciones del anterior pontífice, depuso a Gaufredi y nombró en su lugar a John de Murro. El nuevo papa Clemente V no se había limitado a controlar a los franciscanos, había decidido perseguirlos abiertamente hasta que cedieran en sus ideas. Lo único que traía la disputa era la creación de pequeños grupos de herejes que ponían en peligro a todos los hermanos y, lo que era más importante, la reforma tan necesaria en una Iglesia corrupta y poderosa.

—Hoy Guillermo parecía especialmente beligerante. No dejaba de insultarnos e insinuar que el papa Celestino V estaba preparando una bula para disolver nuestra orden. Imaginamos que no es cierto, pero muchos de los hermanos están inquietos —explicó Enrique, tras sentarse a la mesa.

—No os preocupéis, esta obra no es humana —añadió Nicolás, que siempre se mostraba más calmado y seguro de que las cosas al final se solucionarían.

—Debemos mandar a alguien a Aviñón; Dios ayuda, mas a veces hay que echarle una mano. Está demasiado ocupado gobernando el universo, como para atender nuestros asuntos —concluyó Enrique.

Martha se levantó y comenzó a caminar por el salón.

—No tenemos que errar la flecha en un momento como este. No olvidemos que hay mucho en juego. Esta noche entraremos en la biblioteca para descubrir el libro prohibido que ha desatado estos crímenes y más tarde rogaremos a Dios para que demos con el asesino lo antes posible.

Los tres asentimos con la cabeza, Martha preparó algo para comer y tras el almuerzo, rezamos. La noche llegó pronto y la nieve comenzó a caer de nuevo sobre la ciudad.

—El inquisidor nos vigila de cerca, tenéis que resolver todo esto lo antes posible —le suplicó Enrique a mi maestra.

—Haremos todo lo que esté en nuestras manos, aunque a veces eso no es suficiente. El asesino parece muy inteligente y escurridizo, como una serpiente. Sin duda, Satanás le ha estado inspirando sus fechorías, de alguna forma piensa que acelerará la llegada del anticristo y del fin del mundo. Tras el sexto sello el anticristo logra cruzar el río que le separa de la humanidad y, después, el terremoto que lo pone en el poder mundial —comentó Martha.

—Todo esto es una locura —dijo Nicolás, sorprendido de la interpretación que algunos daban a las Sagradas Escrituras.

Ahora entiendo que muchos que dicen actuar en

nombre de Dios lo hacen solo en nombre de sus desvaríos. En aquel momento, en muchos sentidos, pensaba que el mundo estaba a punto de terminar y el anticristo llegaría pronto.

—¿Pensáis que el anticristo es una persona o simplemente un símbolo? —pregunté inquieta a Nicolás.

—El Libro de las Revelaciones, o Apocalipsis, es uno de los más complejos de las Sagradas Escrituras. El apóstol Juan lo escribió en su vejez en la isla de Patmos. En el texto se refleja la visión apocalíptica de aquella generación; los primeros cristianos pensaban que el regreso del Señor era inminente, sobre todo por las persecuciones romanas contra la Iglesia. El apóstol Pablo habla de varios anticristos, al fin y al cabo anticristo es cualquiera que niega a Cristo y actúa contra su Iglesia, aunque en el Apocalipsis el apóstol Juan se refiere a un personaje concreto e histórico, al parecer de ascendencia judía. En cierto sentido, Satanás intenta imitar a la Trinidad y crea su propia Trinidad satánica.

—Nunca había oído algo así —dije inclinándome en la mesa. Aquel tema me apasionaba y aterrorizaba a partes iguales.

—En el Apocalipsis no solo habla del anticristo, también se refiera a la bestia y el falso profeta. Los tres son uno e intentan gobernar en el mundo. El falso profeta anunciará la llegada del anticristo; además, se cree que el falso profeta saldrá de la Iglesia, de una ciudad sobre siete colinas. Juan lo llama la Gran Babilonia, la ramera que se ha acostado con todos los reyes de la tierra.

No me hacía falta ser teóloga para identificar de inmediato a la sede papal de Roma.

—¿El falso profeta será un papa?

Nicolás me sonrió, como si aprobara mi sagacidad.

—Querida niña, son temas oscuros y peligrosos; a muchos, por el solo hecho de pronunciar la pregunta que acabas de plantear los han llevado a la hoguera.

Sonreí, sabía que después de lo vivido en los últimos días nada podía asustarme.

—Me temo que el inquisidor ya está preparando la leña para todos nosotros —le contesté.

Rieron y Nicolás, con la voz mucho más relajada, me contestó:

—Creemos que el falso profeta será un pontífice, por eso estamos vigilantes; lo que desconocemos es si se trata del actual o de uno que vendrá después de él. La Iglesia lleva más de mil doscientos años anunciando el fin del mundo. Algunos incluso se atrevieron a dar fechas aproximadas. Como podrás imaginar, todos se han equivocado. Aunque ahora se observan ciertas señales. Muchos de nuestros hermanos han profetizado que se acercan tiempos difíciles, muertes y pestilencias, tiranos y falsos profetas.

Me estremecí al escuchar aquellos malos augurios. Los hombres de mi siglo se sentían seguros y tranquilos en aquel momento, la riqueza parecía llenarlo todo, las ciudades construían palacios y suntuosas catedrales como no habían hecho en siglos.

—Dios nos ayude —añadí.

Los dos hombres salieron sigilosamente de la casa, la nieve había alejado a las hermanas de las calles y pudieron escabullirse sin ser vistos. Nos quedamos a solas, cada una absorta en sus pensamientos. Unas horas más tarde llegó a la casa Magdalena, que había terminado su trabajo en la biblioteca. Parecía nerviosa, sin duda pensaba en las consecuencias que podía acarrearle tener a dos fugitivas en su casa.

29

El secreto

Lovaina, 24 de noviembre del año del Señor de 1310

Nuestros padres, que eran más sabios que nosotros y que sabían que el mundo visible apenas es una sombra del invisible, decían siempre *Mors certa, hora incerta.* Después de mis pecados necesitaba reconciliarme con Dios antes de introducirme de nuevo en la biblioteca en medio de la noche.

Aproveché que Martha subía al cuarto para hablar con ella de lo sucedido dos días antes.

—Puedo hablaros con franqueza —le dije en cuanto estuvimos a solas.

—Espero que no me habréis hablado de otro modo desde que os conozco, yo siempre he sido franca con vos.

—Lo sé, maestra...

—Ya os he dicho que no soy vuestra maestra, el único maestro verdadero es Cristo, nosotras somos simples hermanas —me advirtió. Sabía que era cierto, pero, por otro lado, los aprendices tienen maestros y no hay mayor oficio que el de vivir.

—La noche que escapé estaba muy asustada, buscaba refugio y, como las moscas a la miel, entré en una casa iluminada que resultó ser una posada de mala fama. Un borracho me asaltó; gracias a Dios me rescató un caballero...

—Dios aprieta, pero no ahoga.

—Eso pensé yo, sin embargo, no os he contado que hace unos días vi entre la guardia de la delegación papal a mi amado, el hombre por el que dejé mi posición y a mi familia. Al parecer Martín, así se llama él, se unió al grupo con la esperanza de volver a verme.

—No entiendo, qué tiene esto que ver...

—Ahora comprenderéis. Dios, o el diablo, hizo que el caballero que me rescató fuera Martín. Imaginad mi sorpresa y turbación. Después me llevó a sus aposentos y...

Martha debió de imaginar lo que seguía, porque me puso su dedo en la boca, como si las paredes pudieran escucharnos.

—¿Hubo cópula? —me preguntó en un susurro.

—No os entiendo.

—Penetración, me refiero a si os penetró.

Me ruboricé al escuchar esas palabras.

—No seáis tímida. Os aseguro que las palabras son menos peligrosas que los actos.

Afirmé con la cabeza.

—¿Derramó dentro o fuera? —me interrogó frunciendo el ceño.

—Fuera, maestra.

La mujer respiró aliviada.

—Al menos se comportó con cordura. Si lo hubiera hecho dentro todo sería más grave. Este mundo ya tiene suficientes bastardos y pobres mujeres despreciadas por sus amantes.

—Entonces, ¿podéis absolverme?

La mujer sonrió, como si le hubiese hecho gracia mi comentario.

—No soy sacerdote, las mujeres no podemos dar la absolución, pero si os soy sincera, ya tenéis un abogado para con Dios, Jesucristo. Pedidle a Él perdón. Sabe que somos débiles y que batallamos contra nuestros instintos.

Las palabras de Martha me tranquilizaron, sobre todo después de rezar varios padresnuestros. Bajamos al salón, donde Magdalena estaba lavando unos platos en un barreño.

—Entonces, ¿será esta noche? —preguntó, sin disimular su incertidumbre.

—Sí, se nos agota el tiempo —contestó Martha.

—Rezaré por vosotras. Tras la muerte de Nereida, todas trabajamos inquietas en la biblioteca, era una buena hermana y compañera. Además, según he oído se suicidó.

—No lo sabemos, todos estos crímenes son muy misteriosos, hermana Magdalena.

La mujer sacó un pergamino pequeño.

—Os he trazado un mapa, creo que es lo mejor. Yo misma me pierdo en ocasiones.

Nos pusimos debajo de la luz y la mujer nos explicó cómo podíamos entrar y salir.

—La biblioteca tiene la forma de la estrella de David. En cada punta hay una especialidad o tema. Mirad: botánica, filosofía, teología...

—Está claro.

—En la parte central, hay una sala secreta. Yo jamás he entrado; hay una apertura en alguna parte, pero no sé dónde. Oí una vez a Nereida hablar de las cuatro bestias de las profecías de Daniel.

—No os preocupéis, Dios nos ayudará —dijo Martha, más segura de lo que yo me encontraba en aquel momento.

Las palabras de mi maestra no me tranquilizaron mucho, no tanto porque me faltase fe en Dios, como por el temor a que no estuviera en su voluntad el que volviéramos sanas y salvas.

Nos pusimos las capas, tomamos lámparas con el doble de aceite, pues la noche podía ser muy larga, recorrimos los túneles y llegamos en menos de cinco minutos. Entramos en la biblioteca; pasamos los pasillos llenos de tomos y, por un momento, el miedo desapareció para dejar lugar a la atracción que siempre me han producido los libros. Miraba los lomos como si fueran bellísimas flores de un prado en un día de primavera. Martha se percató de mi fascinación y me comentó:

—Cuando todo esto termine, yo misma te enseñaré algunos de estos maravillosos volúmenes. En esta biblioteca se encuentra casi todo el conocimiento de la humanidad.

Caminamos por las primeras salas como Teseo a la búsqueda de Ariadna, aunque el asesino sería nuestro particular Minotauro. Llegamos al centro de la biblioteca y examinamos las paredes redondeadas de piedra; eran tan macizas que nos parecía imposible que hubiera un pasadizo secreto que condujese al centro de aquel laberinto de libros.

—Magdalena mencionó las cuatro bestias de las profecías de Daniel. En el capítulo siete del libro de Daniel se habla de cuatro bestias —dijo Martha antes comenzar a recitar el texto de memoria al tiempo que dábamos la vuelta completa al muro.

Y cuatro bestias grandes, diferentes la una de la otra, subían de la mar.

4 La primera era como león, y tenía alas de águila. Yo estaba mirando hasta tanto que sus alas fueron arrancadas, y fue quitada de la tierra; y púsose enhiesta sobre

los pies á manera de hombre, y fuéle dado corazón de hombre.

⁵ Y he aquí otra segunda bestia, semejante á un oso, la cual se puso al un lado, y tenía en su boca tres costillas entre sus dientes; y fuéle dicho así: Levántate, traga carne mucha.

⁶ Después de esto yo miraba, y he aquí otra, semejante á un tigre, y tenía cuatro alas de ave en sus espaldas: tenía también esta bestia cuatro cabezas; y fuéle dada potestad.

⁷ Después de esto miraba yo en las visiones de la noche, y he aquí la cuarta bestia, espantosa y terrible, y en grande manera fuerte; la cual tenía unos dientes grandes de hierro: devoraba y desmenuzaba, y las sobras hollaba con sus pies: y era muy diferente de todas las bestias que habían sido antes de ella, y tenía diez cuernos.

⁸ Estando yo contemplando los cuernos, he aquí que otro cuerno pequeño subía entre ellos, y delante de él fueron arrancados tres cuernos de los primeros; y he aquí, en este cuerno había ojos como ojos de hombre, y una boca que hablaba grandezas.

⁹ Estuve mirando hasta que fueron puestas sillas: y un Anciano de grande edad se sentó, cuyo vestido era blanco como la nieve, y el pelo de su cabeza como lana limpia; su silla llama de fuego, sus ruedas fuego ardiente.

¹⁰ Un río de fuego procedía y salía de delante de él: millares de millares le servían, y millones de millones asistían delante de él: el Juez se sentó, y los libros se abrieron.

¹¹ Yo entonces miraba á causa de la voz de las grandes palabras que hablaba el cuerno; miraba hasta tanto que mataron la bestia, y su cuerpo fue deshecho, y entregado para ser quemado en el fuego.

¹² Habían también quitado á las otras bestias su señorío, y les había sido dada prolongación de vida hasta cierto tiempo.

¹³ Miraba yo en la visión de la noche, y he aquí en las nubes del cielo como un hijo de hombre que venía, y llegó hasta el Anciano de grande edad, é hiciéronle llegar delante de él.

¹⁴ Y fuéle dado señorío, y gloria, y reino; y todos los pueblos, naciones y lenguas le sirvieron; su señorío, señorío eterno, que no será transitorio, y su reino que no se corromperá.

¹⁵ Mi espíritu fue turbado, yo Daniel, en medio de mi cuerpo, y las visiones de mi cabeza me asombraron.

¹⁶ Lleguéme á uno de los que asistían, y preguntéle la verdad acerca de todo esto. Y hablóme, y declaróme la interpretación de las cosas.

¹⁷ Estas grandes bestias, las cuales son cuatro, cuatro reyes son, que se levantarán en la tierra.

—Entonces, una es como un león pero con alas de águila, la segunda es como un oso, la tercera es parecida a un tigre con alas de ave y tenía cuatro cabezas y la cuarta, con dos dientes largos y diez cuernos.

Miramos los dibujos de las paredes y los bajorrelieves hasta que Martha se paró en seco.

—Acerca la luz aquí —me pidió, señalando una parte de la pared con el dedo. Alumbré la zona y observamos a las cuatro figuras, colocadas de dos en dos. Mi maestra las tocó y tiró de ellas sin ningún resultado.

—Algo se nos escapa —dijo, mientras se rascaba la cabeza.

Entonces oímos un ruido, nos giramos y vimos una sombra que pasaba justo a nuestro lado. Me asusté y me puse detrás de mi maestra. Ella estaba tan asustada como yo, pero mostró mayor entereza.

—¡Maldito monstruo, sal de las sombras y enfréntate a nosotras!

Rogué para que el asesino no le hiciera caso. Se hizo de nuevo el silencio y Martha se giró otra vez hasta que vio la figura del centro, era un anciano.

—Claro, el anciano de días, vestido de blanco, el texto dice que era el juez que se sentó y los libros se abrieron.

Tiró de él y un resorte movió las piedras, empujamos y entramos en el cuarto secreto. Levanté la vista y lo observamos por unos instantes. No era demasiado grande, de forma redonda y repleto de estanterías con códices, algunos pergaminos y papiros.

—¡Dios mío! —gritó emocionada mi maestra—. Jamás he entrado aquí, debieron de crear esto las primeras beguinas.

Empezó a mirar los libros de los estantes, al tiempo que se echaba a llorar de emoción al leer sus títulos.

—El segundo libro de la poética de Aristóteles está dedicado a la comedia y lleva perdido cientos de años. Los libros sibilinos de Roma, aquí están algunos de los mejores secretos del Imperio, son tres tomos. Los emperadores los consultaban cuando tenían problemas.

Martha siguió mirando el resto de los volúmenes tan emocionada que se había olvidado de lo que habíamos ido a buscar.

—*Ab urbe condita,* de Tito Livio, es la historia de Roma, todos los datos que nos faltan sobre lo que sucedía en el Imperio. Los poemas de Safo los escribió el poeta en el siglo VII antes de nuestro Señor, bueno, este libro es algo erótico, pero una joya literaria. El *Evangelio de Eva,* una obra apócrifa y herética; además, está también el *Hermócrates* de Platón, una continuación de los diálogos de la *República, Timeo* y *Critias...*

—¿Qué libro es el que buscamos? —pregunté, impaciente.

—No es ninguno de estos —respondió mientras seguía examinando cada volumen.

—Debemos darnos prisa —le pedí. No quería estar ni un minuto más en aquel lugar, mucho menos después de haber visto moverse a alguien entre las sombras.

Oímos de nuevo un ruido, como si algo se hubiera caído de los estantes. Me estremecí, pero mi maestra parecía absorta en todos aquellos libros que se creían desaparecidos hacía siglos.

—¿Cuál de estos es? —le insistí.

Martha se apartó un rato de los estantes y los observó desde lejos. Eran más de un centenar, ¿cómo podíamos elegir uno en tan poco tiempo?

—Creo que estamos buscando el libro de forma errónea. He pensado que sería un tratado antiguo, de esos prohibidos por la Iglesia, pero me temo que no, es un libro reciente. Busca ejemplares que parezcan recién encuadernados.

Encontramos cuatro. Uno de ellos el viaje de un monje franciscano a la zona glaciar, otro sobre química y alquimia, un tercero de refranes orientales de un famoso sabio y, por último, un libro sin título, pero que dentro tenía la ilustración de un gran sol, estrellas, nubes y un ángel del cielo hablando a una mujer tumbada en su lecho.

—Nos llevaremos estos dos, ya los examinaremos fuera de la biblioteca —dijo Martha mientras los tomaba y los metía dentro del hábito.

Salimos del cuarto y la entrada se cerró sola con un golpe seco. Caminamos unos metros y una corriente de aire apagó la lámpara, entonces sentí una mano que me agarraba por detrás y di un alarido. Mordí la mano y corrimos hacia la salida.

Oímos pasos a nuestra espalda y sentimos que alguien estaba siguiéndonos. Dudamos si entrar en el túnel, pues esa misteriosa figura podría seguirnos hasta la casa de Magdalena. Martha abrió el portalón y salimos a la calle. Corrimos por la nieve, el frío era muy intenso y parecía que se nos congelaba el aire en los pulmones. Nos escondimos entre las sombras y esperamos.

Algo o alguien vestido de negro y con la cabeza tapada con una capucha corrió hacia el canal; en cuanto lo perdimos de vista, nos dirigimos hacia la casa de Magdalena. Entramos, cerramos la puerta y respiramos tranquilas.

La chimenea aún estaba encendida. Nos calentamos un poco y Martha sacó los dos tomos y los miró a la luz de la lumbre.

—¿Qué pensáis? —le pregunté mientras recuperaba el aliento.

—Creo que cada vez estamos más cerca de descubrir la verdad, pero aún falta un acto entero en esta epopeya.

—¿No sería más una tragedia?

—No, querida Constance, según la poética de Aristóteles la tragedia es la imitación de una acción forzada, pero la epopeya son las hazañas, la lucha épica y heroica contra el mal.

Mis ojos empezaban a cerrarse, después de tantas horas sin dormir y la tensión de los últimos acontecimientos, mi cuerpo reclamaba reposo.

—Continuaremos mañana, querida Constance. La noche se ha hecho para descansar.

30

Celda

Lovaina, 25 de noviembre del año del Señor de 1310

Cuando me desperté no recordaba dónde me encontraba. Había soñado con mi hogar, mi hermano Jaime, las pequeñas y el castillo, pero al despertar creía que los últimos días habían sido solo una larga y tenebrosa pesadilla. Antes de llegar a Lovaina no había visto un cadáver, si exceptuaba el de mi abuelo, que había fallecido plácidamente en su lecho y del que siempre tuve la sensación de que estaba dormido. Me estiré, me lavé la cara para despejarme y miré por la ventana. Lucía el sol de nuevo, su luz se reflejaba intensa sobre el suelo nevado. Bajé despreocupada las escaleras. Martha continuaba en el mismo sitio en el que la había dejado la noche anterior.

—¿No habéis dormido nada?

—Sí, acabo de levantarme, iba a ojear los libros, pero será mejor que desayunemos algo, a tu edad siempre se tiene hambre.

Buscamos en la despensa algo de pan, mantequilla y dos manzanas y bebimos un poco de sidra. Magdalena abrió la puerta de la calle pegándonos un susto.

—Buenos días, ¿encontrasteis lo que buscabais?

Le enseñamos los dos tomos y los examinó por unos momentos.

—¿Pensáis que todas esas muertes se han producido por uno de estos libros?

—Eso creo —contestó Martha—, aunque no pienso que el asesino matara por el libro; él quiere provocar el final de los tiempos, pero cree que los que leyeron uno de estos libros merecían morir.

—Entonces, nosotras somos las siguientes en la lista —bromeó Magdalena.

—Eso parece. Alguien nos siguió anoche en la biblioteca, aunque no estoy segura de que nos llegase a reconocer. ¿Sabe alguien que hemos regresado? —le preguntó Martha mientras recuperaba los dos volúmenes.

—No, es un secreto. El inquisidor se reunió ayer con la Gran Dama, corre el rumor de que si no aparecéis mandará a sus hombres para registrar casa por casa. Con respecto a Constance, nadie ha preguntado, se imaginan que ha regresado con su familia. Las beguinas somos libres de entrar y salir, no hay votos u obediencia que cumplir.

La miré aliviada.

—Aunque ahora que lo pienso, sí preguntó alguien por ella. Era uno de los soldados que escoltaba al inquisidor, un chico joven y bien parecido.

Me alegró saberlo y me ruboricé como una tonta. Aún sentía algo por él.

—Creo que el asesino está a punto de actuar, antes de que se ponga al sol habremos dado con él —anunció Martha, muy segura de sí misma.

—Tengo que irme al *scriptorium*, no creo que Judith o Luisa sospechen nada.

En cuanto la beguina se fue, Martha examinó los libros de nuevo, yo me fui arriba, me eché un rato y enseguida caí en un sueño profundo.

Me despertaron unos gritos, me levanté sobresaltada y miré por la ventana. Un grupo de beguinas corría hacia el molino pequeño del canal. Al parecer mi maestra había acertado de nuevo. Bajé a toda prisa; Martha ya tenía puesta su capa y me pasó la mía, nos colocamos las cofias y seguimos al resto de las hermanas.

Llegamos junto al canal. La hermana Magdalena estaba tendida en el suelo, sangraba por el vientre y abría los ojos como intentando que no se le escapara la vida. Las beguinas la rodeaban sin saber qué hacer. Mi maestra se colocó a su lado y taponó la herida con la mano.

La pobre mujer intentó decir algo, pero la boca se le llenaba de sangre y sus palabras se tropezaban con sus labios rojos.

—Tranquila, te pondrás bien —le mintió Martha, que es lo que se suele decir a los moribundos antes de dar su último suspiro.

—¿Qué ha sucedido? —preguntó una de las mujeres.

—Salió del molino sangrando y cayó aquí.

Martha notó cómo Magdalena daba el último aliento, le cerró los ojos y rezó por ella una oración. Después la dejó con delicadeza y entró en el molino. Le siguieron varias beguinas, yo me retrasé un poco, pero al entrar vi la rueda de molino, el grano en sacos y la harina al otro lado.

Oímos unos gemidos y dos de las mujeres sacaron al muchacho grandote que había visto unos días antes, el huérfano que ayudaba a las beguinas en los trabajos pesados y a cuidar el jardín.

El pobre lloraba mientras levantaba las manos ensangrentadas, al igual que su delantal blanco.

—¡Es el asesino! —gritó una de las mujeres.

El muchacho lloraba y gritaba asustado, las mujeres le sacaron y colocaron en el centro de la plaza. La Gran Dama llegó con algunas de sus colaboradoras, al rato también estaban en la plaza Luisa, Ruth y Judith. Una beguina les contó lo sucedido.

—Este es el asesino que estábamos buscando —dijo Judith—, tiene que recibir su merecido castigo.

—Hay que matarlo —dijo Luisa, con su voz ronca y desagradable.

Las mujeres hicieron un corro alrededor del muchacho grande, dos le sujetaban por los brazos, pero con un leve empujón habría podido deshacerse de ellas.

La Gran Dama dudó un instante, se consideraba una mujer pacífica, sin embargo, aquel hombre había matado a siete de sus hermanas, merecía morir.

—¡La ceremonia de la justicia! —comenzaron a gritar muchas hermanas. Llevaban más de treinta años sin practicar aquella ceremonia ancestral y cruel.

—Hermanas, entregaremos el asesino a las autoridades.

—Nosotras impartiremos justicia, vivimos aparte del mundo y tenemos nuestras propias leyes.

La boticaria examinó el cadáver y se colocó delante de la Gran Dama.

—La han apuñalado en abdomen, la muerte ha sido casi inmediata —anunció mientras Martha se acercaba hasta ella.

—Es absurdo, este no es el asesino.

Todas se sorprendieron de verla, pero ninguna reaccionó.

—El asesino sigue unas pautas, esta muerte no la ha hecho la misma persona o está intentando inculpar a este pobre desgraciado. Tiene la inteligencia de un niño pequeño, los otros crímenes eran demasiado sofisticados para que los haya realizado alguien así —afirmó señalando el rostro abobado del chico, que parecía aterrorizado.

—¿Qué pensáis? —preguntó la Gran Dama a la boticaria.

—No lo sé. Únicamente puedo certificar que ha muerto apuñalada, el chico tiene las manos llenas de sangre y han encontrado el cuchillo en el molino. Su fuerza es suficiente para haber realizado los otros crímenes, pero son solo suposiciones.

—Si terminamos con él, el inquisidor nos dejará en paz, todo regresará a la normalidad. Salvaremos el beaterio —expuso Luisa.

Martha se interpuso.

—No es el asesino, mataréis a alguien inocente.

Judith le dio un empujón y después le comentó:

—No te quejes, mujer, tú saldrás exonerada y podrás regresar a Amberes.

Apartaron a Martha, que intentó interponerse, hicieron un círculo alrededor del muchacho, las que lo custodiaban se separaron. Todas tomaron grandes piedras, el chico empezó a llorar y suplicar clemencia.

—Estás acusado de los crímenes más terribles. Si te arrepientes, al menos alcanzarás la misericordia divina, antes de que impartamos justicia —dijo la Gran Dama.

—¡No, las beguinas no somos juezas, Dios nos llamó a ser misericordiosas! —gritó Martha, a quien sujetaban dos hermanas.

Yo estaba paralizada por el miedo. No quería pensar en la terrible escena que estaba a punto de presenciar.

—¡Dios lo quiere! —comenzó a gritar Luisa, y todas la siguieron a coro.

Las mujeres levantaron las piedras, el chico se cubrió el rostro con las manos, aún ensangrentadas.

—¡No, por el amor de Dios! —vociferó Martha en un último intento de apaciguar a las hermanas. Estas no la escucharon.

—¡Que Dios te perdone y te reciba en su reino! —exclamó la Gran Dama antes de lanzar la primera piedra, que le impactó en el brazo. El muchacho se quejó y, antes de que pudiera esquivar la segunda, una tormenta de piedras cayó sobre él y la sangre comenzó a manar de su cabeza, piernas y brazos. El chico se arrodilló e intentó protegerse la cabeza con las manos, pero las piedras le golpeaban por todas partes, y se derrumbó en el suelo agonizante.

La lluvia de piedras continuó un buen rato, hasta que buena parte del cuerpo quedó cubierto de ellas. La sangre manaba como un riachuelo sobre la nieve blanca y pura.

Las mujeres soltaron a Martha, que se derrumbó de rodillas y comenzó a rezar. Yo la abracé y juntas lloramos, mientras el resto de las beguinas se alejaban del cuerpo inerte y continuaban con sus quehaceres como si nada hubiera sucedido.

Pasamos allí un buen rato, llorando y suplicando por

la vida de aquel pobre desgraciado. Ayudé a Martha a levantarse del suelo y caminamos despacio hasta la casa.

—¿Estáis segura de que era inocente? —la pregunté.

Ella me miró con sus ojos tristes.

—Ha muerto un inocente —aseveró con la voz rota por el dolor.

Nos sentamos a la mesa en silencio, después de un rato levantó la vista y comenzó a buscar algo.

—¿Qué sucede?

—Se han llevado los libros. ¡Se los han llevado! Te dije que no era ese pobre desgraciado. Mientras estábamos allí, el verdadero asesino se los llevó. Este no era el séptimo asesinato, el séptimo sello. Aún no ha terminado esta pesadilla —dijo llevándose las manos a la cara.

La abracé, estaba temblando. Aún puedo oír sus gemidos en el silencio de la casa, como los de una madre que acaba de perder a su bebé. Así era Martha de Amberes, capaz de ser la mujer más fría del mundo, calculadora y sagaz, pero al mismo tiempo amar con la más delicada ternura a los inocentes y débiles de este mundo.

Aquel día aprendí una gran lección. No siempre lo más evidente es lo verdadero, a pesar de que el sabio Guillermo de Ockham se empeñe en defender lo contrario. En muchas ocasiones el mal toma senderos inesperados y es muy difícil atraparlo, antes de que sea demasiado tarde.

CUARTA PARTE

HUMILLACIÓN

Humillad, pues, vuestras ciencias
Que se fundan en la Razón
Y poned toda vuestra confianza
En aquella que son dones
De Amor, iluminados por la Fe,
Y así comprenderéis este libro
Que al Alma hace vivir de Amor.

MARGARITA PORETE,
El espejo de las almas simples

31

Detención de la Gran Dama

Lovaina, 25 de noviembre del año del Señor de 1310

Nunca había visto así a Martha, parecía desolada e incapaz de aceptar lo que había sucedido, para ella la muerte de un ser inocente era el peor de los crímenes. Me costó muchos años entender por qué era tan importante para ella. Mi maestra consideraba que la labor de un buen cristiano era proteger a los desfavorecidos y menesterosos. Las beguinas se habían fundado con ese propósito y con el de acercarse de forma humilde y sencilla a Dios. Después de lo sucedido se cuestionaba la existencia del beaterio y pensó seriamente en retirarse a un lugar apartado para dedicarse a la vida contemplativa.

Por otro lado, en contra de lo que todas habíamos

pensado, la persecución a nuestras hermanas no cesó tras la muerte de aquel pobre muchacho. Es cierto que Guillermo de París no se atrevió a apresar a Martha, pero se abrió un nuevo proceso por el que se responsabilizaba a la Gran Dama de no haber impedido la muerte del muchacho sin juicio previo, ya que las beguinas no podíamos ejercer justicia, sino por el brazo secular.

Aquella tarde, mientras la nieve comenzaba a invadir de nuevo la ciudad, todas temíamos caer en manos del inquisidor.

—Maestra, debéis hacer algo. Si es cierto que ese pobre hombre era inocente, eso significa que el asesino anda suelto y volverá a actuar. El mayor acto de justicia que podemos realizar es descubrir la verdad de lo sucedido.

Martha levantó la cabeza con desgana. Era consciente de que algo se había roto en su interior. En el fondo, a pesar de mostrar cierta frialdad e indiferencia acerca del mundo, continuaba siendo una idealista; para ella las beguinas eran la última esperanza para aquel siglo turbulento, que comenzaría con intestinas luchas teológicas y políticas y avanzaría hacia terribles plagas, hambrunas y enfermedades.

—Demasiada sangre inocente derramada. No entiendo por qué Dios no actúa. ¿A qué espera? Su creación se encuentra pervertida, la naturaleza se está rebelando contra el maltrato que el hombre ejerce sobre ella. Las relaciones naturales entre padres e hijos, esposos y esposas, señores y vasallos están pervertidas. No podemos hacer nada, querida niña. ¿Acaso no lo entiendes?

No soportaba verla en ese estado. Ella era la última esperanza que teníamos. Las personas como Martha se habían convertido en el único baluarte entre el caos y algún grado de justicia.

Intenté despertar su ingenio, ya que no podía levantar su ánimo.

—¿Por qué pensáis que no era aquel joven? Hemos encontrado el cuerpo a su lado, tenía las manos manchadas de sangre y el arma arrojada a pocos pasos. Todo parece indicar...

—Ya os he dicho que hay una gran distancia entre la prueba y el indicio, la suposición y la certeza. Si aquel pobre muchacho era culpable y, yo no digo que alguien le incitase a matar a la hermana Magdalena, ¿por qué nos han robado los dos códices? ¿Qué querían ocultar al hacerlos desaparecer? Además, un chico con la mente de un niño pequeño, ¿cómo logró asesinar a las mujeres él solo? ¿Acaso conoce él los siete sellos que describe el Apocalipsis? Nada encaja.

—Acabáis de decir que una cosa es la suposición y otra muy distinta la certeza. Todo lo que decís son meras suposiciones, no sabemos si los crímenes seguían un patrón, incluso hemos pensado que podía tratarse de suicidios inducidos.

Martha asintió con la cabeza, ella misma había cambiado de suposición en varias ocasiones.

—Es cierto, comencemos con la premisa de que todo ha sido producto de nuestro delirio e inflamado por nuestra imaginación. No había un hilo conductor, una causa real ni un motivo. Un joven lascivo y bobo mata a siete hermanas, de diferentes edades, llegadas al beaterio en momentos distintos, que ejercen profesiones diversas. Todo asesino busca algo al matar. En algunos casos es venganza; en otros, la causa es el deseo de justicia; también placer, no olvidemos que la maldad tiene muchas caras. No parece que ese pobre desgraciado buscase venganza, tampoco justicia. Imaginemos que son crímenes libidinosos, que el muchacho necesitaba satisfacer su lujuria. Ninguno de los cuerpos fue ultrajado. Entonces, ¿por qué asesinar a esas mujeres? No olvidemos que la comunidad le había acogido, protegido y cuidado desde niño.

—¿Cómo explicamos su implicación en el último asesinato?

—Alguien le manipuló, le indujo a cometer ese terrible crimen, pero él no cometió los anteriores, por eso la asesina animó a las demás mujeres a matar al chico. Con él moría la última posibilidad de que descubriéramos la verdad.

Me quedé pensativa; si no entendía mal a mi maestra, lo que quería decir era que habíamos perdido la partida, ya no podríamos averiguar quién era el verdadero asesino.

—Pero aún no ha terminado su labor. Si nuestra tesis era cierta, el asesino quiere provocar el apocalipsis y para ello debe seguir el patrón de los siete sellos. Le falta el último sello.

—Los asesinos como este son más complejos de lo que imaginamos. Puede que pasen años antes de que mate a su séptima víctima.

Oímos gritos en la calle, a pesar de la nieve la mayoría de las beguinas se encontraban fuera, formando dos largas hileras hasta la salida del beaterio. Nos unimos a ellas para observar un espectáculo estremecedor. Guillermo de París caminaba el primero con una sotana negra, su rostro mostraba satisfacción y cierta sorna; detrás iba la Gran Dama, encadenada y custodiada por dos soldados, y otros seis guardas les cubrían las espaldas.

Nos miramos sorprendidas, el inquisidor no parecía haber perdido el tiempo. Se había hecho con la pieza más importante de su particular cacería. Si apresaba al pastor, las ovejas se dispersarían. El beaterio de Lovaina era uno de los principales de Flandes y de los más prestigiosos de Europa. No tardaría en llegar una bula papal pidiendo la disolución de todos los beaterios de la cristiandad, enajenando las propiedades de las beguinas. Los príncipes de la Iglesia serían más ricos, acallarían a uno de los grupos que más cuestionaban su autoridad y moralidad, cercando un poco más a los hermanos franciscanos, los últimos testigos capaces de denunciar los abusos de los poderosos.

Algunas de las hermanas comenzaron a enfurecerse, tomaron piedras del camino y levantaron los brazos para atacar a los soldados. Martha se puso en medio y con un gesto les pidió prudencia.

—Puede que no creamos en la justicia humana. Sabemos que esta detención es una trampa para nosotras, pero Dios se encuentra de nuestro lado. «Mía es la venganza, yo pagaré.»

La comitiva salió del beaterio sin que se produjeran incidentes. Las hermanas aplacaron su ira y regresaron a sus quehaceres, aunque todas nosotras sabíamos que ya nada sería igual. Ahora sí que creía que el diablo había entrado en aquel paraíso femenino, sembrado todos los pecados capitales y creado en nosotras una desazón tal que únicamente un milagro podía cambiar las cosas.

32

Cara a cara

Lovaina, 26 de noviembre del año del Señor de 1310

Martha me despertó en medio de mi mejor sueño. Apenas llevaba una hora dormida cuando noté una mano que me sacudía levemente. Abrí los ojos y contemplé su rostro.

—No hagas ruido, vístete.

Me puse el hábito, me coloqué la cofia y bajamos hasta el salón.

—¿Dónde vamos? ¿No es peligroso salir después de lo sucedido? —le pregunté, inquieta. Por un lado, quería descubrir la verdad, pero, por otro, me sentía abrumada, hubiera hecho cualquier cosa por regresar a casa y olvidarme de todo.

—Una de las cosas que la edad nos enseña es que la única forma de descubrir la verdad es salir a su encuentro.

No entendí aquella afirmación, pero creía ciegamente en mi maestra. Me había demostrado, además de su inteligencia y perspicacia, que era amante de la verdad y la justicia.

Nos dirigimos al túnel, descendimos hasta la gruta principal y en unos minutos subíamos por unas escaleras. Martha abrió la puerta y reconocí el lugar de inmediato. El salón se encontraba revuelto, sin duda los soldados del inquisidor lo habían registrado. Mi maestra no se detuvo allí, se dirigió directa a la primera planta y después a la buhardilla, como si supiera exactamente lo que estaba buscando.

—Esta es la casa de la Gran Dama, ¿verdad?

Martha afirmó con la cabeza.

—Veo que sois observadora, eso puede ayudaros mucho en la vida.

—¿Qué buscamos?

Martha se giró de nuevo y me dijo:

—Llevo horas dándole vueltas a todo esto. Mientras nosotras salimos a ver lo que sucedía, alguien entró en la casa de Magdalena para robar los códices. Únicamente podían saber que habíamos entrado en la biblioteca dos personas. Una de ellas es la bibliotecaria, que sin duda tiene acceso a la sala secreta; la otra no puede ser más que la Gran Dama. Una de las dos se dio cuenta y mandó a alguien que los recuperase.

—Lo que queréis decir es que el último asesinato no fue motivado por la misma persona, lo que intentaban era recuperar los manuscritos.

—Exacto, pero debemos preguntarnos: ¿quién es capaz de permitir el asesinato de una hermana por proteger esos manuscritos? Sin duda, alguien que temía que el beaterio fuera clausurado si se descubría su contenido. Las personas más fanáticas piensan que el fin justifica los medios, no importa sacrificar un peón, para poder ganar la partida.

Me quedé casi sin palabras, la asesina no parecía ser la única capaz de cometer los actos más viles para hacer cumplir sus intenciones.

—¿Cómo es que los soldados no los encontraron? O puede que Guillermo ya los tenga en su poder.

—Espero que no, querida niña. Si el inquisidor se ha hecho con ellos, todas nuestras cabezas se encuentran en peligro.

Revolvimos todo, levantamos algunos listones de madera del suelo y examinamos cada rincón. Después de dos horas nos sentamos en el suelo, exhaustas.

—Maldición, no están aquí.

—Puede que la persona que los ha robado los haya devuelto a su lugar —dije, casi convencida de que era inútil buscarlos en otro lugar.

—No, debemos ir a la casa de la bibliotecaria.

Aquella no me parecía una buena idea.

—Estarán dentro, nos descubrirán en cuanto pongamos un pie en el edificio.

—No, esperaremos a las oraciones matutinas, todas acudirán y aprovecharemos para registrar la casa.

Nos fuimos a dormir un poco; apenas tres horas más tarde, las campanas de la iglesia anunciaron la oración. Todas las hermanas estarían en la capilla en pocos minutos para celebrar sus laudes ante Dios. Mientras, nosotras intentaríamos encontrar los libros.

Esperamos un poco hasta ver la calle despejada, después nos dirigimos a la casa de la bibliotecaria. Judith era una de las beguinas de las que menos me fiaba. Me había utilizado para ponerme en contra de Martha y, junto a Ruth y Luisa, era una de las mujeres más influyentes en la comunidad.

Conocía perfectamente la vivienda; al atravesar la puerta no pude evitar sentir un escalofrío. Había tenido que escapar por la ventana de la última planta unos días antes.

—¿Dónde la esconderías si fueras Judith? —me preguntó Martha.

No me veía capaz de meterme en la mente de aquella mujer retorcida y con una astucia endiablada.

—No lo sé —le contesté, honesta.

—El mejor sitio para esconder algo es a la vista —dijo

mi maestra y fijó los ojos en la estantería con una treintena de volúmenes.

Los examinamos uno a uno, hasta que cayó en nuestras manos el que no llevaba título ni ningún signo de autoría.

—¡Eureka! —exclamó mi maestra.

—¿Qué decís? —le pregunté, intrigada.

—Ya sabéis, la palabra que Arquímedes le dijo al tirano Hierón II, quien le había propuesto que resolviera un enigma. Al parecer el tirano quería que el filósofo griego calculase la pureza de su corona. Para ello Arquímedes la sumergió en un líquido y calculó la fuerza de flotación que esta experimentaría. Simple, pero efectivo.

—¡Increíble!

—Os digo más, querida niña. Gracias a este hallazgo acabamos de solucionar dos de los tristes crímenes que han sucedido en el beaterio. Tal vez cuando leamos el libro logremos descubrir el resto.

La observé anonadada. ¿Cómo era posible que supiera aquello?

Salimos de la casa tan sigilosamente como habíamos entrado, cruzamos la calle y vimos a las hermanas regresar de las oraciones. La luz del día era aún muy débil, pero al cruzarnos con Judith, noté sus ojos clavados en los míos. Un escalofrío me recorrió la espalda.

Nos dirigimos a la casa. Me encontraba famélica y agotada. Preparé unas rebanadas de pan con mantequilla, un poco de salchichón y me senté al lado de Martha. No tardé mucho en caer en un profundo sueño; apoyada sobre la mesa, mi cabeza comenzó a divagar.

Ahora me sorprende, tras todos estos años transcurridos, que pudiera dormirme en un momento como ese. La juventud es un estado de excepción continuo, el cuerpo sufre un desgaste muy acusado, como si la imperecedera fuerza de los más jóvenes se quemara pronto. Causa también de su impaciencia y poca constancia. Mientras yo recuperaba fuerzas, Martha resolvía uno de los mayores misterios a los que me he enfrentado en mi ya larga existencia. Uno no deja jamás de aprender, el tiempo es uno de los grandes maestros de la existencia, aunque siempre debemos tener los ojos y oídos muy abiertos para saber interpretar sus signos.

33

El sermón

Lovaina, 26 de noviembre del año del Señor de 1310

Amare et sapere vix deo conceditur, decía siempre Martha. A veces el conocimiento de las cosas hace que pierdan poder sobre nosotros, nos liberan. ¿En cuántos casos la superstición es simplemente producto de la ignorancia? Durante siglos, los poderosos se han empeñado en mantener al pueblo alejado de la sabiduría. La religión ha sido un instrumento para controlar a los humildes. Siempre había creído que el cristianismo era diferente, pero sin duda el mensaje de Nuestro Señor ha sido manipulado y cambiado para favorecer a los poderosos de este mundo. Jesús se rodeó de los marginados de su época, le llamaron amigo de prostitutas y publicanos, los dos grupos humanos más denostados por los religiosos de aquella época. Mientras que los gobernantes de su tiempo le persiguieron hasta acusarlo falsamente y colgarlo en una cruz, la muerte más vil y cruel de su tiempo. Nuestro Maestro luchó contra los fariseos, los saduceos y los zelotes. Llamó a Herodes «esa zorra» y no quiso complacer a Pilatos, cuando este le exigió que respondiera a sus preguntas si quería salvar la vida. Sin duda, desde el siglo I y hasta el XIV, el carpintero nazareno ha sido el hombre más desconocido que ha existido jamás.

Martha no quiso revelarme sus descubrimientos, deseaba que nos encontrásemos con Enrique y Nicolás. Después tenía la intención de pedir al inquisidor que le dejara reunirse con la Gran Dama, sin duda una petición de una audacia tremenda, por no decir temeraria. Aunque si algo había descubierto en mi querida maestra, era que no tenía miedo a nada.

Siempre me pregunté de dónde sacaba aquel valor, esa seguridad que le permitía asumir cualquier riesgo con arrojo. En aquel momento no pude descifrar la mente de mi maravillosa amiga; hoy que los años han logrado templar mi propio espíritu, sé que su valor nacía de su desprecio por la muerte, los honores o reconocimientos de este mundo. La mayoría de los mortales anhelamos el aplauso de nuestros semejantes, el halago y la fama. Martha no perseguía ninguna de estas cosas, disfrutaba al llegar a la verdad, aunque esta fuera difícil de asumir y soportar. La muerte tampoco le suponía ningún espanto; sabía que esta vida, a la que nos aferramos con todas nuestras fuerzas, no deja de ser la antesala del porvenir, el primer acto de un drama que durará toda la eternidad.

Mi forma de pensar era muy distinta, mi juventud me cegaba los ojos, como el sol del mediodía. En ocasiones, la demasiada luz es tan perturbadora como la más absoluta oscuridad.

Salimos del beaterio a primera hora de la mañana y nos dirigimos a la catedral. A diferencia de en las otras ocasiones, dos guardias custodiaban la entrada. Intentamos entrar, pero el oficial nos cerró el paso.

—No pueden entrar, hay una reunión importante.

—Ya lo sabemos, hermano, somos dos humildes beguinas que tienen que hablar con Enrique de Gante —dijo Martha, secamente.

No hay palabras más poderosas que las pronunciadas con total seguridad.

El hombre no titubeó, continuó en medio de la puerta con el ceño fruncido y la mano apoyada en su espalda. Martha puso las manos en jarras, desafiante, con los labios fruncidos, dispuesta a hacer lo que fuera para entrar.

Oímos una voz a nuestras espaldas y enseguida reconocí de quién se trataba.

—¿Qué sucede?

Martín era un palmo más alto que aquellos dos hombres, su porte era marcial a pesar de su juventud.

—Estas monjas quieren entrar en la catedral, pero tenemos órdenes de no dejar pasar a nadie —contestó el oficial, molesto por la intromisión de mi amigo.

—Yo respondo por ellas. Son dos mujeres importantes, compañeras de los hermanos franciscanos y están autorizadas a asistir a las sesiones.

El oficial no parecía muy convencido, mas al final se echó a un lado y nos franqueó el paso.

—Gracias —le dije con una sonrisa.

Martín me devolvió el gesto mostrándome sus blancos y hermosos dientes. Nunca había conocido a un hombre tan bello, parecía un ángel caído del cielo.

Caminamos por la amplísima sala intentando no hacer ruido; al fondo, subido al púlpito, Guillermo de París estaba a punto de dar su homilía.

—Maestra, ¿puedo hablar un momento con este caballero?

Martha esbozó una sonrisa picarona, sin duda sabía de quién se trataba.

Mientras ella siguió adelante y se sentó en un rincón de las bancadas, Martín y yo nos dirigimos hacia una capilla lateral para hablar con más calma.

En cuanto estuvimos fuera de la vista de los asistentes, me asió por los brazos e intentó besarme.

—¿Estáis loco? Estamos en un lugar sagrado.

—¿Acaso hay algo más sagrado que el amor? —me preguntó con su agudeza y audacia.

—Sí lo hay.

Me miró confuso, no entendía que le rechazara, tal vez porque ni yo misma comprendía mi confusión.

—Quería pedirte perdón —comencé diciendo—, la otra noche cedí a mis más bajos instintos, los dos caímos en la tentación, pero mi vida ahora no me pertenece. Es enteramente de Dios.

A pesar de que Martín pareció reaccionar con rabia y furia, se contuvo en el último instante.

—No os entiendo, he venido hasta aquí solo para veros. Nuestras familias nos han prohibido amarnos. Niegan lo que la naturaleza y el mismo Dios han sembrado en nuestros corazones. Escapemos, podemos irnos a donde queramos, comenzaremos de cero. Nadie podrá apagar este amor.

Sus palabras me conmovieron, sin duda aquel parecía amor verdadero. Lo había dudado en ocasiones. Martín estaba dispuesto a renunciar a todo por mí.

—Es imposible, he descubierto algo; hace unos días no habría dudado en entregarme por entero a ti...

—¿Qué has descubierto más poderoso que el amor?

Permanecí callada antes de intentar explicarle qué había cambiado en mi interior.

—Siempre soñé con que un apuesto caballero me convirtiera en su dama. Fui educada para ser una buena hija, esposa y madre. Sin duda un honor para la mayoría de las mujeres, también para mí. Ahora sé que nunca sería buena en ninguna de las tres cosas.

—No os entiendo. Creo que habéis sido una excelente hija, sin duda seréis también buena madre y esposa.

Me tapé la cara para que no pudiera ver mis lágrimas, una repentina angustia me cortaba la respiración. No hay nada más duro y triste que renunciar a lo que más amas, consciente de que es la única manera de salvaguardarlo de una infelicidad casi inevitable.

—No os podría complacer. Ahora lo sé, os pido disculpas por no haberlo intuido antes. En este mundo las mujeres somos meros instrumentos de los hombres, una especie de recipiente en el que verter todos sus temores y ansiedades, pero en estos días he descubierto que el buen Dios nos hizo iguales a vosotros. Tenemos raciocinio, voluntad y un alma como la vuestra. Podemos hacer grandes cosas, crear, estudiar e intentar mejorar este mundo injusto y violento.

—Podéis hacer todo eso a mi lado —dijo en tono suplicante Martín, cada vez más consciente de que cada una de mis palabras le alejaba de su dicha.

—No, este mundo nos obliga a elegir entre ser madre y libre, sabia y servicial, esposa o dueña de nuestro destino. No creo que esa sea la voluntad de Dios, aunque los hombres la interpretan de esa manera.

Mi amado se tapó el rostro con las manos, teníamos ambos el corazón partido, pero yo al menos tenía el consuelo de renunciar al amor con el fin de dedicarme a cultivar mi espíritu para servicio de los demás, él lo perdía todo en un instante.

—Dadme tregua, os lo ruego —logró decir entre lágrimas—. No podemos separarnos así. Os amo.

—Lo siento —le contesté, tocando su hombro.

Me apartó con rudeza y se marchó a la entrada. Caminé con la cabeza gacha hasta donde estaba mi maestra; en cuanto me vio supo mi pena, me pasó el brazo por la espalda y secó mis lágrimas con sus dedos fríos.

Guillermo de París parecía predicar en un estado de exaltación tal que sus palabras me alejaron de mis angustias.

—«Cazadnos las zorras, las zorras pequeñas, que echan á perder las viñas; Pues que nuestras viñas están en cierne.»* El sabio Salomón escribió estas palabras en su hermoso libro de Cantares, en el que refleja el eterno amor entre Dios y su esposa, la Iglesia. En ocasiones pensamos que los verdaderos peligros que enfrenta nuestra amada madre es el de los herejes, los infieles o los paganos. Sin duda todos ellos son enemigos de nuestra fe y el buen papa Clemente, como todos sus antecesores en el trono de Pedro, seguirán proclamando cruzadas contra ellos. En muchas ocasiones, como pasó a los desdichados troyanos, el enemigo se encuentra dentro de la muralla, entre

* Cantares 2:14.

nuestras filas, dispuesto a asestarnos un golpe mortal en la espalda.

El inquisidor hizo un largo silencio escrutando los rostros de los asistentes para detenerse un buen rato en los nuestros. Después levantó su dedo acusador señalando a los presentes.

—¿No fue acaso uno de los discípulos el que vendió a nuestro Señor? De todos los judíos que había en Jerusalén, fue el falso y malvado Judas Iscariote el que traicionó al Maestro y lo vendió por treinta monedas de plata. El apóstol Pablo nos advierte de que muchos salieron de nosotros, pero no eran de nosotros, falsos profetas y maestros que confunden al pueblo con sus mentiras. Tienen apariencia de piedad, aunque niegan sus virtudes. Son como barcos llevados por cualquier viento de doctrina. ¿No fue acaso la división de la Iglesia la que entregó a parte de la cristiandad a manos de los sarracenos? ¿No son las divisiones entre nosotros las que fortalecen a nuestros enemigos? El anticristo se acerca con paso amenazante y son las pequeñas zorras las que echan a perder la viña de Cristo. Esas pequeñas zorras, esas mujeres impías que, dejando el uso natural, por el que las hembras han de estar sujetas a sus maridos y padres, pretenden ser como los hombres.

Un nuevo silencio nos hizo casi insoportable aquel momento. Pensé que aquellos fanáticos se lanzarían sobre nosotros en cualquier momento.

—Ya las tenemos entre las manos —dijo agitando sus

dedos repletos de anillos—, han caído en su propia trampa, pero no persistirán por más tiempo.

El rostro desencajado del inquisidor nos observaba fijamente, aun así Martha le sostuvo la mirada sin pestañear. El hombre se bajó del púlpito y comenzó una larga discusión, que de nuevo terminó en tablas.

En cuanto terminó la disputa, los hermanos Enrique y Nicolás nos sacaron de la catedral por una puerta lateral.

—Estáis en peligro, el inquisidor quiere capturar a todas las hermanas.

—¿De qué se nos acusa, Enrique? ¿De ser mujeres? Eso no lo podemos ni queremos cambiar. Dios nos creó en esta condición y nos sentimos orgullosas de serlo.

—Querida Martha, en ocasiones una retirada a tiempo es una victoria —dijo Nicolás; sus palabras sonaron tristes, como si el alma se le escapase por los labios.

—No podemos marcharnos, casi hemos descubierto al asesino, mejor dicho, asesinos.

La miré sorprendida y los dos frailes también.

—Todas terminaréis en la hoguera, es el momento de escapar —insistió Enrique.

—¿Dudáis del valor de las mujeres? Estoy dispuesta a enfrentar a la muerte si es necesario. Busco la verdad y, como dijo nuestro Maestro: «Conoceréis la verdad y la verdad os hará libres».*

* Evangelio de san Juan 8:21.

Llevo toda la vida buscando la verdad, aquella vez la encontré en el cuerpo frágil de una mujer increíble. Martha me enseñó que el verdadero valor no consiste en la ausencia de miedo, sino en saber superarlo y enfrentarse cara a cara a él.

34

La bibliotecaria

Lovaina, 26 de noviembre del año del Señor de 1310

Lo más sabio hubiera sido salir de la ciudad y escapar, pero no hay nada peor que no ser capaces de enfrentarnos a nuestro propio destino. En lugar de dirigirnos a la muralla, fuimos directamente a la boca del lobo. Llegamos a la plaza principal; debajo del suntuoso palacio desde el que se gobernaba la ciudad, se encontraban las más infectas mazmorras. Martha se paró frente a la hermosa fachada y respiró hondo. Me quedé a su lado, temblando de miedo y de frío. La temperatura comenzaba a bajar de nuevo, después de unas pocas horas de tregua. En mi cabeza flotaban todavía las palabras de Martín. Aquel mismo día había renunciado al amor de mi vida y a toda posibilidad de escapar de Lovaina, antes de que el inquisidor y sus hombres nos encerraran en la prisión más oscura.

—¿No sería mejor seguir el consejo de vuestros amigos? —le pregunté en un último intento de huir de aquella situación.

—No hay mayor amor que este, que uno dé su vida por sus amigos. Esas palabras de Jesús me siguen conmoviendo. Él no eludió su responsabilidad, pero entiendo que tú quieras conservar la vida, aún eres demasiado joven para partir de este mundo.

No puedo negar que estuve a punto de echarme atrás y salir corriendo de allí. Al final, cerré los puños e intenté enfrentarme de la forma más valiente que sabía a mi destino.

Nadie sabe el día ni la hora en la que dejará este mundo, y tal vez sea mejor así. De otra manera pasaríamos la existencia obsesionados con ese momento final que a todos nos termina por llegar.

Pasamos la puerta principal sin problemas, en la municipalidad las beguinas eran bien consideradas; otra cosa distinta era intentar descender a las mazmorras.

Bajamos las escaleras. Un guardia se levantó al oírnos llegar.

—Alto, no pueden pasar sin una orden del alcalde o del inquisidor.

El soldado era un joven barbilampiño. Martha se aproximó hasta encontrarse a menos de un metro de él.

—Tenemos autorización —le contestó, tranquila.

—Necesito verla.

Ella sacó un pergamino y se lo mostró.

El hombre lo miró fijamente un momento y después le abrió la reja que conducía a las mazmorras. Buscó la llave de la celda en su gran aro de hierro y nos dejó pasar.

—No pueden estar mucho tiempo —nos advirtió antes de alejarse.

Encogí los hombros sorprendida por la facilidad con la que nos había franqueado el paso.

—¿Cómo habéis conseguido una autorización?

Martha sonrió.

—¿Qué autorización? Ese documento era una vieja carta de una amiga de Ámsterdam. Casi ningún soldado sabe leer y escribir, hubiera sido muy mala suerte que le hubieran enseñado a este.

La Gran Dama estaba sentada sobre un camastro de sábanas sucias y mantas deshilachadas. Me dio pena verla en aquella triste condición. Siempre había sido una mujer humilde, pero ahora parecía una pordiosera. Tenía el pelo despeinado, la piel sucia y claras muestras de haber sido torturada.

Martha se aproximó a ella y la Gran Dama se puso de pie, parecía sorprendida de vernos allí.

—¡Dios mío! Creo que mis oraciones no han caído en saco roto.

Mi maestra la abrazó, en un gesto que no dejó de sorprenderme; en ocasiones podía ser muy tierna, incluso con personas que le habían causado mucho daño.

—Hermana, no os preocupéis, Dios aprieta pero no ahoga —dijo mientras se apartaba y se secaba dos lágrimas con la manga.

Se sentaron al borde del camastro y se quedaron quietas, esperando recuperar la calma.

—¡Dios es bueno! —empezó a decir la Gran Dama.

—¿Por qué lo decís? —le preguntó mi maestra.

—En estos días me he portado con poca consideración hacia vos, incluso os entregué a manos de ese infame inquisidor. No lo hice por maldad, creía que de esa manera protegía al beaterio; hoy soy consciente de que la mejor forma de ayudar a las hermanas y mantenerlas a salvo es por medio de la honestidad. Dios es el que juzga, ¿de qué sirve vivir si el precio es perder la honra?

Aquellas palabras hicieron que me reconciliara con la Gran Dama y el resto de las hermanas. Hasta ese momento no había comprendido que eran tan frágiles como yo, atadas a los mismos temores y dudas. No hay nada más perjudicial para el ser humano que idealizar a aquellos que amamos.

—Tengo noticias para vos, tal vez os ayuden a escapar de aquí —anunció Martha.

—No lo merezco, ahora me doy cuenta de que teníais razón una vez más. Aquel pobre muchacho no debía morir. Todos tenemos el derecho a un juicio justo y nadie debería ser condenado a muerte. Nuestro Señor no lo aprobaría.

Martha asintió complacida y después sacó de su pecho algo, parecía un pergamino sin escribir.

—No tenemos mucho tiempo, ya sé quién es la asesina. Bueno, conozco al menos a la que ha ocasionado dos de los crímenes.

La Gran Dama nos miró sorprendida.

—¿Asesinas? ¿En plural?

—Me temo que sí. Hay dos asesinos o asesinas. Uno ha perpetrado la mayoría de los crímenes, inducido sin duda por el deseo de propiciar el fin de los tiempos y voto a Dios, y casi lo ha conseguido, al menos en lo que a las beguinas se refiere. El inquisidor quiere destruirnos a todas y conseguir una bula del papa para nuestra disolución.

—¡Dios mío! —exclamó la Gran Dama horrorizada—. Pensé que se conformaría con llevarme a mí a la hoguera. Me han torturado toda la noche para que confesara que éramos unas brujas.

—Lo lamento.

—No os preocupéis, Dios dará con la prueba a la salida, aunque esta sea la muerte.

—Aún es pronto para llegar a la presencia del Señor. Escuchad.

—Soy toda oídos.

—Necesito que en una carta me nombréis Gran Dama de forma provisional, hasta vuestra liberación.

La mujer actuó con cierto recelo, no entendía aquella sorprendente petición.

—No os preocupéis, no ambiciono vuestro puesto, os lo aseguro, sé la gran responsabilidad que conlleva. Lo que necesito es vía libre para actuar en el beaterio, encontrar al otro asesino y resolver este asunto.

Me incliné fascinada, no sabía cuál era el plan de mi maestra, pero sin duda sería magistral.

La Gran Dama firmó la carta y salimos de la celda después de abrazarla y prometerle que pronto la sacaríamos de allí. Nos dirigimos a la salida, cruzamos la segunda verja y ascendimos por las escaleras de piedra. Al ir a salir vimos que el inquisidor venía justo de frente, escoltado por Martín.

—¡Dios mío! —exclamé, asustada.

Nos metimos en un cuarto y esperamos a que pasaran, afortunadamente no nos vieron. Salimos del edificio a toda prisa, nos dirigimos al beaterio y en unos minutos estábamos enfrente del arco.

—¿Qué vamos a hacer ahora?

—No tardarás mucho en descubrirlo.

Cruzamos las calles, la nieve había sido retirada a los lados, pero aun así se caminaba con cierta dificultad. Observé que nos dirigíamos a la biblioteca. Nos paramos ante su impresionante fachada y volví a quedarme extasiada ante los relieves que representaban el fin de los tiempos. Subimos la escalinata y entramos en el edificio. Media docena de escribas e iluminadoras estaban con la cabeza inclinada realizando su increíble trabajo. Todas levantaron la vista al oírnos, hasta la invidente Luisa giró la cara al percibir nuestros pasos. Judith se puso de pie y vino hasta nosotras sin disimular su desagrado.

—¿Qué hacéis aquí? No sois bienvenidas.

—Hermana bibliotecaria, os ordeno que os sometáis a mi autoridad —dijo Martha sin mayor explicación.

—¿Os habéis vuelto loca? —le preguntó, fuera de sí—. A falta de la Gran Dama, yo soy la máxima autoridad del beaterio.

—No lo sois —contestó mi maestra sacando el pergamino.

La mujer miró la misiva, en ella estaba claramente estampada la firma de la Gran Dama.

—Estáis presa por la muerte de nuestras hermanas, que Dios os asista y, si os arrepentís, os perdone.

Todas las beguinas se levantaron a la vez. Nos miraban con el rostro descompuesto y asustado, aquella mujer había sido su mentora y ejemplo. ¿Cómo podía tratarse de una asesina?

En mi larga experiencia he comprobado que la mayoría de los seres humanos somos incapaces de ver más allá de lo evidente. No creemos que las personas que nos rodean sean capaces de los más nefandos crímenes. Seguramente, por temor a vernos reflejados en ellos. Dentro de cada uno de nosotros hay un violento criminal en potencia. Todos portamos el sello fratricida de Caín, del que somos los verdaderos hijos.

Martha ordenó a dos hermanas que encerraran a Judith, después convocó una reunión solemne para informar al resto de las beguinas de su nombramiento y juzgar a la presunta asesina. A aquella reunión decisiva estaban invitados Enrique y Nicolás, a los que había dejado el códice que habíamos recuperado en la casa de la bibliotecaria.

Dejamos la biblioteca con el amargo sabor de la victoria, la comunidad parecía tan inquieta y confusa que me pregunté si algún día llegaría a recuperar la serenidad y de nuevo el beaterio de Lovaina sería el refugio de los desvalidos, la casa de los menesterosos y la guarda del conocimiento que el mundo exterior parecía empeñado en desdeñar.

35

Peligro

Lovaina, 26 de noviembre del año del Señor de 1310

Mi maestra parecía eufórica, como si la prisión de Judith hubiera calmado al menos un poco su desazón de los últimos días. Aún no habíamos descubierto al asesino de la mayoría de los casos, pero al menos la resolución de dos de los crímenes devolvió en parte el sosiego al beaterio.

—¿Qué vais a decir a las hermanas esta tarde?

—La mayoría cree que la bibliotecaria es la causante de todos los asesinatos y es mejor que piensen eso.

—¿Por qué?

—Los asesinos, a pesar de no querer ser descubiertos, odian que sus crímenes se les atribuyan a otros. Como os he comentado, se cometen asesinatos por muchas razones, en este caso por supuestas ideas religiosas, pero todos los asesinos tienen algo en común: en el fondo buscan reconocimiento. De algún modo consideran que nadie les comprende ni les da el valor que tienen.

Las palabras de Martha me sorprendieron, nunca hubiera pensado que un asesinato era una forma de llamar la atención.

—En el caso de la bibliotecaria no encajan vuestras suposiciones. Ella era la segunda beguina más admirada de la comunidad. Además, su puesto siempre tenía el reconocimiento y el aplauso de todas. Entonces, ¿por qué matar a otras personas?

Martha me miró complacida, le encantaba tener la respuesta oportuna. En estos días había sufrido mucho al no lograr solucionar el enigma de las muertes en el beaterio, pero ahora, aunque aún quedaba una asesina suelta, sabía que nos acercábamos al final de la resolución del caso.

—Querida Constance, como ya sabrás, Judith no es una asesina en el sentido exacto del término. Ella mandó ejecutar sus crímenes a otra persona y sus motivaciones eran otras. Será mejor que lo explique en la reunión de esta tarde. Nuestros amigos no tardarán en llegar, han examinado el libro y puede que eso nos dé aún más pistas. Ahora tenemos algo muy importante que hacer.

Sin previo aviso tomó la capa y las dos nos dirigimos a la pequeña mazmorra construida al lado de los almacenes de grano. No la habían usado en muchas ocasiones, el beaterio solía ser un remanso de paz y tranquilidad, pero unos años antes se habilitó para castigar algunos crímenes leves. En la entrada una beguina hacía de guarda.

—Hola, hermana. ¿Judith está despierta? —preguntó Martha antes de entrar.

—Casi todo el rato, nunca había visto a alguien con tanta paz.

Entramos en la pequeña habitación, no tenía nada que ver con la minúscula y sucia mazmorra de la ciudad.

En cuanto la mujer oyó los cerrojos se incorporó; como nos había descrito la carcelera, no reflejaba ni odio, ni inquietud, ni siquiera arrepentimiento.

—La Gran Dama ha venido a visitarme, reconozco que es un gesto que os honra —se burló al vernos entrar—. Trae, además, a su perro fiel.

Martha no le contestó, se sentó en una silla al lado de la cama y yo me quedé de pie, justo detrás.

—Lamento veros en esta condición, a veces nuestras malas decisiones tienen consecuencias inesperadas. Imagino que nunca pensasteis que terminaríais así.

—¿Cómo? ¿Encerrada por vuestras malas artes? Podéis engañar a esas pequeñas ignorantes, pero yo sé bien qué ambicionáis. Siempre quisisteis este beaterio y el cargo que de manera ilegal ahora ostentáis. Desde que os conozco os ha carcomido la ambición y el orgullo.

Martha no parecía reaccionar a aquellas acusaciones e

insultos, los soportaba estoicamente, como si formaran parte de una partida que le había tocado jugar.

—Todos guardamos en el fondo de nuestro corazón un pozo de maldad. Si hurgamos lo suficiente en nuestra alma, muy adentro se encuentra el lodo cenagoso de la avaricia, la envidia o la ira. Quien esté libre de culpa que tire la primera piedra. No estoy aquí para juzgaros, hermana, lo que deseo es entenderos. ¿Por qué motivar la muerte de dos queridas hermanas? Geraldine era una niña inocente, que encima estaba embarazada, y Magdalena, una sencilla escribiente a la que todo el mundo apreciaba. ¿Qué mal habían hecho?

Judith no titubeó ni cambió su expresión fría y calculada. Se inclinó y miró con fijeza a mi maestra.

—*Ad maiorem Dei gloriam* —contestó la bibliotecaria.

—¿Para mayor gloria de Dios? El ser humano lleva siglos utilizando a Dios para justificar sus más terribles fechorías. Pensé que vos seríais más sincera y, sobre todo, más sabia, pero tal vez sea cierto lo que dijo Cicerón de que la sola idea de que una cosa cruel pueda ser útil es ya de por sí inmoral. No se puede glorificar a Dios transgrediendo uno de sus mandamientos, no matarás.

Judith, por primera vez, pareció titubear.

—Era importante proteger a la comunidad, la vida de cada una de nosotras es muy poco trascendente; además, la muerte es solo un pequeño paso hacia la vida eterna

—contestó intentando justificarse, algo que hasta entonces no había hecho.

—Las dos descubrieron el libro, sabían que si la Inquisición se enteraba de que lo teníamos todas estaríamos en peligro, pero esa no fue la razón por la que las matasteis. ¿Cierto?

—Queréis que me autoinculpe. Incluso tenéis a vuestra testigo preparada. Me temo que deberéis probar mi culpabilidad con algo más que palabras.

Martha se puso de pie.

—Pretendo acusaros de todos los crímenes, no os preocupéis, tengo pruebas suficientes para hacerlo.

La bibliotecaria se levantó furiosa, pensé que saltaría sobre mi maestra para agredirla y me preparé para frenarla, pero no hizo falta.

—Sois una mentirosa, ya lo he dicho antes. Siempre con ese aire de superioridad moral, de sabia prudencia y fría racionalidad. Es todo una fachada, nos conocemos hace años. No sois más que una niña huérfana asustada en busca del reconocimiento del mundo. Odiáis ser mujer, aborrecéis la fe de las beguinas, ansiáis a ese franciscano tan arrogante y blasfemo como vos.

Judith sabía dónde atacar. Estaba a punto de colmar la paciencia de Martha, algo que era francamente difícil. Las personas que nos conocen mejor son en realidad las que pueden hacernos daño, en especial las que más amamos.

—Siempre os aprecié y admiré. Creo que habéis realizado un trabajo encomiable. Habéis demostrado al mundo que una mujer puede ser tan buena copista, iluminadora, bibliotecaria y escritora como cualquier varón. Sois una de las beguinas más ilustres, admiradas y respetadas. No entiendo cómo habéis arrojado todo eso por la borda y dejado gobernar por vuestros más bajos instintos, pero tal vez sea condición humana desde nuestro padre Adán. Rezo por vos, ya que todos somos pecadores, Dios puede perdonaros y envolveros de nuevo con sus brazos de amor. Es algo que nos cuesta comprender a los meros mortales, que siempre buscamos la venganza y la revancha. Querida Judith, poneos a bien con Dios antes de que sea demasiado tarde para vuestra alma.

No hay arma más poderosa contra nuestros enemigos que el amor. El odio se alimenta de más odio; la venganza, de más venganza; la violencia, de más violencia, pero el amor rompe el ciclo interminable que conduce a la humanidad a su propia destrucción. Jesús nos mandó amar a nuestros enemigos, porque es la única forma de convertirlos en amigos.

Salimos de la mazmorra con una sensación de tristeza y frustración. La ciudad de las almas más elevadas suele ser más dura que la de las simples. Judith había sido una de las mejores mujeres del siglo y ahora sería recordada para siempre como una vil asesina.

Salimos del edificio cabizbajas, Martha se giró hacia mí y me habló:

—«*Ama et quod vis fac*», dijo san Agustín.

—No lo entiendo, «Ama y haz lo que quieras».

—El amor siempre busca el bien propio y el del prójimo, es la medida perfecta de todas las cosas. El amor cubrirá multitud de pecados. No olvidéis que Dios es amor. Espero que algún día Judith lo entienda. Para muchos Dios es pura justicia, que lo es, es severo padre castigador, pero su misericordia siempre precede a su juicio.

Estábamos desoladas, como si mi maestra hubiera comprendido de golpe que su victoria no era otra cosa que el fracaso del ideal que representaban las beguinas. Todos aquellos años construyendo un paraíso en la tierra parecían no haber servido para nada.

—Tal vez hemos recibido el castigo que merecíamos. ¿No es arrogante intentar cambiar el mundo? Hay algo dentro de todos nosotros que nos lleva a la destrucción.

Nunca había escuchado palabras tan pesimistas de la boca de mi maestra, pero no quise comentar nada. A veces la mejor forma de acompañar un duelo es el silencio y Martha acababa de perder lo que más amaba, su ideal de que las beguinas eran capaces de transformar el mundo.

Llegamos a la casa y vimos luz dentro, nos pusimos en guardia, sabíamos que aún había un asesino suelto. Afortunadamente nuestra visita no era otra que Enrique y Nicolás, que intentaban calentarse un poco a la lumbre.

—Queridas hermanas, nos alegra veros sanas y salvas —comentó Nicolás, con su habitual amabilidad.

—Lo mismo digo, hermano —contestó Martha, intentando todavía levantar su ánimo.

—Hemos revisado el texto. No tiene título, tampoco hemos encontrado pistas sobre su autor —explicó Enrique.

Se sentaron y yo preparé un poco de vino caliente con miel. Creo que su dulce sabor nos reconfortó un poco a todos.

—Entonces, ¿no habéis descubierto de qué libro se trata? —preguntó Martha, decepcionada.

—No hemos dicho eso —puntualizó Enrique.

Mi maestra arqueó las cejas; de nuevo vi en su rostro esa expresión de curiosidad y hambre de conocimiento. Aquel era el verdadero motor de su vida.

—Contadnos, os lo ruego.

Nicolás sacó del pecho el manuscrito, lo colocó sobre la mesa y la luz iluminó sus bellas ilustraciones. Después comenzó a explicarnos sus descubrimientos. Los tres lo mirábamos extasiados, sorprendidos por lo que nuestros oídos descubrieron aquella tarde de otoño oscura y gris. Pero las cosas que acontecerían poco después, dejarían aquel momento en el oscuro lugar de lo corriente, donde abandonamos aquellos momentos de nuestra vida opacados por los realmente dramáticos.

36

La habitación

Lovaina, 26 de noviembre del año del Señor de 1310

Las normas impedían que los hombres estuvieran en una asamblea de beguinas, pero en aquellos momentos turbulentos nadie pareció oponerse a que Enrique y Nicolás compareciesen en la Gran Asamblea. Las hermanas sabían organizar ceremonias solemnes. Todas se habían colocado sus trajes de gala, con los diferentes colores que las representaban. Las iniciadas, hermanas y maestras parecían un ejército en marcha, el ejército de Dios. Yo observaba todo desde la parte alta de la iglesia, mientras Martha ensayaba una y otra vez lo que quería comunicar a la congregación, era muy importante que nada fallara.

Las hermanas tocaron música en sus laudes y arpas,

todas las beguinas se pusieron de pie con sus trajes de diferentes colores y sus cofias blancas. Martha entró por el pasillo central custodiada por las hermanas más mayores; yo sabía que se sentía muy incómoda con aquella parafernalia, pero la solemnidad a veces logra que el público se prepare para el drama de sus vidas.

La música no cesó hasta que se sentó en la silla central, custodiada por dos de las beguinas más ancianas. De los laterales salieron Enrique y Nicolás y se colocaron en un discreto segundo plano.

La secretaria se levantó y el murmullo del grupo fue disipándose hasta el silencio absoluto.

—Hermanas, hemos convocado esta reunión especial debido a los graves acontecimientos que en los últimos días han sacudido a nuestra humilde comunidad. Dios es testigo de que nunca habíamos sufrido tanto; creemos que él es justo y fiel y da, junto a la prueba, también la salida. Por eso os convocamos, para que juntas, con la Gracia de Dios, logremos liberarnos de esta triste situación que nos abruma a todas.

La mujer señaló a Martha, que miraba incólume a la multitud, como si fuera una estatua de mármol.

—Como ya sabéis, la hermana Martha de Amberes ha asumido provisionalmente el oficio de Gran Dama. Es un hecho inusual, como inusual es lo que ha sucedido en los últimos tiempos. Nuestra querida Gran Dama se encuentra en las cárceles de la Inquisición; nuestra hermana bibliotecaria, acusada de crímenes nefandos y la comunidad, alborotada por la tristeza y el desasosiego. Que nuestro buen Dios nos ayude a aclarar todo, impartir justicia y continuar con la labor que nuestro buen Señor nos encomendó. Dejo la palabra a la Gran Dama, Martha de Amberes.

Mi maestra se levantó y se acercó a un pequeño atril. Siempre decía que el púlpito era el baluarte de los predicadores, ante las miradas acusadoras de su público.

Yo intentaba vigilar el comportamiento de las asistentes, ya que mi maestra creía que la asesina reaccionaría de alguna forma ante sus palabras.

—Amadas hermanas, siempre me he encontrado en Lovaina como en mi propia casa, y eso que nunca he tenido una, ya que, como nuestro amado Señor, no tengo ni donde recostar mi cabeza. Durante años he realizado mi magisterio y servicio de un modo itinerante. He servido a las comunidades en los diferentes reinos, ducados, marquesados y obispados en los que Dios ha levantado un beaterio. Como a vosotras, me han perseguido por mi condición de mujer, de persona libre, cristiana y amante del bien y la verdad. Nuestro amado Jesús nos advirtió que en el mundo únicamente tendríamos aflicción, pero que él ha vencido al mundo.

Algunas de las beguinas más mayores comenzaron a impacientarse. Todas querían escuchar las acusaciones contra una de sus hermanas más ilustres y acabar con ese momento tan oscuro de su historia.

—En las dos últimas semanas la tragedia, la confusión y la muerte han sacudido nuestra comunidad. Hemos perdido buenas y tiernas hermanas de forma cruel y violenta. Vuestra Gran Dama me encomendó la dura misión de descubrir al causante de todo este dolor. Una tarea, por otra parte, ingrata y difícil. Debido a lo complejo y confuso de este caso, he sido perseguida como sospechosa, humillada y casi desechada; tal vez lo merezca, ya que antes de la caída está la altivez de ojos. Ahora me presento ante todas con la esperanza de encontrar a la culpable de nuestra desdicha, impartir justicia y devolver la calma a la comunidad.

Una de las beguinas ancianas, la hermana Luisa, se puso de pie y con el puño en alto dijo:

—No queremos escuchar palabras halagadoras ni discursos grandilocuentes, queremos la verdad, sin adornos ni oropel.

El resto de las hermanas comenzó a agitarse como un bosque sacudido por un fuerte viento. Martha levantó los brazos y las olas impetuosas comenzaron a calmarse.

—No quiero endulzar el veneno ni convertir el nido del áspid en el de aves inocentes. Estamos aquí para juzgar a la hermana Judith, bibliotecaria del beaterio y mano derecha de la Gran Dama.

En cuanto pronunció esas palabras, desde el fondo dos hermanas trajeron a la acusada sujeta por los brazos. La mujer parecía calmada, casi feliz, saludó con la cabeza a las hermanas y después la sentaron al lado del atril desde el que Martha hablaba.

—En las últimas semanas se han producido la mayoría de estos crueles crímenes. La hermana Judith es culpable de todos ellos —mintió, como habíamos planeado.

Un rumor recorrió la sala y un par de hermanas protestaron.

—Geraldine, Sara, Drika, Lucil, Nereida, Francesca y Magdalena.

Al oír los nombres, la congregación guardó silencio de nuevo. Unas hermanas dejaron sobre una mesa las cuerdas utilizadas para atarlas, las armas, los restos encontrados, las notas. Todas las pruebas que se habían reunido. La hermana boticaria subió al estrado y comenzó a explicar cada una de las formas de muerte y el sufrimiento que habían pasado las víctimas. Muchas de las asistentes comenzaron a llorar, desesperadas al saber cómo habían sufrido sus hermanas.

—Podemos concluir que todas fueron asesinadas con un propósito que solo una mente enferma podía pergeñar. Una mente inteligente, cultivada, con conocimientos de anatomía, alquimia y teología. Además, sabemos que no pudo actuar sola.

Las beguinas se miraban unas a otras, como si todas las sospechas no estuvieran ahora sobre Judith. Martha disfrutó del espectáculo, quería crear justo esa sensación de desasosiego en la comunidad. Debía obligar a que saliera el verdadero asesino para poder apartarlo del grupo y liberarla al fin del peligro.

—Gracias, hermana, creo que todas os han entendido a la perfección.

La boticaria regresó a su asiento y Martha se adelantó, acercándose al público.

—La hermana Judith asesinó a nuestras hermanas, pero no lo hizo sola. Primero terminó con la vida de Geraldine, una de las últimas mujeres en incorporarse a nuestra comunidad. Esa casi inocente niña estaba embarazada.

—¡Niña inocente! Era una ramera que se había dejado preñar por un juglar. Lo único que quería era cobijo, para extender sus pecados entre nosotras —dijo Judith poniéndose de pie, con una expresión de odio que no se le escapó a ninguna de las hermanas.

Yo seguía vigilando desde las alturas, pero sin ver nada sospechoso. Dos de las mujeres sentaron de nuevo a la beguina.

—¿Por qué decís eso? ¿Quién sois vos para juzgar? Geraldine fue seducida por un hombre, como tantas incautas que en el nombre del amor se dejan embaucar. ¿Desde cuándo la víctima es ahora la culpable?

—Geraldine no era una víctima, la llegué a conocer bien. Trabajaba en la biblioteca, yo le enseñé el oficio de escriba. Ella nos lo pagó seduciendo a la pobre Nereida, una de mis mejores iluminadoras, lo que le llevó al suicidio hace poco, como todas sabéis.

La comunidad comenzó a gritar espantada por las declaraciones de la bibliotecaria.

—¿Por eso la matasteis? —preguntó incisiva Martha.

Judith se levantó de nuevo y gritó:

—En Levítico capítulo dieciocho habla de todas las perversidades de las que el hombre es capaz. Geraldine merecía morir, por eso se ahogó en el canal y con ella el fruto de su pecado.

—La acusada ha reconocido su primer crimen —añadió Martha.

La congregación comenzó a mostrar su indignación.

—No es un asesinato, es justicia —bramó con el puño en alto.

—Jesús vino para cumplir la ley, su misericordia nos alcanza a todos, nadie puede cumplir la ley, ya que si falla en un punto es reo de muerte. Todos los pecados son igual de graves para Dios, él es quien impartirá justicia en su juicio final. Nuestro deber como beguinas es amar, amar tiernamente, no juzgar, hermana Judith —le contestó Martha sin perder la calma.

Sentaron de nuevo a la acusada. Martha se dirigió hacia la mesa con las pruebas y comentó:

—Hemos dicho que la hermana Judith no cometió estos crímenes ella sola, pidió ayuda a un ser inocente y con la mente de un niño. Judith crio y ayudó a Sebastián, le cuidó como si fuera su hijo, cosa que le honra, pero le interesó como instrumento para asesinar e intentó así disimular su culpa. Judith ha dicho la verdad al comentar que Geraldine murió ahogada, sin embargo, fue el joven Sebastián quien la golpeó y lanzó al canal.

—¿No es cierto?

Judith agachó la cabeza por primera vez, como si ese comportamiento sí la avergonzara.

—En contra de lo que ha afirmado, también mandó al pobre muchacho a la casa de Nereida, que estaba dándose un baño, ya que esta poseía un libro que podía inculpar a Judith de herejía. La luminadora se negó a entregarlo y el joven, que había recibido órdenes, le cortó las venas y después robó el libro.

—¡Se suicidó! Eso me dijo Sebastián —gritó Judith.

—Fue asesinada, como lo había sido unos meses antes Geraldine. Ambos crímenes los perpetró el joven Sebastián, pero instigado por la que consideraba como su madre, esta mujer infame.

Algunas beguinas se alzaron y comenzaron a increpar a la acusada.

—¡Hermanas, orden! —pidió la secretaria.

—No debemos odiarla, la maldad la confundió y, engañada por el diablo, la animó a continuar con estos crímenes infames —dijo Martha, intentando enfriar los ánimos.

Luisa se puso de pie y levantó sus brazos flacos y arrugados.

—Eso no prueba nada más que un crimen y un suicidio. La hermana Martha tiene que probar todos estos asesinatos.

Sabíamos que la astucia de la anciana era una de las cosas con las que teníamos que actuar.

—No os preocupéis, vamos por partes. Unos días más tarde, Judith descubrió que nos alojábamos en secreto en la casa de Magdalena, una de sus colaboradoras. Debió de ver esto como una traición y temió que descubriéramos sus crímenes. Una noche nos introdujimos en la biblioteca. Sabíamos que había una habitación secreta, que muy pocas hermanas conocen, entre ellas Judith y la Gran Dama. Descubrimos la entrada y pudimos examinar los legajos, libros y manuscritos que había escondidos. Tomamos dos de ellos, los que consideramos más sospechosos de ser los causantes de todas estas muertes. Entonces una sombra nos persiguió, de nuevo el pobre Sebastián manipulado por Judith. Logramos escapar de él; si no, hubiéramos sido dos más de sus víctimas.

Martha detuvo el relato e hizo un gesto a Enrique para que se acercara. El hombre sacó el códice de entre sus ropas y se lo entregó a la mujer.

—¡Este es el libro por el que Judith estaba dispuesta a matar a sus propias hermanas, la verdadera causa de sus crímenes! —gritó Martha.

Las beguinas volvieron a agitarse, indignadas y sorprendidas a la vez.

—Por eso mandó asesinar a Magdalena, para vengarse

de ella, pero con una triple intención. Mientras enviaba a Sebastián a terminar con la vida de nuestra hermana, creó el suficiente revuelo para que saliéramos de la casa precipitadamente, abandonando el libro. Ella misma lo extrajo y ocultó, después fue al lugar del crimen para instigaros a todas, animaros a asesinar a ese pobre muchacho. De esa forma no podría traicionarla, decirnos que fue ella la que ordenó esas muertes.

Las beguinas parecían fuera de sí, las únicas que guardaban un poco de calma eran Luisa, la boticaria y dos de las más ancianas.

Entonces, Nicolás dio un paso al frente, tomó el libro, lo abrió y levantó la vista antes de comenzar a leerlo. Se hizo un silencio casi angustioso, estábamos a punto de descubrir la causa de tanto sufrimiento.

37

Hermana

Lovaina, 26 de noviembre del año del Señor de 1310

Nicolás estaba a punto de leer el libro cuando la hermana encargada de la puerta principal entró corriendo en la iglesia. Llegó jadeante al altar y se lanzó a los pies de Martha. Todas las demás se levantaron alarmadas.

—Hermana Martha, hemos recibido noticias de la Gran Dama. Esta mañana se ha producido un juicio eclesiástico y ha sido condenada a la hoguera acusada de herejía. Están montando el auto de fe en la plaza de la catedral.

Mi maestra se quedó paralizada unos instantes, esa situación inesperada echaba por tierra nuestros planes. Las dos guardesas se llevaron a Judith a su celda y la reunión fue disuelta. Corrí hacia la capilla, bajando las escaleras de dos en dos y me tropecé con la hermana Luisa.

—¿Quién sois? —me preguntó.

—La hermana Constance —le contesté algo inquieta, quería llegar de inmediato al lado de Martha, que debía de estar muy preocupada.

—Cuidaos mucho; no podemos servir a dos señores, porque defraudaremos a los dos.

Sus palabras me dejaron confusa, pero la mujer, sin dar más explicaciones, siguió su camino. Cuando llegué a la capilla, Judith, que ya estaba a medio camino de la puerta, se giró y nos gritó:

—Ya ha llegado el día de la justa ira de Dios, no podréis escapar de ella. Mi muerte no será en vano. Se zafó de las dos mujeres y corrió hasta nosotras. De algún lugar de las mangas sacó una daga pequeña y se precipitó sobre Martha, la apuñaló en el hombro, pero Enrique la apartó hacia un lado.

—¿Os encontráis bien? —preguntó, angustiado, a mi maestra.

Martha asintió con la cabeza, aunque no pudo disimular su expresión de dolor.

Oímos un grito, Judith se lanzó sobre él, comenzó a apuñalarlo una y otra vez, con una saña y furia diabólicas. El hombre se sacudió, pero ella continuó aferrada a su cuello, hasta que logró derrumbarlo. Le golpeé en la cabeza con uno de los candelabros y cayó el suelo, las dos hermanas iban a atraparla cuando se hincó el cuchillo en el corazón, mientras decía sonriendo:

—No me iré sola al infierno.

Enrique se desangraba, tenía tantas heridas que era imposible taponarlas todas. Llamamos a la boticaria, quien, tras examinarlo, nos dijo que no había nada que hacer. Intentó curar a Martha, pero esta se negó, parecía destrozada por la preocupación. Se giró y nos pidió que los dejásemos a solas.

Todo el mundo se retiró, y yo permanecí a unos pocos metros, temía que alguna acólita de Judith pudiera intentar terminar el trabajo que ella había dejado a medias.

—¡Querido Enrique! Lo siento, todo esto es por mi culpa, no debí meteros en este asunto. Dios me quita lo que más quiero en esta vida y priva al mundo de un gran hombre.

Enrique, con la cabeza levantada con el brazo de Martha, intentó hablar, pero apenas le quedaba aliento.

—Lo siento, os amo. Dios mío, cómo os amo —dijo Martha, mientras le abrazaba con el rostro lleno de lágrimas.

Me estremecí al ver reunida en una sola escena tanto dolor y pasión, me recordó a la Virgen con Jesús en su regazo.

—Os amo, dad al mundo un poco de cordura y no dejéis de perseguir la verdad —oí que le contestaba él con una sonrisa en los labios. Después añadió—: ¿No lo veis?

Los ángeles del cielo vienen a por mí, hoy mismo estaré con mi salvador.

El fraile cerró los ojos con una expresión de paz, que contrastaba con el gesto retorcido de Judith a unos pocos pasos. Martha dio un grito de horror y se dobló como si le dolieran las entrañas. La dejé un buen rato con su pena, hasta que el cuerpo de Enrique comenzó a enfriarse y la prudencia me dictó que debía separarlos.

Caminamos por la capilla, ella doblada a un lado, como si le costase demasiado permanecer en un mundo en el que Enrique ya no estuviera; yo, intentando sostenerla, comprendí justo en ese momento que por eso Dios había hecho que nuestros caminos se cruzaran. La amistad, la verdadera amistad, es siempre sostener a las personas que amas y dejarte sostener por ellas. En la inmensa soledad de un universo al que llegamos solos y del que deberemos partir en la misma condición, al menos un alma gemela logra paliar mucho sufrimiento.

La llevé hasta la casa de Magdalena y conseguí que se acostara en una de las camas. Me eché en la de al lado, pero no me dormí, velaba su sufrimiento. Después de un buen rato de gemidos y gritos, consiguió calmarse, como si el cansancio fuera la mejor medicina contra la desesperación.

Martha tardó más de dos horas en despertar. Se levantó con los ojos hinchados y el pelo revuelto.

—¿Cuánto tiempo he dormido?

—Dos horas —le contesté.

—¿Por qué no me has despertado antes? —se lamentó mientras se vestía a toda prisa.

Después bajamos. Nicolás estaba sentado abajo.

—¿Sabéis algo de la Gran Dama? —inquirió desesperada.

—¿Cómo estáis? —le preguntó él con la cara demacrada por el sufrimiento.

Nicolás era, junto a mi maestra, el mejor amigo de Enrique.

—Ya tendremos tiempo para el luto, una persona inocente está a punto de ser sacrificada por ese maldito inquisidor.

Nicolás se sorprendió de su reacción, aunque yo la entendía perfectamente; la única forma con la que podemos redimirnos es intentando paliar algo de sufrimiento y dolor en este mundo.

Nos pusimos las capas y, al salir, dijo:

—¿Dónde está el libro?

Los dos nos miramos inquietos.

—En la capilla —le contesté.

—¿Cómo lo habéis dejado allí? ¡Corred!

Salí a toda prisa; apenas me daban de sí las piernas, que se hundían en la nieve. Llegué a la capilla, dos hermanas habían preparado el cuerpo del fraile y su ataúd de madera sencilla se encontraba junto al altar. Judith, por haber muerto en pecado, no recibiría exequias ni sería enterrada en lugar santo.

Busqué por todas partes, pero el libro había desaparecido de nuevo.

—Soy una estúpida —me dije en voz alta mientras me dirigía a la entrada. Allí me esperaban Martha y Nicolás.

—No está, ¿verdad?

Afirmé con la cabeza.

—Justo como había planeado.

La miré sorprendida.

—Nuestra asesina lo ha robado, aunque no sabe que ese acto tan estúpido la delatará pronto.

Nicolás tampoco sabía a qué se refería, pero los dos vimos que los ojos le brillaban de nuevo. Nos dirigimos hacia la plaza de la catedral y contemplamos cómo unos hombres levantaban la plataforma en la que se colocaría la pira.

—Hablemos con el obispo. Tal vez él convenza al inquisidor —sugirió Martha.

—¿Por qué alguien como él haría algo así?

—Ya lo veréis —contestó al tiempo que girábamos hacia el palacio episcopal.

El criado no quería dejarnos entrar, alegaba que el obispo estaba ocupado, pero la insistencia de Martha le hizo ceder, nos llevó a una gran sala en la planta baja y nos pidió que esperásemos.

El palacio estaba ricamente decorado, a mi maestra le recordó los de Italia, repletos de bellos tapices y estatuas clásicas encontradas en antiguas ruinas.

El obispo entró con el ceño fruncido y con ropas más sencillas que con las que le habíamos visto los días anteriores.

—¿Por qué turbáis mi paz? Espero que no sea para pedir clemencia por esa zorra. Ya sabéis lo que pienso de todas vosotras, no sois más que rameras disfrazadas de monjas.

Martha no hizo ningún amago de contestar, se sentó en una de las sillas de piel y esperó a que el obispo se callara. El hombre la miró con desprecio y sorpresa.

—Salid de mi casa —ordenó y señaló el pasillo.

Martha no se inmutó; Nicolás y yo la mirábamos extrañados.

—Señor, líbranos de los pecados ocultos —dijo por fin.

—¿Qué? —preguntó el hombre, sorprendido.

—Será mejor que os sentéis, estáis demasiado gordo para resistir de pie mucho tiempo. Normalmente no sería tan benévola con vos, pero este es un caso urgente. Retiraréis las acusaciones contra la Gran Dama, frenaréis la ejecución y obligaréis al inquisidor a dejar la ciudad.

El hombre se echó a reír.

—¡Estáis loca! Ya me he enterado de la muerte de ese fraile mentiroso, creo que eso os ha trastornado por completo. Salid de mi presencia antes de que todos terminéis como la Gran Dama. El inquisidor quería todas vuestras cabezas, pero le comenté que era mejor ser prudente, aún tenéis algunos amigos poderosos en Aviñón, aunque vuestro tiempo se acaba. El mundo está cambiando muy rápido, nuestra sociedad ya no será campestre, pues la gente acude a las ciudades en busca de riqueza y comodidad. Los nobles pierden poder, pronto también los reyes, pero la gente siempre necesitará pastores que los guíen. Príncipes santos...

—¿Príncipes santos? ¿Qué burla es esa? No sois príncipe ni mucho menos, vuestro padre era un tonelero que se enriqueció explotando a sus trabajadores. Vuestra madre, una vieja prostituta que, después de acostarse con todo Flandes, cazó a vuestro padre, feo y gordo como vos.

—No os consiento...

Martha dejó sobre la mesa unas cartas.

—¿Qué es eso?

—Podéis ser inmoral, incluso un pervertido, pero al menos no lo dejéis por escrito. Uno de vuestros criados entregó estas misivas a los hermanos franciscanos. Como habéis dicho, tenemos amigos en muchos sitios. Las haremos públicas y no solo perderéis vuestros cargos y prebendas, terminaréis en la hoguera, en esa misma que se está construyendo enfrente de este lugar.

El obispo comenzó a sudar, temblaba como un niño asustado al que se le ha descubierto en una terrible fechoría.

—¿Qué queréis que haga?

Martha le ordenó escribir dos cartas. Una para el papa,

en la que renunciaba a su cargo, para delegar en su presbítero, un hombre bueno y santo; la otra en la que desautorizaba el juicio contra la Gran Dama, lo que obligaba a su repetición en Aviñón. Tras escribirlas se las entregó a la mujer.

Esta será vuestra última noche en este palacio, mañana partiréis para la casa de vuestro padre, espero que seáis mejor tonelero que pastor —le dijo Martha mientras secaba las misivas.

Los tres nos dirigimos a la puerta, el hombre nos maldijo cuando salíamos del palacio, pero sabíamos que sus palabras no eran más que los gritos desesperados de un moribundo.

Pasamos delante del patíbulo de nuevo y nos dirigimos al edificio en el que se alojaba el inquisidor, un monasterio cercano. Llamamos a la puerta con insistencia. Nos abrió un monje benedictino de cierta edad.

—¿Quién perturba la paz de esta casa cuando la noche está a punto de llegar?

—Dejadnos pasar, tenemos unas cartas para Guillermo de París.

—Pueden esperar a mañana; además, aquí no pueden entrar hijas de Eva —contestó al tiempo que nos miraba con desprecio.

—Es peor ser hijo de Caín, como vos —repuso Martha empujando la puerta.

Corrimos por el pasillo, llegamos hasta las celdas y

abrimos dos vacías antes de darnos cuenta de que los monjes estaban en el refectorio. Entramos de golpe, un monje leía un libro mientras el resto comía en silencio. Nos pusimos al lado del inquisidor, que no pareció sorprenderse ante nuestra intromisión.

—Guillermo de París, tenemos que hablaros —dijo Nicolás, que tras la muerte de su amigo parecía más resuelto y enfadado de lo común.

—No tengo nada que hablar con vosotros —comentó, sin dejar de comer.

Martha quitó la sopa y colocó las cartas sobre la mesa. El inquisidor vio el sello lacrado del obispo.

—Está bien, no quiero perturbar más a los hermanos.

Salimos del comedor y nos dirigimos hasta una sala cercana.

—¿Se han vuelto locos? Estas no son formas ni horas de entregar peticiones —protestó, malhumorado.

—No traemos peticiones de ningún tipo. El obispo ha ordenado que se detenga la ejecución de la Gran Dama, el juicio ha de repetirse en Aviñón —explicó Martha y le entregó la carta.

—¡Eso es imposible! El obispo jamás firmaría... —exclamó mientras desliaba la carta y comenzaba a leer.

Su rostro se fue transformando a medida que se daba cuenta del mensaje de la misiva.

—El obispo ha escrito esto bajo coacción, sois brujas manipuladoras. Lo único que conseguiréis es que queme al beaterio completo —amenazó, sin disimular su rabia.

—Tenéis que parar la ejecución —le ordenó Nicolás.

—La Inquisición no se encuentra limitada al poder episcopal, esta carta no sirve para nada. Mañana vuestra señora, la maestra de todas esas brujas, morirá en la hoguera, después ordenaré que cierren el beaterio y os detengan a todas. Ha confesado vuestras maldades —replicó Guillermo y le tiró la carta a la cara.

—¡Tenéis que obedecer! —gritó Martha.

—¿Obedeceros a vos? Sois pobres mujeres a las que se les ha olvidado cuál es su lugar. Vuestro sexo únicamente sirve para ser ramera o esposa, que en el fondo es la misma cosa. Ahora marchaos de mi presencia.

Martha tomó la carta del suelo, después levantó el puño y le dijo:

—Los violentos y malvados caen en sus propias trampas. Dios impondrá justicia, no lo olvidéis.

Salimos del monasterio a toda prisa. La nieve comenzaba a caer de nuevo. Los dos intentábamos seguir el paso de Martha, hasta que la herida de su hombro comenzó a sangrar de nuevo y se detuvo dolorida.

—¿Os encontráis bien? —le pregunté.

—No, pero eso carece de importancia. Tenemos que llegar al beaterio y trazar un plan, nuestra Gran Dama no morirá mañana. Tengo la esperanza de descubrir al asesino esta noche; la ejecución no se llevará a cabo, os lo prometo, mi niña.

Cuando llegamos al beaterio, la puerta estaba cerrada; después de un buen rato nos abrieron, nos refugiamos en la casa, rezamos un momento y recuperamos la calma de una forma milagrosa. Preparé algo para comer. Martha tenía la vista perdida, temía que cuando todo pasara, su alma se hundiera en un pozo de tristeza del que ya no lograra salir jamás. Nunca conocemos del todo el poder y la resistencia del alma humana hasta que la pasamos por el crisol del sufrimiento, la muerte y la enfermedad.

38

Hoguera

Lovaina, 27 de noviembre del año del Señor de 1310

Aquella fue la noche más larga de todo aquel otoño frío. Oía a Martha caminar de un lado al otro del salón, como si al moverse fuera capaz de pensar mejor, intentando no rendirse. Antes de que saliera el sol ya me encontraba abajo y preparaba algo para comer. Mi maestra se negaba a probar bocado, pero al final tomó algo de pan y continuó absorta en sus pensamientos.

Una hora después, todas las beguinas estaban convocadas en la iglesia. Martha había pedido que se hiciera una misa solemne de intercesión por la Gran Dama. En cierto sentido, la única esperanza que nos quedaba era que Dios interviniese de alguna manera e impidiera la ejecución.

Cuando llegamos, los bancos estaban llenos a rebosar, las hermanas parecían dispuestas a todo para salvar a la Gran Dama. Mi maestra no quería comenzar un alzamiento, era consciente de que eso supondría la persecución de nuestro grupo y su exterminio.

El hermano Nicolás, que aún no se había recuperado de la muerte de su amigo, subió al púlpito con la intención de guiarnos a todas, aunque nos costaba concentrarnos en sus palabras; en unas pocas horas una de las nuestras ardería en la hoguera, a pesar de ser completamente inocente.

—Queridas hermanas. Hoy es un día triste, no podemos negarlo. Un momento nefando en la vida de esta comunidad, de la ciudad de Lovaina y de la cristiandad. Asesinar a una persona es siempre un acto antinatural y horrendo a los ojos de Dios. Matar a una mujer inocente es aún peor. Ninguno de nosotros puede hacer nada para impedirlo, pero creemos en un Dios bueno capaz de frenar esta locura e impartir justicia. Malos tiempos son estos en los que hay que defender lo evidente. Los falsos profetas se han apropiado de la cátedra de San Pedro. Se dedican a engañar y mentir para mantenerse en sus cargos. Dios es el que da y quita, pero ellos aman la mentira y la violencia, dicen ser sabios y santos, aunque con sus obras niegan la piedad que defienden. Nuestra querida hermana está pasando las horas más amargas. En unos minutos iré a su mazmorra, para tratar de aquietar su alma. Os ruego vuestras oraciones, os suplico que no os levantéis contra esta injusticia. Ellos pretenden provocarnos para terminar después con todos nosotros. Dios les reprenda.

Un murmullo de aprobación recorrió la capilla, después Martha se levantó y comenzó a hablar a las hermanas:

—No paguemos mal por mal ni maldición por maldición. Quieren convertirnos a ellos, pero intentaremos que ellos se conviertan a nosotros. Sabemos que nuestra lucha no es contra carne ni sangre, sino contra principados y potestades celestiales de maldad. Hemos rezado por nuestra hermana, hoy mismo estará con Nuestro Señor en los cielos. Aquellos que la acusan, maltratan y persiguen serán excluidos de la presencia de Dios por la eternidad. Esa es nuestra victoria. Nosotras, las mujeres libres de Lovaina, las hermanas beguinas, no sucumbiremos a la venganza ni a la ira. Los hombres, durante siglos, han creado un mundo en el que el más fuerte destruye al más débil; en el que los poderosos se enseñorean de los débiles; los violentos, de los mansos y los que debían gobernar la Iglesia de Dios se convierten en el instrumento de Satán. No irán mucho más lejos, Jesucristo mismo ya los ha desechado. El mundo está cambiando, pero nosotras intentaremos que sea en la dirección correcta. Muchas son viudas, otras han sido madres, todas mujeres rechazadas por el mundo. Nos negaron el derecho a vivir, a pensar por nosotras mismas, a convertirnos en personas. Nos tutelan como si fuéramos niños pequeños, nos niegan nuestra propia humanidad, aunque tengamos alma. Hoy pretenden arrebatarnos lo último que nos queda, la vida, tal vez lo consigan, pero jamás lograrán robarnos la dignidad, la fe y la esperanza.

Todas las beguinas se pusieron en pie, levantaron las manos o batieron las palmas. Nuestros enemigos habían conseguido lo impensable, unirnos de nuevo a todas. Hasta habíamos olvidado que entre nosotras, agazapada entre las sombras, se escondía una asesina.

Martha salió de la capilla y las hermanas se pusieron en largas filas de dos en dos. Desfilamos hasta la puerta del beaterio y cruzamos la ciudad en ordenada formación. Los habitantes de Lovaina nos observaban con una mezcla de admiración y respeto. Eran conscientes de que con aquel gesto simbólico estábamos resistiendo a la autoridad de la Inquisición y del papa. Llegamos a la plaza en la que iba a realizarse la ejecución, la rodeamos por completo en filas de dos. La gente se retiró detrás, como si no quisiera estar entre el patíbulo y nuestras filas.

Oímos los tambores que anunciaban el comienzo del auto de fe, el sonido nos retumbaba en los oídos y hasta podíamos sentirlo dentro del pecho. La llegada de la comitiva nos cortó la respiración. Primero, cuatro soldados vestidos completamente de negro, con los yelmos cerrados para no mostrar sus rostros. Después, un carro abierto tirado por bueyes y dentro, la Gran Dama, sentada, con la cabeza gacha, pero el semblante tranquilo. En su cuello un horrendo sambenito, con demonios pintados y llamas de fuego, y en la cabeza, una caperuza. Tras ella, el inquisidor Guillermo de París, vestido con sus mejores galas, rodeado de varios monjes benedictinos de rostro feroz y ojos fríos como el hielo. Detrás, medio centenar de soldados que formaron un amplio círculo alrededor del patíbulo para impedir cualquier acción de rescate o tumulto.

La prisionera bajó del carro y nuestro amigo Nicolás la atendió, parecía ser su único consuelo entre tanta adversidad. La subieron hasta el patíbulo y la dejaron detrás del montón de leña y el palo en el que la atarían para quemarla aquella misma mañana.

El inquisidor ascendió hasta el púlpito improvisado en otra plataforma cercana. Levantó las manos para que el público guardara silencio y, después, con una voz atronadora, comenzó a predicar:

—Hoy es un día de fiesta en el cielo. Dios se complace más en la obediencia que en los sacrificios, más en la humildad que en los holocaustos. Nuestra fe se encuentra en peligro. Hace años, cuando el mundo todavía era gobernado por hombres justos y la cristiandad no se había pervertido, cada uno sabía cuál era su lugar. Las mujeres se comportaban como tales. Eran prudentes hijas, hermanas y madres, dedicadas a traer a este mundo a los bellos infantes que un día serían nuestros sustitutos. Los monjes y frailes se dedicaban a la oración y a realizar obras pías; los príncipes de la Iglesia, a dirigirla con amor a sus fieles; los nobles, a defendernos de bandidos y sarracenos; los reyes, a gobernar con equidad y justicia, y eran conscientes de que un día Dios mismo les pediría cuentas a todos.

Hizo una larga pausa, mirando a los presentes, en especial a las beguinas, que desafiantes le mirábamos directamente a los ojos.

—Hoy el mundo se ha pervertido, las buenas costumbres han sucumbido a otras nuevas y extrañas, que poco tienen que ver con nuestra fe y vocación. Las mujeres se rebelan contra sus padres, hermanos y maridos, abandonan sus hogares inflamadas por la lujuria y la lascivia, y convierten sus casas y conventos en lupanares. Destruyen los frutos de su pecado, son altaneras y se enfrentan a las autoridades impuestas por Dios. Los frailes, orgullosos y soberbios, se dedican a cuestionar a los que por naturaleza son sus superiores y a los que deberían obedecer sin dudar. Los siervos se rebelan contra sus señores naturales, los pobres y menesterosos roban a los ricos y los nobles tienen que enfrentarse a sus propios vasallos o guerrean entre ellos, mientras los infieles continúan avanzando y robando territorios a la cristiandad, en especial la Tierra Santa, donde nació nuestro salvador.

El hombre se giró hacia Martha, que estaba justo enfrente; yo me encontraba a su derecha y al ver el gesto de odio del inquisidor comencé a temblar.

—Hoy se condena a la hoguera a una mujer fatua, a

una maestra de la mentira y a una hija del diablo. A pesar de ofrecerle la misericordia, el perdón y la reconciliación con Dios, se ha mantenido contumaz en sus errores y herejías. No queda para ella sino un castigo eterno y ser arrojada a otras llamas, que no se apagarán jamás. La Gran Dama, maestra y superiora de las llamadas hermanas beguinas, como primicia de lo que significará la purificación de ese beaterio del diablo, será ejecutada en unos momentos para escarnio de todos los que persisten en el pecado y se mantienen soberbios contra la autoridad de nuestra madre, la Iglesia. Yo, Guillermo de París, inquisidor general de Francia, por la autoridad concedida por su santidad el papa, condeno a Liselot de Lovaina a la pena de muerte, ejecutada en la hoguera como hereje, bruja y pecadora.

Se oyeron gritos de aprobación entre los ciudadanos, pero sobre todo por parte de los soldados, los monjes benedictinos y otras órdenes religiosas allí congregadas. Nosotras permanecimos en silencio, como Elías frente a los sacerdotes de Baal, esperando que cayera fuego del cielo y consumiera a todos esos falsos profetas.

El verdugo tomó del brazo a la Gran Dama; la mujer miró con cariño a los presentes, a pesar de que muchos la insultaban y escupían. Subió al patíbulo con una sonrisa. El verdugo la ató, después quitó la escalera y apiló más leña, mientras esperaba la orden del inquisidor.

—Aún estáis a tiempo de arrepentiros, confesad vuestros pecados y denunciad al resto de los herejes y Dios os acogerá en su seno —dijo el inquisidor.

La Gran Dama hizo amago de hablar y Guillermo levantó los brazos, para que la multitud se callara.

—Soy cristiana, beguina, mujer y libre. Dios me creó igual que a los varones, con conciencia, raciocinio y capacidad para decidir. He llevado una vida recta dedicada a los pobres, los menesterosos y los niños. Me considero seguidora de Jesús, que predicó la paz, el amor y la reconciliación entre Dios y los hombres. Él no aprueba el uso de la violencia, porque Dios es amor.

Guillermo comenzó a gritar de ira ante las palabras de nuestra Gran Dama:

—Cerradle la boca —dijo, mientras el verdugo la amordazaba. Después, con los ojos encendidos, bramó—: ¡Ya la habéis oído, no se arrepiente y persiste en sus malvadas ideas! ¡Encended la hoguera!

El verdugo acercó una antorcha a la leña; a pesar de la nieve y la humedad de los últimos días, las ramas prendieron con rapidez. Las hermanas comenzaron a gritar horrorizadas y a pedir a Dios por el alma de nuestra Gran Dama. Martha permanecía impasible, con los ojos brillantes por el fuego, como si esperara un milagro.

Guillermo sonrió al ver que el fuego crecía con celeridad, llegaba a los pies de la mujer y esta comenzaba a retorcerse por el miedo y el calor.

—¡Dios mío! —exclamé, nerviosa.

Hubiera saltado al patíbulo para intentar sofocar las llamas. De hecho, las beguinas comenzaron a empujar a los soldados, que intentaban guardar la formación e impedir que nos acercásemos. En cualquier momento podía producirse un enfrentamiento. Sin duda, nosotras tendríamos todas las de perder, éramos más débiles y no estábamos armadas.

Entonces sucedió algo que nadie esperaba. El inquisidor levantaba las manos complacido, los padres benedictinos se reían y gritaban de júbilo. Nicolás, justo detrás, tenía las manos sobre el rostro mientras intercedía por la pobre mujer, que comenzaba a gritar desesperada.

Cerré los ojos, intentando orar por la Gran Dama, pero justo en ese momento se oyó un enorme estruendo, como el de un rayo; abrí los ojos y contemplé cómo el púlpito en el que estaba el inquisidor saltaba por los aires. El hombre salió disparado y cayó al lado de la hoguera envuelto en fuego y sangre. La Gran Dama, en un acto de rebeldía final, sonrió al ver que aquel que la condenaba había sido juzgado por algo superior.

El desconcierto se apoderó de la multitud, que escapó despavorida. Varios soldados y frailes habían caído y estaban en el suelo, a algunos les faltaban brazos o piernas, otros tenían las vísceras desparramadas por la nieve.

Los soldados dejaron el cerco alrededor del patíbulo y huyeron, las únicas que permanecieron en su sitio fueron las hermanas.

A mi lado, Martha sonrió y comenzó a recitar:

Y el séptimo ángel derramó su copa por el aire; y salió una grande voz del templo del cielo, del trono, diciendo: Hecho es.

18 Entonces fueron hechos relámpagos y voces y truenos; y hubo un gran temblor de tierra, un terremoto tan grande, cual no fué jamás desde que los hombres han estado sobre la tierra.

19 Y la ciudad grande fué partida en tres partes, y las ciudades de las naciones cayeron; y la grande Babilonia vino en memoria delante de Dios, para darle el cáliz del vino del furor de su ira.

20 Y toda isla huyó, y los montes no fueron hallados.

21 Y cayó del cielo sobre los hombres un grande granizo como del peso de un talento: y los hombres blasfemaron de Dios por la plaga del granizo; porque su plaga fué muy grande.[*]

* Apocalipsis 16:17-21.

39

La huida

Lovaina, 27 de noviembre del año del Señor de 1310

Tardamos unos segundos en reaccionar. Teníamos los oídos taponados, un fuerte pitido en la cabeza y a nuestro alrededor todo era sangre y destrucción. Busqué entre los heridos a mi amado; afortunadamente, no lo encontré. La única que parecía tranquila, como si de alguna manera supiera lo que sucedería, era Martha. La Gran Dama expiró poco después, pero en su rostro podía percibirse una paz asombrosa, casi sobrenatural. El resto de las hermanas logró mantener la calma a pesar de la confusión y comenzaron a atender a los heridos. Martha se acercó a Guillermo, que agonizaba en el suelo.

—Malditas brujas, arderéis todas en el infierno —dijo.

—Me temo que vos llegareis primero, poneos a bien con Dios. Habéis sido un hombre vil y sanguinario. Dios os lo tomará en cuenta.

El inquisidor se desangraba rápidamente, una hermana comenzó a atenderlo, pero unos minutos más tarde había expirado. El hermano Nicolás, que no parecía tener heridas graves, intentó dar la extremaunción a los moribundos.

Las beguinas trasladaron a los heridos a su hospital; la multitud las observaba admirada. Aquellas mujeres tan maltratadas y despreciadas por el inquisidor se ocuparon de los soldados heridos y los monjes mutilados con el mayor de los cariños.

Martha se levantó al ver que Guillermo exhalaba su último aliento y ayudó a las hermanas con los heridos. Media hora después, todas las víctimas de la explosión se encontraban en camas limpias y la boticaria operaba a las más graves. Amputó piernas y manos, detuvo hemorragias e intentó aliviar el dolor con un poco de adormidera y vino.

Unas horas más tarde, Martha y yo nos dirigimos a la casa. Nuestras manos y ropa estaban manchadas de sangre. Preparé un baño a mi maestra, lavé la ropa y después me aseé yo.

Una de las hermanas nos trajo comida caliente, nos sentamos a la mesa y me quedé callada, tenía mil preguntas que hacerle, aunque prefería que fuera ella la que me contara lo que había sucedido.

—Querida Constance, hoy ha sido un día muy duro. Entiendo tu confusión. Hemos visto morir a una hermana, la explosión de la plaza, todos esos heridos y fallecidos. Imagino que tienes muchas preguntas y te sientes confundida. Esta noche he convocado una reunión con las hermanas, tengo que explicarles lo sucedido y, lo que es más importante, descubrir a la asesina que ha actuado por última vez.

—¿Sabéis quién es la asesina?

—Sin duda, ya os dije que aún no había terminado sus crímenes. Su intención era sembrar el caos, provocar la ira de Dios y dar comienzo al final de los tiempos. En cierto sentido, lo ha conseguido. La Inquisición exigirá venganza, nos acusarán de estar detrás de esta matanza. Únicamente podemos confiar en Dios, él nos protegerá.

Sus palabras no terminaron de tranquilizarme, más bien me inquietaron sobremanera.

—¿Qué ha pasado en la plaza? —le pregunté afanada por saber lo que había sucedido.

—¿Recordáis el último sello del Apocalipsis?

—Y el séptimo ángel derramó su copa por el aire; y salió una grande voz del templo del cielo, del trono, diciendo: Hecho es.

»18 Entonces fueron hechos relámpagos y voces y truenos; y hubo un gran temblor de tierra, un terremoto tan grande, cual no fué jamás desde que los hombres han estado sobre la tierra.

»¹⁹ Y la ciudad grande fué partida en tres partes, y las ciudades de las naciones cayeron; y la grande Babilonia vino en memoria delante de Dios, para darle el cáliz del vino del furor de su ira.

—Muy bien. La copa de la ira se ha derramado contra el inquisidor y sus hombres. Después se han desatado esos estruendos y relámpagos, la gente ha gritado horrorizada y ha escapado despavorida. Se ha producido un temblor por la explosión. La ciudad ha sido sacudida, Dios ha castigado a la gran Babilonia, que es la Iglesia apóstata y sus falsos profetas, representados en Guillermo y sus hermanos benedictinos. La ira de Dios se ha desatado. Al menos eso es lo que cree la asesina.

—Me parece terrible. ¿Qué ha sido esa explosión? Nunca he visto nada igual. Aquel fuego repentino, el olor a azufre, todos esos muertos y mutilados.

Martha intentó tranquilizarme.

—No ha sido nada sobrenatural, aunque pueda parecerlo. La explosión la ha producido una cosa llamada «pólvora». Aún no es muy conocida en Europa, pues viene de Oriente. La pólvora no deja de ser la alteración de ciertas sustancias, de una forma alquímica, que hace que las cosas exploten —me explicó mi maestra.

—Entonces, es magia y brujería —afirmé desconcertada.

—No, es pura química. Os lo explicaré en pocas palabras. A finales de la dinastía Tang, en el siglo IX, se inventó una forma de explosivo que los chinos llamaron pólvora. Hay registros de la fórmula magistral autorizada desde el siglo XI bajo la dinastía Song. Las conquistas mongolas hicieron que su uso se generalizara en Asia, Oriente Medio y Europa. Yo leí sobre la fórmula de la pólvora en un tratado árabe, pero recientemente cayó en mis manos el de Roger Bacon, llamado *Opus Majus*, publicado en 1267. Ese libro se encontraba en el cuarto secreto de la Biblioteca, junto a otros de alquimia.

—Entiendo —contesté, sorprendida. Yo no me había fijado en aquel manuscrito. Estaba concentrada en la búsqueda de otro tipo de libros.

—Muchos lo llaman «el polvo negro» por su color. Se cree que lo inventó el alquimista chino Wei Boyang. El alquimista estaba experimentando con azufre y salitre, ya que quería descubrir el secreto de la vida eterna; no fue hasta el año 1044 cuando Wujing Zongyao usó la fórmula para la guerra, al añadir este peligroso explosivo en las puntas de flecha. Muchos las conocían como las flechas de fuego. En Andalucía, los árabes las usaron contra los cristianos desde el siglo XIII. Los cristianos las descubrimos por el viajero y aventurero William de Rubruck, que le narró su descubrimiento a Robert Bacon. Nuestra asesina conocía todo esto y fabricó el explosivo, para detonarlo en medio del auto de fe.

Me quedé boquiabierta, la asesina había planeado

aquello para terminar con sus crímenes rituales y provocar lo que ella creía que era el fin de los tiempos.

—¿Qué sucederá ahora?

—Es imprevisible, querida niña. Me temo que el papa pida nuestra disolución y terminemos como nuestros hermanos templarios. Los siguientes en sucumbir serán los franciscanos y cualquiera que intente enfrentarse al poder de la Iglesia. Luchamos contra fuerzas muy poderosas, que no ven con buenos ojos que las mujeres busquemos nuestro lugar en el mundo. Los hombres llevan cientos de años controlándonos, sometiéndonos, utilizándonos, y no están dispuestos a perder esos privilegios, incluso defienden que es la voluntad de Dios. Nosotras somos el único obstáculo para que recuperen su dominio total. Si lo consiguen, pasarán de nuevo siglos antes de que las mujeres logren defender su derecho y se reconozca su valía.

Me sentía triste y decepcionada. Apenas había saboreado la miel de aquella vida independiente y feliz, ahora tendría que volver al castillo de mis padres y someterme a un destino que no había elegido. El mismo al que estaban obligadas todas las mujeres.

—¿Cómo vamos a impedirlo? —le pregunté, angustiada.

—Hay cambios que son inevitables, puede que tardemos mucho tiempo, pero cada vez que una mujer aprende a leer, a escribir, mientras no nos conformemos a obedecer y aceptar este sometimiento, nos encontraremos más cerca de crear un mundo nuevo. No importa si somos damas o plebeyas, burguesas o campesinas, reinas o súbditas, todas nosotras nos encontramos sometidas a los varones, como esclavas incapaces de conseguir jamás su libertad.

Era consciente de que mi maestra tenía razón, lo había visto en mi propia madre, una mujer inteligente y capaz a los dictados de mi padre, como si se tratase de una niña pequeña, incapaz de gobernarse a ella misma.

Las horas pasaron despacio. Temíamos que el obispo o las autoridades municipales enviaran a sus soldados para capturarnos, pero debían de encontrarse tan conmocionados como nosotras. Cuando anocheció, todas acudieron de nuevo a la capilla. Parecían agotadas y nerviosas, temerosas de lo que pudiera sucedernos y cómo esto podía afectar al movimiento.

En la puerta de la iglesia vimos a Nicolás, que parecía casi completamente recuperado.

—¡Que Dios os dé sabiduría! —exclamó el fraile al ver entrar a Martha. Ella inclinó la cabeza en una reverencia y cruzamos el largo pasillo, mientras las hermanas bajaban el rostro al vernos pasar.

Llegamos hasta el altar. Martha se sentó en el centro, a los lados dos de las hermanas más ancianas. Yo me encontraba en el primer banco, ansiosa por descubrir el misterio que nos había mantenido angustiados aquellas interminables jornadas.

Martha se puso de pie y mientras se dirigía al púlpito, la secretaria levantó la voz y dijo:

—Hermanas, vivimos uno de los momentos más difíciles de nuestra comunidad. La Gran Dama ha muerto, nuestra hermana Martha es su sustituta provisional. Sé que estáis agotadas, muchas lleváis horas atendiendo a los heridos y enterrando a los muertos. Dios os lo pagará en su reino. Ahora escuchemos a nuestra Gran Dama con atención.

Martha alzó las manos en signo de bendición y comenzó a hablar:

—El sol se ha puesto, la oscuridad lo invade todo. Parece que nuestra buena estrella está a punto de apagarse. No somos nosotras las que queremos brillar, no es la sabiduría, la fuerza o el poder de las beguinas lo que logrará que este edificio construido con tanto esfuerzo no se derrumbe. Muchos son nuestros enemigos, estamos cercadas y llenas de espanto, pero como dice el apóstol Pablo en la Carta a los Corintios:

Tenemos empero este tesoro en vasos de barro, para que la alteza del poder sea de Dios, y no de nosotros:
8 Estando atribulados en todo, mas no angustiados; en apuros, mas no desesperamos;
9 Perseguidos, mas no desamparados; abatidos, mas no perecemos;
10 Llevando siempre por todas partes la muerte de Jesús

en el cuerpo, para que también la vida de Jesús sea manifestada en nuestros cuerpos.

¹¹ Porque nosotros que vivimos, siempre estamos entregados á muerte por Jesús, para que también la vida de Jesús sea manifestada en nuestra carne mortal.

Martha terminó la cita y dijo a continuación:

—Lo que ha sucedido hoy en la plaza ha sido producido por la misma asesina que ha actuado en las últimas semanas. Os dije que la hermana Judith era responsable de todos los crímenes, pero no es cierto del todo. Ella únicamente cometió tres, el resto los hizo otra de nosotras. Una mujer que se sienta a nuestro lado, que moja el pan en nuestro plato, aunque poseída por el odio y su sed de venganza, nos ha llevado a todas nosotras a este terrible momento de angustia. Es hora de que la desenmascaremos.

Se hizo un largo e incómodo silencio, todas las hermanas se miraron inquietas, sospechaban unas de otras.

Martha levantó la mano derecha y señaló a los bancos, las miradas de las mujeres se dirigieron hacia una de las beguinas sentadas en los primeros lugares. Se nos cortó la respiración a todas. El misterio había sido desvelado al fin, pero como siempre que se destapan los velos y descubrimos qué se esconde detrás, no podíamos ni imaginar que una de las nuestras fuera capaz de los más viles crímenes, realizados en nombre de sus fanáticos pensamientos.

«*Qui seminat iniquitatem, metet mala*», me dijo una vez mi maestra. Siempre recogemos lo que hemos sembrado. La ley de la siembra y la cosecha es inmutable, como que la sangre derramada siempre pide que otra se derrame. Ahora que el mundo parece a punto de terminarse, que las fuentes de la sabiduría y la prudencia languidecen, recuerdo aquellos tiempos como los emocionantes años de mi juventud, pero soy consciente de que de aquellas semillas de odio germinaron estos años de muerte, peste y destrucción.

40

Brujas

Lovaina, 27 de noviembre del año del Señor de 1310

Desde aquella noche siempre he pensado que era mejor que *Fatum Fatis ego perea*. El destino parece escrito en las estrellas, somos incapaces de cambiarlo, aunque nos empeñemos en ello.

Martha mantenía el brazo extendido y señalaba a la hermana boticaria. Todas se giraron para verla. La mujer permaneció impasible, sentada y con la mirada fija en Martha.

—La hermana boticaria logró en muchas ocasiones que creyera que la asesina era otra persona. Es una mujer astuta e inteligente, aunque ha usado su conocimiento para el mal. Hace tiempo descubrió algo, un secreto que le hizo obsesionarse con el fin de los tiempos y la purificación de este beaterio. En su mente se fraguó un plan, y algo sucedido hace unas semanas le hizo llevarlo a cabo. La muerte de la hermana Geraldine a manos de Judith le hizo descubrir que entre nosotras había un grupo de antiguas dulcinianas. Todas ellas amigas y seguidoras de esa secta. La hermana Geraldine encontró su libro secreto, por ello fue ejecutada por Judith, que envió a Sebastián contra ella. La boticaria se juró a sí misma terminar con todas las herejes, pero al mismo tiempo purificar el beaterio. Mató a Sara, la líder del grupo, que hacía reuniones secretas en la capilla, colgándola en el mismo campanario; después a Drika, quemándola por dentro; más tarde a Lucil y el resto de las hermanas. Para ello imitó a los siete sellos del apocalipsis, como si de un ángel vengador se tratara. En el último de los sellos, utilizó sus conocimientos alquímicos para hacer explotar al inquisidor y sus huestes en la plaza. De esa manera, conseguía destruir a las herejes y, al mismo tiempo, desatar la persecución sobre las beguinas, para que las únicamente fieles pudieran permanecer.

Las hermanas gritaban sorprendidas y horrorizadas, aquella era una de las mujeres más respetadas en la comunidad.

—La boticaria utilizó un libro de la biblioteca, escondido en el cuarto secreto, para fabricar el explosivo. Este polvo negro o pólvora no es fácil de elaborar, pero nuestra hermana es muy hábil en el manejo de la botánica y la alquimia. Aunque no actuó sola.

Las beguinas se agitaron de nuevo, eran demasiados descubrimientos para poder encajarlos de golpe.

—La hermana boticaria estuvo inspirada y ayudada por la hermana Luisa. Ella le descubrió los libros prohibidos de la biblioteca y la incitó a llevar sus crímenes vengativos y apocalípticos.

Luisa se puso de pie, todos la miramos sorprendidos.

—Tenéis la astucia de una bruja. Habéis venido a nuestra casa para robarnos la paz. Habéis engañado a las hermanas y ostentáis un cargo que no os pertenece. Ahora nos acusáis, precisamente a las únicas beguinas que podemos oponernos a vuestra autoridad. ¿Dónde están las pruebas? Todo lo que habéis dicho no demuestra nada.

Algunas de las hermanas asintieron con la cabeza, Luisa y la boticaria eran admiradas por la comunidad.

Martha sacó una pequeña bolsa, lanzó un poco al suelo y se produjeron unos fogonazos. Las mujeres de la primera fila se asustaron.

—Estos son restos de pólvora encontrados en la botica de nuestra hermana. Anoche comprobé que el libro de Bacon, en el que se explicaba el proceso de fabricación de este material, había desaparecido —dijo mientras lo sacaba—. Una hermana termina de traerlo de la casa de Luisa.

Las beguinas que se encontraban cerca de las dos mujeres las agarraron por los brazos y se las llevaron. Las asesinas se resistieron, pero en un minuto se hizo de nuevo la paz en la capilla.

—¿Qué haremos con ellas? —preguntó una de las mujeres.

—Impartamos justicia —comentó otra.

—No habrá más muertes. Estarán encerradas, las juzgaremos y después vivirán confinadas en un convento. Su castigo será seguir vivas y que recuerden todo el mal que nos han hecho —dijo Martha, cansada de tantas muertes y violencia.

Las beguinas abandonaron la capilla y nosotras regresamos a la casa. Estábamos agotadas; nos sentamos a la mesa junto a Nicolás. Permanecimos unos minutos en silencio.

—Ahora ¿qué haréis? ¿Permaneceréis en el beaterio? Las hermanas no tienen a una Gran Dama que las dirija. La comunidad se encuentra en peligro.

Martha se quedó pensativa, era consciente de lo delicado del momento.

—Creo que estarán mejor sin mí. En cuanto lleguen al papa noticias de lo sucedido, abrirá una investigación y algunas de nosotras tendremos que defender nuestra causa. Mi tiempo aquí ha finalizado.

La miré sorprendida, ¿qué podía hacer yo? No quería quedarme en Lovaina si mi maestra se marchaba.

—Podéis acompañarme si queréis —dijo como si leyera mis pensamientos.

Sonreí emocionada. Para mí era un gran honor seguir sirviendo a una mujer como ella.

—Gracias, no os defraudaré.

—No digáis nada que os sea imposible de conseguir. La vida es demasiado larga y compleja y los deseos del corazón no suelen cumplirse.

—Os seré leal, os lo prometo.

Estábamos a punto de cenar algo, cuando una hermana llegó hasta nosotras angustiada.

—¡Gran Dama, las prisioneras han escapado! Dos hermanas les han ayudado.

Martha no pareció sorprenderse por la noticia. Se quedó callada y me ayudó a preparar la cena. Comimos los tres por última vez en el beaterio de Lovaina. Muy temprano por la mañana nos marchamos en dirección a Aviñón. Nos sentíamos abatidas y aliviadas al mismo tiempo. Salimos por la puerta principal sin despedirnos de nadie, acompañadas solo por el hermano Nicolás. Mientras la ciudad empequeñecía en el horizonte miré atrás, no sabía si entre los muertos de aquella explosión se encontraba mi amado. A veces el corazón necesita romperse para volver a formarlo de nuevo. La nieve caía suavemente sobre el camino, el cielo plomizo se estaba oscureciendo, pero era consciente de que detrás de la tormenta siempre regresa la calma y que a cada principio siempre le sucede un final.

Epílogo

Catedral de San Mauricio, Vienne, 16 de octubre de 1311

La vida es un paréntesis entre dos eternidades, la preexistencia y la postexistencia. Nada sucede sin un propósito, pero no es sino con el tiempo que logramos unir todas sus piezas y encontrar algo de significado. Los meses que siguieron a nuestra salida de Lovaina fueron los más difíciles de mi existencia. Martha y yo escapamos de muchos peligros e intentamos salvar a nuestra comunidad. El sabio Pitágoras dijo un día a sus discípulos que la felicidad consiste en poder unir el principio con el fin. Eso es lo que nos llevó a Francia y lo que hoy nos ha traído a la boca del lobo. Desde joven aprendí que cada final es un nuevo comienzo y que únicamente podemos concluir del todo cuando la vida se nos arrebata de las manos.

Algunas aclaraciones históricas

Las beguinas fueron grupos de mujeres que, en Europa, decidieron unirse para vivir apartadas de los hombres. No eran una orden religiosa, ya que no aceptaban la autoridad de ninguna jerarquía católica. No tenían reglas establecidas, tampoco estaban divididas por su origen social. Dieron especial importancia a la educación, en un momento en el que casi todas las mujeres y la mayoría de los hombres estaban excluidos. Algunas de estas mujeres fueron las iniciadoras en la escritura de sus lenguas vernáculas.

No se conoce exactamente el año de su fundación, pero ya eran muy comunes en el siglo XII. Algunos atribuyen su nombre a Lambert de Bègue, un sacerdote de Lieja que buscó la reforma de la Iglesia en su ciudad.

Las comunidades se autofinanciaban gracias al trabajo de las hermanas, tanto en la fabricación de telas como de códices y otros productos valiosos.

Las beguinas fueron perseguidas por la Inquisición, la jerarquía eclesiástica y algunos nobles. Las autoridades veían con malos ojos que vivieran apartadas en los beaterios, sin aceptar las normas sociales de la época. A partir del siglo XV fueron expulsadas de algunos beaterios. En los Países Bajos y Bélgica sobrevivieron hasta el siglo XXI, cuando las últimas hermanas fallecieron.

Las beguinas atendían a las personas más pobres, ayudándolas en sus necesidades. Fundaron hospitales, escuelas y comedores benéficos, y recogían a las mujeres repudiadas por sus familias tras quedarse embarazadas y a las prostitutas. Entre las beguinas hubo importantes escritoras y escribas, como Marie d'Oignies, que ayudó al clérigo James de Vitry en sus predicaciones.

Los monjes franciscanos fueron sus aliados naturales, ya que perseguían objetivos similares.

Las beguinas se extendieron con mucha rapidez por casi todos los reinos de Europa, hasta que en el siglo XIII comenzaron a ser perseguidas, sobre todo en Francia. Una de las que murió a manos de la Inquisición fue Margarita Porete, acusada de herejía por la publicación de su libro *El espejo de las almas simples*. En 1310 el inquisidor de Francia la juzgó y condenó a morir en la hoguera.

En el famoso Concilio de Vienne se discutió sobre estas comunidades, pero no llegaron a prohibirse, a pesar de la presión de muchos clérigos y príncipes de la Iglesia.

Los datos históricos que aparecen en esta novela son

veraces. Los personajes principales están inspirados en otros históricos. Los acontecimientos sucedidos en el beguinaje de Lovaina en el otoño de 1310 son ficticios, aunque sí es real el contexto histórico que los enmarca.

La pólvora ya era conocida en el siglo XIV en Europa, aunque su difusión generalizada no comenzó hasta mediados de siglo.

Las beguinas fueron una oportunidad perdida en la emancipación de las mujeres, que aún deberían sufrir cientos de años de persecución antes de tener plenos derechos.

Esta novela es un homenaje a todas esas mujeres valientes que estuvieron a punto de cambiar el mundo.

Cronología

1230. Surgen las primeras beguinas, algunos historiadores creen que por la superpoblación de mujeres debido a las cruzadas.

1233. El inquisidor Conrad de Marbourg denuncia a las beguinas en el Concilio de Mainz y las acusa de herejes.

1245. Primer Concilio de Lyon. El emperador Federico II es excomulgado y depuesto del gobierno del Imperio.

1248. Se inicia la construcción de la catedral de Colonia.

1254. El papa Inocencio IV otorga a la Universidad de Oxford la bula papal, *Querentes en argo*. Comienzan a construirse universidades por toda Europa.

1264. Luis IX de Francia ayuda a un grupo de mujeres a establecerse en París; más tarde serán llamadas «beguinas».

1274. Segundo Concilio de Lyon. Las Iglesias católica y ortodoxa se reúnen temporalmente. Thomas de Aquino muere.

1295. Marco Polo regresa a su casa en Venecia después de viajar a China y reabrir la Ruta de la Seda.

1298. San Gregorio Magno, san Ambrosio, san Agustín y san Jerónimo son nombrados doctores de la Iglesia.

22 de febrero de 1300. El papa Bonifacio VIII publica la bula *Antiquorum fida relatio*, primer año en que se registra el sagrado jubileo.

18 de noviembre de 1302. El papa Bonifacio VIII emite la bula papal *Unam sanctam*.

1305. La influencia francesa hace que el papa se traslade de Roma a Aviñón y dé comienzo un largo periodo de separación de papas y antipapas.

12 de agosto de 1308. El papa Clemente V emite la bula *Regnans en coelis* por medio de la cual llama a un consejo general a reunirse el 1 de octubre de 1310, en Vienne, Francia, con el propósito de tomar disposiciones con respecto a la Orden de los Caballeros Templarios, tanto de los miembros individuales, como de sus tierras, y con respecto a otras cosas en referencia a la fe católica, Tierra Santa y la mejora de la Iglesia y de las personas eclesiásticas.

1308. Meister Eckhart, místico dominicano, compone su libro *Consolaciones espirituales* para Agnés, reina de Hungría.

17-20 de agosto de 1308. Los líderes de los caballeros templarios son absueltos en secreto por el papa Clemente V, después de que los agentes papales lleven a cabo sus interrogatorios, para verificar las peticiones contra los acusados en el castillo de Chinon, en la diócesis de Tours.

1310. La beguina Margarite Porete es condenada por hereje y quemada en París.

16 de octubre de 1311. La primera sesión formal del Consejo Ecuménico de Vienne comienza con el papa Clemente V. En ella, entre otras cosas, se discute la supresión de las hermanas beguinas.

22 de marzo de 1312. Clemente V promulga la bula *Vox en excelsis,* que suprime a los caballeros templarios de forma definitiva.

6 de mayo de 1312. El Consejo Ecuménico de Vienne concluye tras su tercera reunión.

1320. El italiano Dante Alighieri completa la *Divina comedia,* una de las mejores obras de la literatura mundial y una crítica mordaz contra la Iglesia y la sociedad de la época.

26 de mayo de 1328. Guillermo de Ockham huye de Aviñón, declarado hereje. Más tarde, es excomulgado por el papa Juan XXII, a quien Ockham acusa por ideas heréticas en varios de sus libros.

1370. Catalina de Siena llama al papa a regresar a Roma, pero este hace caso omiso.

1378. El antipapa Clemente VII es elegido en Aviñón frente al papa Urbano VI en Roma, lo que precipita el cisma de la Iglesia occidental.

Índice